捜査一課殺人班

狼のようなイルマ

結城充考

祥伝社文庫

目次

一　毒と王

k

《蜘蛛《クモ》》は転落防止柵の隙間から、鉄道駅へと続く灰色の長い階段を見下ろす。人工地盤の高台に建てられた都営共同住宅へ向かおうとする者は皆、塗料の裂け目から赤錆《あかさび》の流れ出る手摺《てす》りを握り、その急な階段を登って来る……風に強く吹きつけられ、蜘蛛は咳き込んだ。モッズコートの襟を引き上げ、ニット帽を深く被り直す。日差しは強く、階段の雨染みを一気に乾かし、すでに踊り場のコンクリートが反射する光は眩しいほどだったが、風の冷気が気温を相殺して暖かさは少しも感じられなかった。

背広姿の、背の高い二人の男が階段を上がって来る。共同住宅の敷地に足を踏み入れるのが見えた。大股で歩く一人がもう一人をつき従える格好で、二人の位置関係にそのまま、彼らの上下関係を表している。二人は迷う素振りもなく、確かな足取りで建物の陰に消えた。蜘蛛は計算する。

奥のエレベータに乗り込んで十四階のこの位置まで辿り着くのに必要な時間は、最短で七分間。何の問題もないはずだった。準備はほとんど終わっていて、これから起ることを想像すると、蜘蛛の背中の筋肉が緊張で引き攣《つ》り、震えてしまう。

背後を向き、手摺り越しに広い吹き抜けを覗き込んだ。遥か下方に設置された金属製の屋根へ、蜘蛛は口中に溜めた唾《つば》を吐き出す。真っ直ぐに落ち、視界から消え、けれどこの角度なら、きっと屋根にうまく付着しただろう。愉快な気分になり、蜘蛛は微笑んだまま部屋に戻った。

室内の空気も冷えていた。除湿のために空調を使用し続けているためだった。電話で名乗った男は二人のうちのどちらだろう、と蜘蛛は考える。

奴らは俺を、どうするつもりなのか。仕事の再依頼、その詳細を伝えるための訪問ということだったが、奴らの動きには不可解な箇所がある。前回の仕事の結果がまだ出ていない、この時機の接触。二人の訪れが依頼の話だけに終始するとは、とても思えなかった。

身の安全を考えるなら一秒でも早くここを出た方がいい。それは蜘蛛にも分かっている。

水道栓を締めておくべきだ、と蜘蛛は突然、思いつく。そうした方が、より奴らに心理的な圧力を与えることができる。急いで玄関脇のシューズボックスから布製の工具袋を引き出し、モンキーレンチを取ってユニットバスに入り、身を屈《かが》めて洗面台の下の水道管、その元栓へ手を伸ばした。蛇口からの水流の量を確認し、次にワンルームの室内の隅に設置された小さなシンク下の扉を開いて、水道管の栓を今度は完全に閉じようとする。屈む姿勢が苦しく、蜘蛛はうめいた。肝臓の辺りに、息苦しさに似た鈍い痛みを感じる。全身に彫った刺青《いれずみ》が汗腺を詰まらせている可能性。いや、それは都市伝説にすぎなかったはず。この腹部の小さな異変は単に緊張によるもの、と考えるべき……時間がない。

低いパイプベッド――部屋に蜘蛛が設《しつら》えた、折畳み椅子を除けば唯一の家具――の傍に置いたボストンバッグの中に、レンチを工具袋ごと突っ込んだ。中を手探りして新品の作業用ゴーグルとサージカル・マスクを取り出し、包みを破って顔に装着する。窓のブラインドを閉じて、外からの光を抑える。折畳み椅子を広げ、咳をしながらゆっくりと座った。

彼らは少なくとも、ここでは俺を殺さない、と蜘蛛は推測していた。それでは手間がかかりすぎる。山へ運ぶか海に沈めるか、どちらにしても俺を説得し、あるいは脅し、外へ連れ出して、まずは彼らの車に乗せようとするだろう。だが、俺が車に乗ることはない。緊張で背中がもう一度引き攣った。期待もあった。これから、どんなことが起こるのか。

この部屋で最も重要な要素。パイプベッドの上の、立方体に近いジュラルミンケース。それを俺が開けた時、訪問者の二人は互いを学び直し、信頼関係を結び直すことになるだろう。本物の信頼関係を。どんな光景が現れるだろう？　美しい関係が現れるか、あるいは醜悪な形で終わるのか。笑い声が唇から漏れてしまう。

蜘蛛は前方の玄関扉を凝視して、二人が到着するのを待った。扉の傍には、燻蒸《くんじょう》式殺虫剤の缶が置かれたままになっている。それはたぶん、この部屋で二番目に重要な要素だ。チャイムが鳴り、緊張の高まりと期待から、蜘蛛は椅子の上で痙攣《けいれん》するように跳ね上がってしまう。震える脚で歩き、パイプベッド傍の、インターホンの受話器を取り上げる。開いている、と玄関前の二人の男へ伝えた。静かに扉が開き、背広姿の三十歳前後の男が二人、姿を見せた。蜘蛛はジュラルミンケースの留め金に指を掛ける。ケースを開くには、玄関扉が完全に閉じるのを待たなければいけない。

蜘蛛は眉をひそめる。二人が丁寧に、靴を脱いで部屋に上がったからだった。蜘蛛が想像していたのは、もっと手荒なやり口だった。

閉じかかる扉の端をつかむ指先が見え、蜘蛛は自分が状況の把握を、全く誤ったのを悟った。他にも来訪者がいる。別行動の人間。背広姿の二人とはまた別の暴力のカテゴリーに属する者……五、六十代と見える、ひどく顔色の悪い作業服姿の小男が、狭い土間に立った。細長いボストンバッグを提げている。奴らは俺を、山や海に運ぶつもりはない――玄関扉が閉まりきらないというのに、背広姿の一人に肩を強く押されて蜘蛛は部屋の奥へ導かれ、そのまま折畳み椅子に座らされた。背後のブラインドが耳障りな音を立て、揺れる。

ケースを開ける機会の失せたことが、蜘蛛は信じられなかった。背広姿の一人、真っ白な短い髪をした男がこちらの前に立ち塞がり、蜘蛛が椅子から離れるのを封じている。

蜘蛛は呟き込んだ。顔を上げると、白髪《はくはつ》の男の脇から、背広を着たもう一人——下唇に輪状のピアスを三つ通している——が退屈そうに部屋を見回す様子と、室内に入った作業服姿の小男が、備えつけの薄い絨毯《じゅうたん》の上にボストンバッグを置く姿が見えた。バッグを開くと大きなビニールシートを広げ、四つのナイロン製ケースを取り出し、丁寧に並べた。白髪の男から、クモだな、と問われ、蜘蛛は頷くしかない。

「この部屋はお前の名義か？」

頷く。

「人の住む部屋には見えないな……客と会うための場所か？　それとも、道具を用意するために借りたのか？」

両方です、と掠《かす》れ声で蜘蛛は答える。嘘ではなかった。少なくとも、住むために借りた部屋ではない。けれど本当の目的は、ジュラルミンケース内の要素の効果をこの目で確かめるためで、それは実用的な道具とばかりもいいきれず——

「お前、いい仕事をするらしいな」

白髪がまた話しかけてくるが、蜘蛛は次々と開かれるナイロン製ケースから目を離すことができない。粘り気のある唾を呑み込むと、喉《のど》の奥が小さく鳴った。

「だがうちの顧客は、いい仕事、ってだけじゃ安心できないそうだ」

ナイロンの内に現れた何本もの金属が、ブラインドの隙間からの光を鋭く反射している。

「完璧にしたいんだと。お前がばらばらになって下水に流れてくれたら、全部の痕跡が消えて、ようやく安心できるそうだ」

よく研《と》がれた金属。シート上に並べられたどの包丁もほとんど刀のような質感で、手に取らずともそれぞれの重量と冷たさが伝わってくる。

蜘蛛はもう一度咳き込む。気味の悪い野郎だ、というピアス男の声が聞こえ、

「無表情で……こいつの顔にも、毒が回っているんじゃないですかね。痩せこけた泥人形みたいな。こんな寒い部屋で……」

ピアスは床に金槌《かなづち》が置かれるのをしばらく眺めたのち、鈍器で殴るのか、と訊《たず》ねる。

「……これで最初に鎖骨を折るんだ。鎖骨さえ折れれば刃物だけで解体できる」

作業服が顔も上げずに答えた。ピアスは鼻で笑い、パイプベッド上のジュラルミンケースの蓋に触れた。退屈そうに留め金を弄《いじ》っている。

「部屋のものに、やたらと触るな」

気付いた白髪がたしなめるが、

「どうせこいつはもう発見されませんよ……それに、このケースも処分しなきゃならんでしょう」

ピアスは、ジュラルミンケースの内容物に興味を示している。たぶん奴は、薬物の入っ

た瓶か何かが並んでいる様子を想像しているのだ。蜘蛛は興奮し始める。突然湧き起こった幸運だった。白髪がいう。

「どんなものを使ったんだ？　立ち会った奴の話じゃあ、相当苦しんだ上に、ずっと止まらず流し続けていたと……」

二つの留め金が、かちりと音を立てる。わずかに緊張した面持ちで、ピアスが蓋をゆっくりと持ち上げる。蜘蛛は嬉しさの余り、喜色の混じる吐息を漏らしてしまう。急いでゴーグルを装着し直した。

幾つかの黒い小さな塊がケースの隙間から飛び出し、驚いたピアスが蓋を閉じるが、もうそれで充分だった。作業服が最初に気付いた。ベッドへと顔を上げ、腐臭だ、と鋭くいった。

次に反応したのは白髪だった。逃げる間《ま》もなかった。蜘蛛の着る厚手のコートの胸ぐらを片手でつかんで椅子から引き上げ、喉元に何かを突きつける。蜘蛛はゴーグルがずれないよう、慌てて顔を押さえた。

「誰のだ？」

息が詰まるが、白髪は力を緩めない。蜘蛛は突きつけられた小型のスタンガンに、息を呑む。大きな破裂音とともに、目の前で威嚇《いかく》の火花が散った。

「誰の死体だ？」

違う、と蜘蛛は何とかそういった。やっと両足が床に着き、椅子の上に投げ出され、喉の痛みに激しく咳き込んだ。違う、ともう一度いい、

「人間のものじゃない」

白髪が、何か悪態をつくのが聞こえる。

「本当だ。子羊の肉だ」

「どうして、腐らせている」

「昆虫を繁殖させるために。柔らかい肉が好物ですから……でも、余り繁殖しすぎても始末に負えないので、その、できるだけ狭い空間で」

作業服が、まとわりつく蠅《ハエ》を片手で追い払っている。目に入った、とピアスが呻《うめ》き声を上げた。蜘蛛は思わず、忍び笑いを漏らす。白髪が舌打ちして、

「毒を作る昆虫か?」

「いえ、ただ珍しいだけの……本当に、凄く珍しいんです」

「金になる昆虫か……いや、関係ないな。俺たちからすれば、お前の方が金になる。お前を始末することで、丸一年遊んで暮らせるだけの報酬が手に入るんだから」

乾いた両目が蜘蛛を見下している。視界を黒い蠅が素早く横切った。

「そこの扉の中は、ユニットバスだろう。移動しろ」

白髪は背後を親指で示し、

「素直にいうことを聞けば、苦しまないようにしてやる。少しでも抵抗するようなら」

目の前でスタンガンを振ってみせ、

「こいつで躾《しつ》けてやる。失神もできねえし、悲鳴も上げられねえ。痛いんだよ。全身の細胞の一つ一つに響くくらい。それが嫌なら……」

白髪が、スタンガンを握っていない方の手で片目を擦る。蜘蛛はついに噴き出してしまった。愉快で仕方がない。白髪が、怒りを露《あらわ》にしてスタンガンを誇示するが、たぶんもう、彼らもその機械も恐れる必要はない。期待通りの成果だった。蜘蛛は、

「ユニットバスへ」

笑いを収めていう。

「早く移動した方がいい」

作業服は両目を気にしている。痛《いて》え、とピアスが悲鳴に近い声で文句をいった。白髪はようやく、事態の変化に気付いたらしい。初めて、警戒の色が顔に浮かぶ。蜘蛛は静かに、

「部屋を寒くしているのは、申し訳ない。湿気を抑える必要がありまして。昆虫の生息地の気候に合わせるために。砂漠に近いんですよ」

白髪の不安を煽《あお》るのが楽しくてならず、

「ああ、もちろん私が育てている昆虫は、蠅です。モンゴルに棲む肉蠅《ニクバエ》の一種なのですが、これはとても珍しいもので」

ピアスと作業服も耳を傾けているのが気配で分かり、

「家畜や人の眼球に、小さな幼虫を吹きつけるんです。幼虫は柔らかい眼球を餌にして、内部に潜り込んでゆく。私なら、すぐに洗い落としますが。失明したくはないですから」

作業服が急いで立ち上がり、シンクへ向かい蛇口の水を出そうとするが、うまくいかずに動揺している。冷静に振る舞おうと繕う態度がおかしくてならず、

「故障していたかな……」

嘘をつくことも嬉しく、

「ではやはり、ユニットバスの洗面台を使うといい」

白髪の、血の気を失った顔が頭上にあった。こちらへ何かいおうと口を開きかけるがすぐに閉ざし、踵《きびす》を返して駆け出した。狭い空間へ三人が突進し、スタンガンを放り出し、押し合って中に入り、怒鳴り声を上げ、わずかしか流れない水を奪い合う。無様な姿に蜘蛛は満足し、そして馬鹿馬鹿しくもなった。

元栓を締めつけたそんな弱い水流では、たとえ直接眼球を晒《さら》したところで、幼虫を取り除くことなどできるはずがない。誰でも理解できる話だ。複数の幼虫を眼球から全て取り除くには、冷静に器具を用い、あるいは指先で丁寧に、直接摘み上げる以外にない。三人が互いに協力し合わなければ、誰一人、無事に済みはしないだろう。

蜘蛛は立ち上がった。絨毯に並ぶ包丁を跨《また》いで越えると空調を止め、パイプベッドに近

付き、ボストンバッグを肩に掛け、ベッド上のジュラルミンケースの蓋を大きく開いた。肉蝿がさらに飛び立つ羽音。蜘蛛は思わず、両方の耳孔を人差指で塞いだ。興味深い昆虫たち。人体への影響をもっと見届けたかったが、それは無理な願いというものだ。蜘蛛は玄関扉へと歩き出す。ユニットバスの前で立ち止まった。

三人は今ではほとんど無言で、わずかな水流を奪い合っている。扉の隙間へ、

「当事者として、自覚しておいてもらいたいのだが」

内部からはくぐもったもの音、無言の喧騒が届いてくる。三人が聞いているようには思えなかったが、どうしても伝える必要があり、

「輸入した昆虫を無闇《むやみ》に外へ出すわけにはいかないんだ。環境が違うとはいえ、適応してしまう個体の存在する可能性は常にあるのだから。生態学的に考えてもらいたい。虫たちが放たれて、自然界の釣り合いが崩されてしまう状況を。今は君たちがその当事者となっている。聞いているかな？　君たちの眼球よりも大切な話なのだが。それに……俺は幾つか、嘘をついている」

隙間へ首を伸ばし、

「ケースの中身は、人だ。都営住宅を借りるために、名義人となってもらった多重債務者の老人だ。安心していい。そこに入っているのが老人の、最後の部分だ。ケースごと処分すれば彼を全部、片付けたことになる。俺の指紋は常に薬剤で溶かしている。この部屋に

痕跡があるとすれば、後はお前らのものだけだ。お前ら自身のために部屋を全て、綺麗にしておけよ」

三人の注意がほんのわずかながら、こちらへ向いたように思える。

「老人は、名義のことで俺を脅すようになってね。別の形で役に立ってもらうことにしたんだ。虫たちに、人の味を教えてやりたくてね……まあ、お前らも急いだ方がいいな」

三人の内の誰かの、短い悲鳴。急激に、蜘蛛の気分が冷めてゆく。肉蠅の繁殖力の強さと、人に対する精神的な威圧の力を確認することはできたが、結局は全て防疫のために駆除しなくてはならないのだ。それに、彼らの反応。予想以上に利己的で、醜悪そのものの態度。

蜘蛛は昨夜の、地下鉄列車内での興奮を思い起こそうとするが、うまくはいかなかった。玄関で靴を履き、隅に設置した燻蒸式殺虫剤のボタンを、爪先で押し込んだ。すぐに蒸気が立ち昇る。合成香料。薔薇の匂い。念のために蜘蛛は両腕を軽く上げて、コートの表面にも薬剤の効果が行き渡るよう、ゆっくりとその場で回転した。

実際に会うべきだろう、と蜘蛛はそう思いつく。俺を殺すために、三人をここに送り込んだ者。前回の仕事を依頼した男。幾つかの仲介組織を経ることにより、本当の依頼主は身許を隠したつもりだろうが、もちろん見当はついている。

やっと胸の奥に、気持ちの高まりを感じるようになる。

蜘蛛は細く開けた扉の隙間から、外へ出る。吹き抜けに近付き、薔薇の匂いの混じる唾液を吐き出した。

i

駅構内地下への階段を駆け降りようとしたイルマの脚がもつれ、身に着けたレザースーツが軋《きし》み、思わず手摺りに寄り掛かる。日中から降り続く雨が大勢の靴裏で運ばれ、構内を濡らしている。畜生、と小さく悪態をつくが、思うように体の動かない理由が天候のせいではないことも、分かっていた。今も乳房の奥が少し苦しく、頭の芯にも鈍い痛みが残っている。手摺りに頼って階段を降りるにつれ背後の雨音が小さくなり、階下のフロアに梟《ふくろう》を模した石像が見えてきた。

石像の傍で制服警察官が鉄道利用者の誘導をしていたが、終電間際の時間帯でもあり、そこで何があったのか知ろうと足を止める人間も絶えず、フロアの人込みをコントロールしようというのは、全く不可能な行為に思えてならない。イルマは人を掻き分けるようにして進み、この低気温でも額に汗の玉を浮かべる誘導役の警察官へ、手を挙げて警察手帳を示し、警視庁警部補を拝命していることを伝えた。

すぐ近くの壁には青い人形《ひとがた》のアイコンが大きく描かれていて、その一帯がビニールシートで覆われている。若い制服警察官の敬礼に会釈で応えシートの隙間を抜けると、男子化粧室、との表示があり、イルマは通路を進んだ。

鏡と洗面台の並ぶ光景が視界に入り、男性用便器の列の前、タイル張りの床には灰色のビニールシートが敷かれ、その上にもシートが掛けられている。内部の人間の形が膨らみとして浮かび上がっていた。隙間から床の隅の排水溝へ向かい、血液の漏れた跡がある。

警察官の数は多くなかった。鑑識員の中に、見知った初老の男性の後ろ姿をイルマは見付け、呼びかける。

「……フチ、入っていい？」

同じ青色の制服を着た若い同僚と立ち話をする渕《フチ》が振り返りもせず、いいぜ、といった。手に持った書類に何かを書き込みながらイルマへ、

「お前、独身寮で事案の発生を聞いたんだろう。遅いぜ、それにしちゃあ」

化粧室内に入ったイルマはタイルの上で、足を滑らせそうになる。まだ少しふらついている。

「……寮はとっくに出たよ。上にごねて。昇進した時に、さ」

ようやくイルマの姿を目に入れた渕が、おい、どうした、と驚いた声を上げ、

「お前、それ、スーツがぼろぼろじゃねえか。事故ったのか？」

「正解」

一度戻って着替えてくればよかった、と思う。肩のチタン製プレートは取れかかっていたし、手で探ると背中のウレタンがはみ出てしまっている。買ったばかりのレザースーツの着心地を確かめようと、この寒さの中、わざわざインナーまで着込んで愛車を発進させたというのに……事故の衝撃を大分和らげてくれた、と前向きに捉えるべき？　説明するのも面倒だったが、

「質《たち》の悪い奴らが運転する四駆に、後ろから引っ掛けられちゃって。こっちが女だと見ると、ふざけてやたらと近付いて来るんだよね……で、単車ごと転倒。カウルに穴が空いて、クラッチ・レバーが折れて、ハンドルが曲がって、ウインカーが砕けて……」

「そいつら、逮捕したのか」

「面倒だから、運転席の扉を蹴ってへこませて、それであいこにした。急いでたしね……」

思い出すと、また腹が立つ。派手に転倒する単車から無理やり立ち上がって、急停車した四輪駆動車に駆け寄った時の、車内の若者たち三人の、困惑の笑みを浮かべる強張《こわば》った顔。まだ学生だっただろうか？　それでも逮捕して、前科をつけてやればよかった。渕は唖然《あぜん》とした表情で、

「事故った単車は」

「すぐ傍に、よく使うガソリンスタンドがあったから、取りあえずそこに置かせてもらってる。だから、タクシーで来たよ。ねえ、なんで私が尋問されなきゃならないの」

渕は顔をしかめ、心配しているんだろうが、といった。イルマは腕組みして遺体を顎先で示し、

「なんか皆、落ち着いちゃってるけど……監察医は？」

「とっくに帰った。もう現場作業は終わりだ。捜査指示だけ残して、管理官も先に戻った。遺体を司法解剖に回すことも決まった。お前が遅いんだよ」

「なら、どうして運び出さないの……」

「終電がすぎるのを待っているんだ。すぎれば、駅から人もすぐにいなくなる」

完全に出遅れた、ということだったが、イルマの所属する殺人犯捜査第二係は初動捜査の手伝いに呼び出されただけで、まだ本格的には動き出していないはずだ。同僚を探して広い構内をうろつくのも面倒、と考えるイルマの視界に、奇妙なものが映った。

シートの隙間から漏れ出た血液。タイルの目地の中をわずかずつ今もゆっくりと流れ続け、排水溝を目指している。凝視するイルマに気付いたらしい渕が、その通り、といった。

「この遺体からは、ずっと血が流れ続けている」

イルマは眉をひそめ、首を傾げる。心臓が停止すれば血流も止まる。凝固も始まるから、血液がいつまでも流れ出るはずはない。

「……なぜ？」

「血液凝固因子を持たない遺伝性の疾患によるもの、かもしれん。それにしては妙だが

な。疾患があるなら、専用の薬を持ち歩いているはずだし、もし薬が切れたら構内をうろついたりせず、すぐに自宅か病院へ向かうだろう。第一……」

「ちょっと、ごめん」

イルマは瞼《まぶた》の一方の、鼻梁《びりょう》に近い場所を親指で押して頭痛を抑え込み、

「まだ頭がうまく回ってなくてさ」

「手短に、か」

渕は苦笑し、

「どこのお偉いさんかね」

「階級では私が上司だし……ウノかフジイに訊こうと思ったんだけど、皆、ずっと通話圏外なんだよね」

「構内の、繋がりにくい場所にいるんだろう。お前が避けられているんじゃなけりゃあ、な」

「……優しい同僚が欲しい」

「そう思うなら、まずお前さんが他人への態度を改めるんだな。特に、年長者には」

「……で、第一、何？」

「頭は回るようになったかい」

値踏みをするようにイルマの目を見詰め、

「遺族に連絡して、質問したんだよ。この男には離婚した妻子がいてな。遺伝性の疾患な

ど聞いたことがない、という。恐らく本当の話だろう。疾患を家族に隠し続けるのは難しいだろうし、隠す理由もない。離婚自体、事業の失敗を家庭にまで広げないための、一時的な措置らしい」

「この流血は……」

「歯の治療跡から出血している。が、それは死因とは関連がない」

「他に外傷は」

「細かな出血が方々に。大きな外傷は見当たらない。監察医がいうには関節、筋肉の内出血があちこちに見られ、たぶん臓器不全も起こしているって話だ。体の内側でも出血が止まらなくなった、ってことさ。それが死因だと。後は司法解剖の結果待ち、ってところだ」

「どうして、出血が止まらないわけ？」

「結果待ちさ……」

渕は手元の書類への筆記を再開させるが、イルマは構わずその横顔に話しかけ、

「遺伝性の疾患が原因じゃないとすれば――」

自分自身へも語りかけていた。同様な状態が現れる理由は、一つしか思い浮かばない。

「――毒物を摂取した可能性」

自分の言葉に、イルマは考え込む。毒物。駅の構内で？　唐突な印象。現実的な話、といえるものだろうか。渕へ、

「ここが事案の発生場所なの？　それとも別の場所で血を流し始めて……」

　渕は溜め息をついてイルマを見やり、

「それを機動捜査隊《キソウ》と一課が手分けして、確認してんだよ。被害者は駅構内を相当歩き回ったらしくてな、所々に血痕が落ちている。だがそれが広範囲で、通行人も気付かず踏みつけているから、被害地点を絞りようがねえ。防犯映像の確認も始まってはいるが、この混雑だしな……」

「血を流しながら、あちこちを移動？」

「化粧室に近付くにつれ、段々と出血もひどくなったようだ」

「ここで最期を迎えた」

「そうだ。個室に入って、蓋の閉まった便器に座り、壁にもたれた状態で死亡」

「検視官は？　遺体をどう視ているの」

「困惑はしていたが……やはり毒物の可能性を疑っている。どこかで自ら摂取し、死に場所を求めて駅構内を徘徊《はいかい》してここに辿り着いた。だが、この騒ぎだろ？　捜査本部は必要になるだろう……と、そんな風向きだったな」

　イルマは腕組みを解いた片手を腰に当て、渕の顔を覗き込もうとする。

「……全然、納得いかないんだけど」

「俺にいうなって」

「内出血、臓器不全なんでしょ。凄く痛そうだけど……どうして、自殺と決めつけるわけ」

「加害者がいたなら、助けを求めるだろう。それに、この男は事業に失敗しているしな……」

イルマは、今も少しずつ排水溝へ向かおうとする、粘り気のある血液を眺めている。片手で自分の短い髪をつかみ、考える。痛みをこらえ、血を流し続けながらも構内を彷徨《さまよ》う男。その場面を想像しようとする。男の表情を。

髪の毛から手を離し、

「……死に場所を探していたのでは、ないのかも」

「何？」

「仲よくしてくれて、ありがと」

イルマはビニールシート越しの遺体へ、両手を合わせる。短い黙禱《もくとう》を捧げた。困惑と呆れの混じる表情をした渕をそこにおいて、イルマは男性化粧室を出た。背後で、誰ですか、と若い鑑識員の声。渕が、知らねえのか、と答えるのが聞こえる。

捜査一課の、飢えた狼みたいな奴だよ。ちっと見栄えがいいからって不用意に近付くと、頭から丸齧《まるかじ》りにされるぜ……

そりゃどうも、とつぶやいて首を竦《すく》め、イルマはビニールシートの隙間から外へ出る。

＋

池袋署の講堂内で第一回の捜査会議が設けられたのは、正午をすぎた頃になった。脚を組み、パイプ椅子の背にもたれて会議の始まりを待つイルマは、前列の捜査員がつぶやく、招集遅かったな、という言葉を聞いた。その横に座る同僚が、科学捜査研究所《カソウケン》の鑑定待ちだったらしい、と小さな声で答えた。

イルマの隣には、宇野《ウノ》がいる。警部補へ昇るための試験問題集を机に広げ、低い唸《うな》り声を上げていた。その横顔には、どことなく状況に対しての不満が見え隠れしている。こちらの御目付役としてイルマとともに所属する係から分離させられ、特別捜査本部に組み込まれたとあっては、この場にいることを喜んでいるはずもない。イルマは、ひと言からかってやろうと問題集を覗き込むが、所轄署刑事課長が署長と警視庁本部の幹部たちを引き連れて現れ、講堂前方に用意された席に静かに腰掛け始めたのを見て、口をつぐむ。

刑事部長と捜査一課長と署長の挨拶の後、管理官の口から報告された科学捜査研究所による検査結果に、特捜本部に参加する五十人余りの捜査員全員が静まり返った。イルマも驚いている。無意識に、人差指の関節を嚙《か》んでいることに気付いた。

こんな話、聞いたことがないよね……


被害者の氏名、秦《ハタ》　行信《ユキノブ》。

四十歳。独身。離婚歴あり。持続性の疾患なし。

スマートフォン・アプリを開発する、会社員六名の小企業の代表取締役。

死因――波布《ハブ》毒による多臓器不全。


駅構内に蛇……誰かがそうつぶやいたのを、管理官はゆっくりと首を振って否定し、

「違う。被害者の右太股《ふともも》外側やや後方に発見された毒物の注入痕は非常に小さく、蛇の毒牙とは形状が一致しない。司法解剖でも、注射針の痕と報告されている。つまり被害者は何者かにより、人為的に波布毒を注入されたことになる。被害者の遺留品には毒物に関連したものはなく、また注入痕の位置からしても、当人による自殺行為とは考え難い……皮膚の壊死《えし》の様子からすると、相当な量を体内に送り込まれたらしい」

壊死ですか、と前列の誰かが訊ねるのを受け、管理官は手元のA４用紙へ目を落とし、

「出血毒と呼ばれる消化液の一種だという。蛋白《たんぱく》質分解酵素の作用によって、血液凝固を阻害し血管組織を破壊して、筋肉細胞を壊死させる。傷口からの出血とともに内出血が広がり、血圧降下、多臓器不全を引き起こし死に至らしめた、ということだ。ちなみに……

激痛が伴うという」

再び講堂が静まり返る。管理官の報告が続き、

「駅構内の捜査、映像の解析を進めた結果だが、犯行現場は構内ではない。太股を押さえながらプラットホームに降りる被害者の姿が、映像に残されていた。運行中の副都心線車両内が犯行現場となったと考えるのが妥当だが、犯行は一瞬だったらしく、車内映像でも加害者を特定できていない。該当列車を出入りした者を解析するべく各駅へ映像の提供を依頼し続々と本部に届いてはいるが、今のところ決定的な証拠を見付け出すには至っていない」

事案発生当日の捜査状況を説明いたします、といって、着席した管理官に代わり所轄署刑事課長が立ち上がった。雛壇に座る人間は皆、暗い色の背広を着て灰色の髪をやや短めに整えており、制服姿の署長も含め、全員が威厳らしきものを身にまとっていることに、イルマは何となく感心する。刑事課長がいう。

「被害者は構内の広い範囲を歩き回っている事実が目撃され、またその姿は防犯映像にも残されております――」

イルマは頷いた。終電をすぎてほとんどいなくなった鉄道利用客と駅員への聞き込みよりも、床に点々と残り、誰かに踏みつけられ、薄く引き伸ばされた血痕を辿って歩くことに集中した昨夜を思い出す。イルマはその時、被害者の心情を想像しようとしていた。

広大な地下空間を、まだ大勢の利用客が満たしていた時間帯に彷徨った男。その移動範囲は構内中央部のほとんど全域に及び、さらに同じ通路を数回往復してさえいた。最初から男性化粧室を目指し迷っていたのか、とも考えたが、彼が何度もその前を通り過ぎたはずの化粧室の入り口には、壁に大きな男性型アイコンが貼り出されていて見逃しようがなかったし、最終的に化粧室内の個室、蓋の閉じられた便器に座ったのも、死に場所を見付け出したというよりも、ただ疲労と痛みに打ちのめされた体を安静な場所に置きたかっただけなのでは、と思える。「最終的な死」だけは静かに迎えたい、と考えたように。

もしそうなら、むしろ問題となるのは、その直前までの行動だった。血を流し、筋肉の壊死する無残な体を酷使しつつも、なぜ広い構内を歩き回らなければならなかったのか。

昨夜の捜査を思い出したせいで、肩の奥の痛みまでも蘇《よみがえ》ってきた。前列から資料用の書類が配られ、手に取ると、被害者の顔写真が目に留まった。神経質そうな、やや長髪の中年男性。

「——被害者は、駅員が駐在する窓口や改札機の傍を通りかからなかったために、結果的には救護を受けられず、息絶えることになりまして——」

私には、自ら救護を避けていたように見える。

「——また、最終電車直前、という時間帯もあり、構内での被害者を記憶する者はある程度存在するのですが、援助までした人間は今のところ見付かっておりません。出血に気付き、声をかけた通行人は数名いたようですが、被害者自身、片足を引き摺っていても足付き自体はそれほど乱れておらず、どこかを目指しているように見えたこと、返答がなかったこと、また目撃した者も全員急いでいたとのことで、結局駅員らへ被害者について知らせるまでには至らなかった、という状況だったようです――」

　目的を持って彷徨っていた、とも解釈できる。捜査一課長が着席したまま口を開いた。

「今のところ、被害者に多額の保険金がかけられていた等の事実はなく、基本的には怨恨による殺人と見立て、捜査を続ける。被害者は以前、短期間ながら週刊誌編集部に勤めていた経歴があり、ジャーナリストとして恨みを買った、とも考えられる。しかし特定の対象者のいない通り魔的な事案である可能性も少なからずあり、注意を要する。防犯映像の解析とともに、今回は通常以上に聞き込みを徹底させたい。人間関係捜査《カンドリ》と生活圏捜査《ジドリ》が、同等の重要性を持つ。捜査員各自は、何事も見逃さないよう心掛けてもらいたい。組分けののち、すぐに動き出して欲しいが……何か質問のある者は」

　イルマのすぐ前に座る中年男性が生真面目に片手を高く挙げ、

「……類似した毒による事案は、これまでに報告されていますか」

「ない。見逃されている可能性もあり、その検証にも人員を割く。書類仕事となるが、丁寧に確認してもらいたい。当然、爬《は》虫《ちゅう》類あるいは薬物に詳しい者の犯行であるはずだから、被害者との面識のあるなしにかかわらず、都内近郊の爬虫類研究者、飼育関係者、医師、薬剤師等も視野に入るだろう。どこまで対象を広げるかが問題だが……他に質問は」

秦行信。まるで悪魔に逐《お》われ、逃れ続けたように——

イルマは軽く片手を挙げる。指差されるのを待たず、

「被害者の、構内で徘徊を続けていた時間は、どれほどと推測していますか」

こちらに視線を合わせた管理官は、眉間に皺《しわ》を寄せつつA4用紙を確認して、

「防犯映像から割り出されたのは……プラットホームに姿が見えてから男性化粧室に入るまでの時間は、約二十分ということだ」

「被害者はなぜ二十分もの間、助けを求めることもなく構内を歩き回ったのでしょうか」

「……苦しさの余り錯乱していたのではないか、と考えている」

「被害者が意図的に移動を続けた、とは考えられませんか」

右腕に、抵抗を感じた。すぐにライダース・パーカーの袖を宇野が引っ張っている、と気付いた。気がつかない振りをして、

「彷徨うこと自体が目的であった、と」

「我々に必要なものは、根拠だ。イルマ」

管理官は、意見を払い除《の》けるように片手を振り、

「以前にも教えたはずだ。事案の見立ては我々がする。お前たちの仕事は、根拠を探し出すことだ。分かったら……」

「助けを求めることのできない、何らかの心理的な圧力があった、とも考えられます」

宇野がまた袖を引く。イルマはそれに抵抗しつつ、

「被害者の二十分の移動は、圧力に対する何かを表しているのでは。圧力に対抗するためには、瀕死《ひんし》の我が身を人目に晒す以外なかったのかもしれません」

曖昧ないい方。うまく、言葉にならない。

「他に質問はないか」

管理官は取り合わなかった。雛壇の警察幹部の間に白けた空気が流れ、講堂内にも同じ雰囲気が広がったようだった。イルマは発言をやめたが、それでもまだ考えていた。

被害者は、自らの死を周囲に知らしめようとしていたのでは――

k

灰色のベンチに腰掛ける蜘蛛は携帯端末《スマートフォン》から目を離し、頭上を仰いだ。広場を傘の骨のように包むオブジェが節足動物の蜘蛛を模していることに、今頃になって気付く。長い脚の集まる小さな胴体が、幾つもの白い卵を内包していることにも。

蜘蛛はすぐにオブジェへの興味を失った。その先の、タワー型の巨大な高層建築物へ両

目を細める。すでに佐伯《サエキ》は、四十階に構えた自らの会社に戻っているはずだ。蜘蛛は、佐伯という男の思考パターンを検証するために何度も繰り返し視聴していたネット放送の録画を、端末の画面から消す。

動画の中、三十代後半の、短髪の背の高い男は溢れ出す自己愛をむしろ身振りを小さくすることで、抑え込もうとしているように見えた。教員であった父親が借金により失踪した家庭。球技に打ち込み、部長として全国大会まで出場した学生時代。国立大学在籍時から起業サークルに所属し、情報技術《IT》会社との接触を積極的に重ねていた。芸能人との浮き名。数冊の自伝を出版し、さらに自費出版で未来小説まで発表する自信家。あるいは空想家。

ネット放送は、無線《Wi-Fi》通信用の中継器《ルーター》を配布して独自のネットワークを構築し、無料の通信網を作り上げる、という新規事業についての話で、世間の注目度も高い大掛かりな発表会だったが、蜘蛛の目から見れば海外のビジネスを模倣、脚色した商売にすぎない。佐伯の率いるグループ企業の規模が膨れ上がった理由は、中核企業「株式会社シェヴロン」の開発した新たなネット検索技術によるものとされていたが、それよりも、海外の金融機関を資金源とする強気の企業合併と買収《M&A》の繰り返しと矢継ぎ早に発表する情報技術の表面的な彩りが、株価を実績以上に引き上げているはずだ。

シェヴロン代表取締役兼最高経営責任者《CEO》である佐伯亨《トオル》は、自らを世間に晒し続けることでグループを喧伝して株価の下落を防いでいる。この男の口にする技術革新は、常に株価と結びついているのだ。

佐伯の自意識過剰な振る舞いのおかげで、蜘蛛は男の予定を詳細に把握することができた。普段でも現在進行形の仕事や居場所を、こまめにネット上に書き込んでいる。時には、先の予定までも。蜘蛛は男が公開するソーシャル《S》・ネットワーキング《N》・サービス《S》の内容をまとめ、毎週の決まった移動先――TV局やスポーツ・ジムや美容院――を書き出し、これまでの動きから予想される行動を織り交ぜ、独自の詳細な予定表を作成していた。恐らくは、個人秘書の所持するものとさほど差異のない予定表を。

蜘蛛は舌先で下唇を湿らせる。スポーツ・ジムやマッサージ・ショップで佐伯と接触するのは、簡単な話だ。しかしそれでは、圧力が足りない。

佐伯は今、高い確率でシェヴロン社の内部にいる。発表会を行った際にはいったん自社へ戻り、夜には社員だけの酒宴を設ける。酒宴が終わるまで社を出ることはない。今頃は恐らく、発表会で高揚した気分を、部屋で一人静めているところだろう。

同業者を潰すためには企業舎弟を用い、違法行為も辞さない男。

組織を通して俺に仕事を依頼し、次には証拠隠滅のために俺を殺すよう指示した男。

俺の心底の渇きに応えることのできる、数少ない人間。

蜘蛛は膝の上に載せていた紙袋を慎重に片腕で抱え、ベンチから立ち上がり、タワービル正面の自動扉を潜り、総合受付の設置された階上へ向かう。エスカレータで昇りながら、背広の襟を整え、ネクタイを締め直す。

i

レンタル・オフィスの受付カウンターで宇野が警察手帳を開くと、中年の受付嬢の顔に脅えと警戒の色があからさまに表れ、これは長くかかるかも、と考えたイルマは来客用のソファーに深々と腰を下ろした。直方体の机の上に、小型の液晶TVが載っている。通路が入り口から奥へと続いていて、硝子《ガラス》扉の先には広いラウンジが見えたが、その先に並んでいるはずの、賃貸式の個人事務所の様子を視界に入れることはできなかった。

脚を組んでデニムの裾から出たブーツをぶらぶらさせて眺めていたが、宇野と受付嬢のやり取りはなかなか終わらず、徐々に小さな音量で流れるTV放送の内容に、イルマは注目し始める。

午後の報道番組。午前中に行われた、情報技術系の発表会が小さな画面に映し出されている。無線を利用した「ビット・タービン・プロジェクト」なる通信網についての発表を、短髪で顎に無精髭を生やした若手CEOがわずかに顔を紅潮させながらも、抑えた口調で行っている。中継器を方々に設置し、都内であれば無料、郊外でも格安の料金で利用可能だという。イルマはその技術内容よりも、利用条件の方が気になっている。

無料通信を利用するための唯一の条件は、その通信網に流れる情報《データ》の一切を、シェヴロン社に開示する、という話。情報は、同社の躍進のきっかけともなったネット検索技術の、統計処理の情報源として集合的に扱われ、個別の記録として人目に触れることはない、という。シェヴロンという単語。つい先程目にしたばかりなのを、イルマは思い起こす。秦行信が以前に在籍した会社の玄関扉、企業名のロゴタイプの下にアルファベットで小さく併記されていた。

シェヴロン社のプロジェクトは、論理的には間違っていないように思える。けれど、心情的に不穏なものも感じる。積極的に使用したい、とは思えなかった。私は将来、この無料通信網を利用することがあるだろうか？　あるかもしれない。世の中の大多数が利用するようになったら。あるいは警察官を辞める羽目になって職業が変わり、通信費の削減をしなくてはいけなくなったら。結局心理的なハードルもその程度、ということ。

新規の情報技術について考えるのも飽き、欠伸《あくび》を噛み殺しながら、あの灰色の地味なネクタイは流行《はや》りなのだろうか、とＣＥＯの装いを観察し始めた頃、主任、と呼びかけながら宇野がイルマの傍に戻って来た。

「呼び出してもらえるようです」

声を落として、

「……何か、個人情報の開示について神経質になっているらしくて、手間取りましたが」

イルマは宇野の格好、ノーネクタイのスーツ姿を見上げる。清潔そうには見えたし、三歳年下とはいえ、捜査一課らしい説得力もそれなりに備わっているように感じられる。土地鑑の必要のない、被害者の仕事関連の聞き込みであるために、所轄署の人間ではなく捜査一課の同僚とそのまま組むことになったのだが、それが負に働いたとも思えない。少なくともライダース・パーカーとデニム姿の自分よりも、より警察官らしく他者には映るはず。だとすればレンタル・オフィス自体が、顧客のプライバシーについて神経質にならざるを得ない業種、なのだろう。イルマが無言で頷くと、何の軽口もなかったことに戸惑うような表情を見せ、宇野が受付カウンターへ戻った。

そもそも、集中しきれていないのだ、とイルマは思う。指先で眉間を押さえ、瞼を閉じた。新興企業のCEOの装いを、ただぼんやりと眺めているなんて。

なかなか、被害者の身辺捜査へ意識を集中させることができずにいる。捜査の方向性、というものを確立できていない。

なぜ、被害者は殺されなければいけなかったのか。

毒殺。強い殺意。冷静な犯行。

仕事上の問題？　人間関係のもつれ？　何か、嚙み合わないものを感じる。原因と結果がずれているように。

それぞれを分離して考えることは可能だろうか。原因と結果、殺意と犯行を。

そこでまた、思考の焦点がぼやけてしまう。思索のための材料が足りていない。秦行信の以前の就職先でも、手掛かりを入手することはできていなかった。

確かに足りていない、と思う。仮説を立てるだけの根拠が、全然。

——根拠を探し出すのが、お前の仕事だろ。

管理官の口真似で、イルマはそうつぶやいた。主任、と呼ぶ宇野の声に顔を上げる。

＋

受付嬢の案内で、会議室Cと扉にプリントされた部屋に、イルマと宇野は通された。白色で統一された宇宙船内部のような部屋の中で、腰掛けていた四十歳前後の男性が立ち上がり、オガワタダシです、と緊張した面持ちで自己紹介した。受付嬢が持ち場へと戻ってゆくのが、壁の一面に嵌《は》め込まれた曇り硝子越しに見えた。

小川がイルマと宇野へ、名刺を差し出した。宇野に続いて、イルマも太股に装着したホルスターバッグから名刺を取り出し、小川に手渡した。物珍しそうに、小川がイルマの名刺を眺めている。警視庁刑事部／捜査第一課　警部補　入間祐希《イルマユウキ》。警視庁の電話番号と内線番号。HPアドレス。橙《だいだい》色のマスコットが、端に。

机に警察官の名刺を並べて置き、小川正がこちらへ着席を促す。揃《そろ》って腰を下ろすと、小川の方から口を開いた。

「秦のことですよね……殺された、とか」

以前の同僚の死は伝わっている、ということ。毒殺、という異常な死因が報道されたとあっては、それも当然の話のように思える。小川の前に座る宇野がすかさず、はい、と返答し、

「私たちは現在、秦氏の交友関係を調べています。先程、パースペクティヴ社——秦氏とあなたが在籍していたPCソフトウェア開発・販売会社——で得た情報から、同じ会計ソフトウェア開発の同僚であった方《かた》を一人一人訪ねて、お話を伺っているところです。お仕事中ご迷惑をおかけしますが、ご協力をお願いします」

宇野が丁寧に頭を下げ、イルマも釣られて会釈をする。如才ない若手警察官と組むと楽でいい、と思う。以前に参加した特別捜査本部でも、やはり同じ二係の金森《カネモリ》と組むことになり、その時は最悪で、相手が前時代的な価値観を振りかざすものだから結局、大喧嘩をして二人とも特捜本部から放り出される事態になってしまった。

宇野の隣に座り、質問は任せ、真剣な顔をして話を聞くことに専念しよう、とイルマは決める。必要な時以外は、できる限り大人しくしていること……随分前に、そう決めたような気がするけれど。小川は困惑を顔に浮かべ、

「パースペクティヴ社の方々は秦について、何かいっていましたか」

　宇野は背広から出した手帳をめくり、

「真面目な性格、というのが社長を含めた皆さんの持つ、一致した人物像でした。正義感が強い、という人や、融通の利かない性質、という方もおりましたね。ですが」

　こめかみの辺りを人差指で掻き、

「余り印象に残っていない、というのが実際のところのようでした。仕事を黙々とこなす人間だったと。比較的あなたは秦氏と親しくしていた、とも聞いておりまして……同時期にパースペクティヴ社を辞められているようですし、何か秦氏について思うことがあるかもしれない、と」

「……秦の、何を知りたいのでしょうか」

「秦氏とは、会社を辞められて以降、会うことはあったのでしょうか」

「二度、ありました」

　小川は緊張で頰を紅潮させている。

「レストランで昼食をとって、後は単なる愚痴のいい合いです」

「特定の誰かのことを、話していませんでしたか」

「……覚えはないですね。銀行への文句と依頼された仕事の突然の仕様変更、後は離婚後の養育費についての話……そんなところでしたか」

「率直に申し上げて、我々が知りたいのは彼に恨みを覚える者がいたかどうか、です。そこまで明確な殺意が感じられなくとも、何か仕事上の人間関係の中で引っ掛かりを覚えるようなことはありませんでしたか。単なる感触で結構です。もちろん、他言はしません。個人的な感触を、たとえ些細なことでも、聞かせていただければ」

宇野が上目遣いに小川を見た。下手に事実を隠すことなく質問に織り交ぜて緩やかな信頼関係を構築し、反応を確かめている。しばらく組まなかった間に成長したこと。もうちょっと肩の辺りに筋肉をつけて背筋をぴんと伸ばしてくれたら、ぎりぎり「交際可能」な範囲に入るのだけど。

「……融通の利かない真面目な性格」

小川は溜め息をつくように、

「その通り、としかいえませんね。しかし、度がすぎるということもないと思います。人間関係の大きな問題を抱えていた、という感触もありません」

「人に恨まれるような人物ではない、と」

「断言していいものかどうかは……私も親しい友人、というほどの密接な関係ではありませんから。秦は、勤務中は完全に開発に没頭し、残業は極力避けて帰宅する、という男でした。ですから特定の誰かと親しい、という記憶もありません。比較的、というのであれば、私は同じ開発室で隣に座る同年代の人間ですから、割合喋った方、ということになるとは思いますが」

「正義感が強い、と表現した方もおりましたが……」

机の中央には小さな地球儀が載っていて、小川はそれを見詰めたまま、

「……確かに、秦は潔癖症的な質ではありました。それで、経営陣とぶつかることもありましたね。ですが正直言って、それほど突出した人材でもありませんでしたし、誰かに狙われるような人間だとは……」

宇野が、わずかに身を乗り出したのが分かった。畳みかけるように、

「なぜ、秦氏はパースペクティヴ社を辞められたのでしょう」

「潔癖症のためでしょう――」

沈黙が流れ、その沈黙が小川へ、話を続けるよう促している。

「――パースペクティヴ社に問題があるわけではないんです。そこは、断言しますが」

また少し迷いを表す時間が空《あ》いたのち、

「適法の範囲内なんです。経営陣による自社買収《MBO》直前の株価低下にしても、株式分割にしても。ただ、経営陣の力点が開発よりも株価に置かれている、というきらいはありました。そこが、秦の反発したところだと思います」

「小川さんから見ても……」

「新株発行のために、製品発売を前倒しにしたこともありましたから……大分、プログラムに欠陥《バグ》が残っていました」

「失礼ですが、あなたご自身は、どのような理由でパースペクティヴ社をお辞めになったのでしょう」

「……まあ、人間関係でしょうね」

話が急に曖昧になる。宇野が話題を変える。

「こちらで、新たな事業を始められた、ということですが」

机に置いた名刺を読み、

「ビジネス・アプリケーションの開発……他に社員は何人ほどいらっしゃるのでしょう」

小川は、ほっとしたように微笑み、

「私一人ですよ。開発といっても実際には、大手からの依頼を請け負い、信頼できる小さな開発会社を探して組み合わせ、仕事を割り振ってソフトウェアを完成させる、という制作管理的な役割をしておりまして。ですから、事務所はこのように、レンタルの小さな規模で充分なんです」

なるほど、と宇野は頷き、

「以前の会社が依頼主になることも?」

「いえ、何も」

小川の表情が曇り、

「もう繋がりはありません」

「小川さんも秦氏と同様、パースペクティヴ社の方針に関しては、少なくとも賛成ではなかったと？」

宇野が突然、話を戻す。ほんと成長したものよね、とイルマは感心する。

「いえ、私は少なくとも、表立って会社の方針に異を唱えたことはありません。秦は……会社がシェヴロン・グループの傘下に入ろうとした時にさえ、はっきりと反対していましたから」

「……シェヴロン社も株価重視のきらいがある、と」

小川の視線はまた地球儀へ向かっている。

「そうですね……そういうことだと思います」

「シェヴロン」という企業名をイルマは今日、三度意識したことになる。ようやく頭の中に小さな火が灯ったように感じる。姿勢を変える振りをして、肘で宇野の脇を突《つつ》く。宇野は慌てて、

「……反対があり、グループ参入はいったん白紙に戻された？」

違うって馬鹿。もう出よう、って合図。

「まさか」

小川の警戒心が高まり続けている。地球儀を眺める時間が長くなる。

「経営陣には無視されていましたよ。発言する機会も与えてもらえなかった、というとこ

ろでしょう。とはいえ、会社の対応が間違いだった、とも思いません。ビジネスですから。秦の方こそ潔癖症がすぎる、と当時も今も、そう思います」

「秦氏の、その一種の正義感がどこかで災いを招いた、とは考えられませんか」

小川は首を横に振り、

「先程もいいましたが……秦は、それほど目立つ人間ではありませんでしたので。彼の抗議も穏やかなもので、あちこちで人間関係を破綻させていたとも思えません。それに」

微妙に揺れ動く地球儀から目を離さず、

「今やシェヴロン社は、大きく鳴り続ける喇叭《ラッパ》そのものです。皆がそこに集まって来る。秦の反対の声など、誰かに聞こえるはずもありません」

イルマはもう一度、相棒の脇を突く。ようやく宇野も、こちらの意図に気付いたらしい。お時間を取らせてしまいました、といって手帳を仕舞った。小川の緊張した表情が一瞬だけ緩み、そしてまたわずかに強張ったようだった。

＋

受付で別れた小川が静かな足取りで、硝子扉を開けてレンタル・オフィスの一室へと戻っていった。収穫はあった、とイルマは思う。

小川は何かを隠している。

k

総合受付から入館証を受け取るのは、難しいことではなかった。

蜘蛛は、佐伯が二年前に一度だけ会ったことのあるIT系小企業社長の名前を借り、受付嬢に取り次ぎを依頼した。事前のアポイントメントはないが、ひと言、発表会成功のお祝いの言葉をお伝えしたい、と知らせてもらう。木製のカウンターに厚手の紙袋を置いて、佐伯の返答を待った。紙袋に印刷された高級酒店名を、さりげなく受付嬢へ向ける。彼女からは、祝いの品を携えて来たように見えるだろう。

受話器のマイクロフォン部分を片手で押さえて、受付嬢が蜘蛛へいう。大変失礼ですが、十分程度の時間内でしかお会いすることができません、それでもよろしければ、というお話ですが。

蜘蛛は重い紙袋を抱える。充分です、と答えた。

エレベータを降りたところから、フロアは艶のある乳白色で統一されていた。出迎えた若い女性秘書は両手を前に組み、深々とお辞儀をしてから、蜘蛛を先導するために歩き出した。秘書の後について蜘蛛は通路を歩き、無音でグループのPRを流し続ける巨大な液晶モニタに囲まれたエントランスを抜け、硝子で覆われた一室へと案内された。「CEO　ROOM」と記された扉を開けた女性秘書は、蜘蛛が室内に足を踏み入れたのを確認すると、もう一度丁寧なお辞儀をして、部屋を出ていった。

広い室内にソファーがあり、小さな木製テーブルがあり、部屋の隅には大型の硝子机があった。凝った調度品や美術品は見当たらず、机の上には銀色のノートPC。そのキーを叩く佐伯亨。見渡すと、壁の一面から外を眺望することができた。薄暗い雲と遠くまで続く建物の群れの隙間に、深紅に染まった空が傷口のようにあった。明かりの灯り始めた建物の全てを遠く感じ、蜘蛛には景色が粗悪な工業品のように、現実を幼稚な色彩で複製したミニチュアのように見えた。

キーボードを打ち終えた佐伯が立ち上がり、柔らかな絨毯の上を軽快に歩いて来る。室内は暖かく、佐伯は背広を脱いでいる。細身の身なり。浅黒い顔。お久し振り、と挨拶する佐伯へ蜘蛛は頭を下げた。

「……素晴らしい発表会でした」

蜘蛛の数歩先で、佐伯が立ち止まる。やや過剰な笑みの奥で、会ったこともないこちらの顔を記憶の中から引き出そうと混乱しているのが、手に取るように分かる。

「時間がないということですから」

蜘蛛は紙袋に片手を差し入れ、

「簡単に済ませましょう」

電動噴霧器のついた大型のポリエチレン・ボトルを二本取り出し、両手に持って紙袋を絨毯へ落とした。内部の液体が相手によく見えるよう高く掲げてみせ、

「この特殊な薬剤は、触れただけで激痛を引き起こす効果があります。皮膚が溶け、細胞が壊死する。もちろん体内に入れれば、激しい痛みにのたうち回りながら、死を迎えることになります。まずは、動かないように」

佐伯の、歳の割に皺の多い顔立ちが強張った。しかし事態を完全に把握した風ではなく、今もまだ少し両腕を広げ、友好的であろうとする努力を見せている。

蜘蛛は小さな満足を覚える。これは、毒の効能の一つでもある。ほとんどの人間は、恐ろしい毒物と直面してもすぐには理解できずに、相当長い時間混乱し続けることになる。その反応は時と場所と人によってそれぞれ少しずつ違い、注目に値する現象といえた。

「改めて、自己紹介をさせてください――」

蜘蛛は自分の下唇を前歯で強く嚙み締めた。皮膚の裂ける感触があり、温かい血が流れ、それを絨毯へ落とさないよう、吸い上げる。金臭《かなくさ》さが口中に広がった。

「――蜘蛛、と名乗っている」

数秒の間を置いて、佐伯の来客用の笑みが完全に消えた。後退《あとずさ》り、事務机の内線電話へ駆け寄ろうとする姿勢が見えたから、

「動くな、といった」

蜘蛛は右手のボトルの口についた噴霧器を佐伯へと突きつける。佐伯の動きが止まる。血の気を失っている。今度は蜘蛛が微笑んだ。もう一方のボトルの噴霧器を自分の唇へ向け、軽くトリガーを引いた。霧状の無色の液体が蜘蛛の顔を濡らした。

「これは解毒剤だ」

手の甲で口元を拭い、

「この溶液さえあれば、毒を中和することができる。血液に混入……これで俺は、毒の影響を受けることがなくなった。が、当然あんたはそうはいかない。まともに毒を噴きかけられたら、あんたは数十秒間、声を上げることもできない激痛の中で、この世からの消失を願うことになる。そして願い通り、この世への未練も忘れ、確実にあんたの魂は黄泉《よみ》の国に移り住むんだ」

自分の仕掛けた駆け引きに、蜘蛛は興奮している。息が荒くなりそうだった。佐伯は今の話を信じるだろうか？　蛮勇を振るいたがる愚か者なら、信じはしないだろう。冷静に思考できる頭脳がわずかでもあるなら、内線電話へ走り寄ったり、大声を出したりはしないはずだ。蜘蛛は過去に何度か覚えた確信を、改めて得ることになった。毒薬は容易に、こういった状況を作ることができる。人の本性を剝き出しにする究極的な状況を。

佐伯は両目を見開き、こちらを見詰め動かなかった。状況を見極めようと焦ってはいるが、少なくとも、全くの阿呆ではない。臆病者かもしれないが、蜘蛛からすれば、臆病は欠点の類《たぐ》いではなかった。蜘蛛は相手へ向けていたボトルを少しだけ下げ、噴霧器の先を逸《そ》らし、

「……話し合うために来た」

佐伯の、不規則な息遣い。ひどく緊張している。

「あんたは俺を知っている。俺がどういう人間なのか。知っていれば、理解できるはずだ。殺すつもりで俺がここに来たのなら、あんたはとっくに死んでいる。考えるといい。なぜ、まだ生きているのか。なぜ、わざわざ俺があんたに会いに来たのか」

「……知っているはずがない」

佐伯は掠れ声でいい、

「私は君を知らない。クモ、など」

蜘蛛は男の嘘に嫌気が差し、反射的にボトル内の液体を、相手へ噴きかけてしまいそうになる。大きく息を吸うことでこらえた。佐伯へ、

「その段階の駆け引きはすでに、意味がない」

顎を引いて睨み、

「お前は充分に偽装した、と思っているかもしれない。いや、充分な偽装など必要ない、と思っているかもしれない。薬物専門の病的な始末屋に繊細な工作など意味がない、と」

ボトルを振って内部の液体を揺らしてみせ、

「自分と始末屋の間に二つの組織を挟んだだけで、始末屋は本物の依頼主の正体に気付くはずがない、と。少し考察してみたらどうだ。薬物の保管に、どれほどの繊細さが必要となるものかを。あんたは、俺が丁寧な仕事をする人間だということを理解していると思っていたが」

佐伯がほんの少しだけ頷く。あるいは緊張の余り、首筋が引き攣ったのかもしれない。

「思い出したか？　依頼通りだったろう。依頼通り、秦行信を他殺と分かるように、そして、あんたとは全く関連のないやり方で殺した」

佐伯の表情に、小さな落ち着きが生まれたようにも見えた。ゆっくりと頷く佐伯へ、

「あんたは俺を知っている。そうだな？」

「……知っているのは噂《うわさ》だけだ。薬物を使い、依頼を確実に果たす男がいる、という……」

「それだけか？　もっと新しい話はないのか……」

「……昆虫を使って、数人の男の角膜を傷付けた、と」

「それは最新情報だ」

蜘蛛は満足して頷き、

「失明した人間はいなかったか？」

「そういう者もいた、と聞いている」

「俺の排除に失敗した、と聞いた時、後悔したか？　俺を消そうとしたことを？」

佐伯が慌てて頷く。本音を体現しているようには見えず、

「もう一度訊く。後悔したか？」

男は答えられずにいた。どういえばこちらを刺激せずにいられるのかを、思案している。蜘蛛は首を横に振り、

「違う。俺は、あんたの良心に問いかけているんじゃない。失敗を聞いた時、あんたがどう感じたのかを訊いているんだ。心の動きだよ。いってみろ」

「……後は連中の……組織の側の問題だと考えていた。こちらはすでに、充分な対価を与えているから……」

「では、この状況をどう思う？　誰の責任だと考える？」

「……誰かが、どこかで間違えたせいだろう」

佐伯の瞳の奥で、何かが動き始めたように見え、

「いや、君が上回ったからだ。我々全員を」

「その通りだ。では、俺の殺害依頼を取り消すつもりはあるか？　あんたは組織へ、株式投資に関するインサイダー情報を流しているだろう？　ああ、反応する必要はない。俺はフロント企業の従業員から直接、話を聞いている。薬を使ってな……あんたは組織へ情報を与えて、共生し続けている。つまり、あんたは今も奴らに対して影響力を持っている、ということだ。組織がこれからも共生関係を続けたいと望むなら、依頼の取り消しに同意するだろう。これ以上、部下を失いたくもないはずだ。どうかな……」

「……もちろん、取り消す」

「では、最後の質問だ。この質問のために俺は直接、あんたに会いに来た」

男はこちらの発言を聞き漏らすまいと、息を潜めている。

「俺をもう一度雇うつもりはあるか？　今度は派遣社員扱いではなく、直接契約だ」

佐伯は息を呑んだようだった。

「もっと率直に訊こう」

蜘蛛は口角を上げ、

「他に殺したい奴はいるか？　秦の他に、あんたの商売の邪魔になる奴は」

「秦など、シェヴロン・グループの拡大に何の影響も……」

「それは理解している。だからこそ、殺しを指示したのだろう。殺害されても、あんたまで捜査が届かないような間接的な相手を。が、業界の多くの人間が気付いている。もし秦行信を殺す人間がいるとすれば、組織と共存するあんた以外にいない、とな。それが当初からの目論見《もくろみ》だろう？　情報技術の世界に緊張と秩序を与えるわけだ。シェヴロンの意向に逆らうな、敵対するな、と……悪い方法じゃない。だからもう一度、俺がそれを手伝おう、と申し出ているのだが、どうだね」

佐伯の身動きが完全に止まっていた。息をするのもやめたように見える。緊張のせいではなかった。今、佐伯の頭の中は高速回転し始めている。どの方向性が自らにとって最も利益になるやり方か、計算し尽くそうとしている。蜘蛛は紙袋を拾い上げ、二本のボトルの噴霧器のトリガーにロックを掛けて丁寧に仕舞い、

「裏があるように聞こえるか？　もっと考えるといい。あんたは依頼し、俺が実行する。この接続が、どちらも互いを裏切ることのできない洗練された関係を作るんだ。あんたは現実価値を求め続け、協力した俺は個人としての興味を追求し、追求し続けるだけの理由と資金を得る。接続は完全に双方向で、少しの矛盾もない。どうかな……後は、あんたの覚悟次第さ」

「もし」

男の声に震えが混じることはなく、

「君がしくじった際には、関係はどうなる。互いに奈落の底へ、か」

「俺が毒を呷《あお》ろう。接続は切る」

「……青酸カリでも持ち歩いているのか」

真剣な言葉に蜘蛛は苦笑し、

「困ったものだ。あんたらは、毒と聞けば青酸カリと砒素《ヒソ》以外、思い浮かばない。俺の持ち歩いている諸々の薬物の名称を伝えたところで、一つも理解できないだろうな。俺は、必要があれば俺の命を速やかに吹き消すことができる。あんたが俺を裏切った時には、液体個体にかかわらず、あんたが口にするものの安全は誰にも保証できないことになる。充分に公正な取引、といっていいだろうな。どう思う……」

佐伯は口を閉ざした。再び、計算を開始する。蜘蛛も口を噤《つぐ》むと、互いに睨み合う格好となった。佐伯が息を吐き出しながら、静かに頷いた。

「さて」

蜘蛛は再び唇から流れ出した血液を啜《すす》り、問いかける。

「次の標的を、承ろう」

「……焦る必要はない」

佐伯はすでに落ち着きを取り戻している。背後を向いて机に戻り、内線電話のボタンを押した。こちらをちらりと見て、秘書を呼んだ、といった。女性秘書はすぐにやって来た。

「……会社から配付された君の携帯端末《スマホ》を、彼に渡してくれ」

秘書は何の感情の変化も見せず、スーツの懐から端末を取り出し、蜘蛛へ差し出した。

「それで、君と連絡を取る」

低い声で佐伯がいう。

「通話の方がいい。メールではどこかに内容の記録が残る。通話なら秘書との会話、として履歴が並ぶだけだ。何かまずい事態が生じたら、端末を捨てろ。後の辻褄《つじつま》は、こちらで合わせる」

蜘蛛は納得し、秘書から端末を受け取る。一礼して、女性秘書は部屋を出ていった。

佐伯は両腕を大きく広げ、手のひらを体の前で打ち合わせた。佐伯本来の不遜な性質が、今では完全に蘇《よみがえ》っている。そして、それは蜘蛛がこの男に求めたものでもある。これでいい。佐伯の性質が、俺の渇きを癒すことになるだろう。

「……握手をしたいところだが、やめておこうか」

顎を引いた佐伯は蜘蛛を睨むように、

「念のためにいっておく。これからは、正式に私が君の雇い主となる。協力関係の構図は承知したが、君にも、どちらからどちらへ金が流れるか、という図式を理解してもらいたい。雇用関係とは、対等の立場を意味するものではない、ということを。もちろん私は、君のことを疎《おろそ》かに扱うつもりはない。あくまで基本的な図式のことを話しているのだが

「……了解してもらえるかな？」

「……了解しました」

蜘蛛は軽く頭を下げる。佐伯は満足したらしい。声が弾むのを隠すこともなく、

「では、連絡を待つといい。いや、長く待たせるつもりはない。私が、これから何を成し遂げるにせよ……是非、役に立ってもらいたい。夜には連絡する。すぐに動けるよう、準備をしておいて欲しい」

頷き、蜘蛛は扉へと向かう。把手に触れたところで、背後から声がかかった。

「一つ、教えてもらえるか」

硝子机に寄り掛かった佐伯が、蜘蛛を指差している。蜘蛛の持つ紙袋を。

「特殊な薬剤と解毒剤、といったな。そのボトルの中身は本物かい。それともはったりだったのかな？　いや、今となっては、たとえその透明の液体が水であったとしても、同じ効果があった、とは認めるが。実際は、どうなのだろう」

「……少々パフォーマンスがすぎました。唇を嚙み破り解毒剤を噴霧するなんて、全くのこけおどしです」

安堵しかける佐伯へ、

「その程度では、解毒になりませんから」

蜘蛛は小さく、首を横に振る。

「毒物は本物です。あなたへ向けていたボトルの中身は、フッ化水素酸。あなたをただの愚か者と判断した時には、本当に噴きかけるつもりでした。経口摂取した場合の致死量は最小一・五グラム。体表の二・五パーセントに付着しただけで、死に至らしめた例もある、掛け値なしの猛毒です」

時間が止まったように、佐伯の全身が硬直する。恐らく、予想した答えではなかったのだろう。蜘蛛は厚手の紙袋の上から、二本のボトルを撫《な》で、

「解毒剤はグルコン酸カルシウム。フッ素イオンがカルシウムと素早く結合するために、解毒剤となるのです……しかし、使用しなくてよかった」

興奮の去った蜘蛛は、本当にそう思っている。

「解毒剤は確かに作用しますが、以前指先にほんの少しの飛沫《しぶき》が付着した時には、多少処置が遅れただけで痛みがやまず、片手が膨れ上がるほどグルコン酸カルシウムを注入しなければなりませんでした。何度も使用したい、と思える代物ではありませんから」

把手を引いて部屋を出る。閉じかける扉の隙間に、片手でネクタイを緩める佐伯の姿があった。

i

特捜本部の庶務班に連絡し、秦行信の経歴にある週刊誌編集部への聞き込みが不首尾に終わったのを聞いて落胆したイルマは、覆面警察車両の助手席にもたれ、殺意と犯行の分離について再び考え込んでいた。

車は秦の以前の同僚を順に訪ねるために走っていたが、小川と同じくらい親しかった者が他に存在するという情報もなく、思索のための材料が増える気配はなかった。後は家族からの情報提供だけが頼りだったが、有力な手掛かりを得た、という報告は今も聞こえてこない。イルマは人差指の関節から、唇を離した。捜査一課に所属して以来、そこを嚙み締めることが癖になっていて、関節の表皮がすっかり硬くなってしまっている。

何考えているんですか、とステアリングを握る宇野に訊ねられ、何となく正直に答える気にはなれず、

「……ボツリヌス菌について」

頭上を通り過ぎる化粧水の看板からの連想を、イルマは口にする。

「この前、知り合いから聞いた話。筋肉を弛緩《しかん》させる作用があるから、美容の皺取りに使われるんだけど、注射の針が運悪く毛細血管に当たると、痣《あざ》になっちゃうんだって。そう

聞くと、使ってみる気が失せちゃうよね……あなたは男だし、若いから考えたこともないだろうけど」

「主任だって、二十代じゃないですか」

「後何年かは、辛うじて」

「皺、ないですよ」

「あるんだよ。ほら、十代の頃から笑うと目尻に皺ができちゃうんだ」

宇野は全然取り合ってくれず、

「……なぜ、追及しなかったんです？」

小川のことをいっている、とすぐに分かった。横断歩道の前で静かに速度を落とし、

「彼にはまだ何か、開示していない話があるように見えましたが」

「何かを隠しているとしても」

歩行者の一人もいない歩道の白いラインを眺めながら、

「あの場で追及して、彼がそれをすぐに喋るとでも？　もっと周辺を固めて、署内で話を聞けばいいんだよ。その方が、口も緩むでしょ」

そうですか、と少し不満そうに宇野がいった。イルマは、

「それとは別に、気になる人間がいるんだけど」

宇野の横顔を見やり、

「シェヴロン社の代表取締役」

「佐伯亨ですか……確かにシェヴロンの社名は、何度か小川が口にしていましたが。しかし秦とは、距離が遠すぎませんか」

「でも、小川のシェヴロン社に対する態度は気になるでしょ」

「当たってみますか……けれど、特捜本部が許可するかどうかは分かりませんよ。佐伯は与党政治家の重鎮とも親しい、と聞いています」

「本部には内緒で」

宇野は溜め息をつき、

「被害者の交友関係を全て洗った後で、なら。けれど公式にしろ非公式にしろ、名目が必要でしょうね……」

「まあね」

「外出を監視して、道路交通法違反を指摘しましょうか。速度超過、駐車違反、話しかけるくらいはできると思いますが」

「女性関係を洗う……弱みを握るっていうのは……どれも、面談の前提にするにしては手間よね。いや、もっと単刀直入に」

四車線を囲む街灯が、一斉に点灯した。

「今回の件の参考人としての事情聴取、でいこう。後ろ暗いところがあるなら、むしろ佐伯は面談に応じるはず」

「……本当に、佐伯が今回の件に関係すると考えているんですか」

「直接関わっているとは限らないけど。でも、わずかでも関係する可能性があるなら」

車が滑らかに発進する。イルマは専用の機械で日焼けさせたとしか思えないシェヴロン・グループ総帥の、斑《むら》のない浅黒い顔を思い出し、

「実際にこの目で見てみたいわ。巨大化し続ける、現代の王様を。彼がどんな人種なのか、後学のためにも、ね」

k

標的として指定された人物の写真を、蜘蛛は携帯端末の画面でもう一度確認する。件名も本文も空白のメールに添付された画像ファイル。記憶し、メールごと消去した。

佐伯は電話でのみ、詳細を伝えてきた。標的となる人物は今夜日本を離れることになっており、その送別会として同業者が数人集まり、小さな宴が開かれるという。予約名は、リ、オウ、サトウ、チョウのいずれかだ、とだけ伝え、それ以上の情報は寄越さなかった。標的だけを始末したい、他の人間には触れるな、と少し高揚した声で佐伯はいった。

ただし、これが警告であるのを大陸の人間へ、間接的に知らせたい。できるか、という問

いかけに蜘蛛はその時、もちろんです、と答えた。

端末を仕舞い、地上へと繋がる地下鉄駅の階段の手摺りから、背を離した。

+

料理店内に足を踏み入れると、紺色の制服を着た女性店員が小さなカウンターにいて、蜘蛛が、リ、という名前を出すと、台帳からすぐに個室番号を見付けてくれた。先導しようとするのをトイレに寄ってから、と断り番号だけを教えてもらう。

男性用化粧室、と記された扉を開ける。筒型の小便器が並んでいて、蜘蛛は個室に入り、肩に掛けていたメッセンジャーバッグから遊戯用小型銃《デリンジャー》――右手に四連装、左手に二連装のガス・ガン――を取り出し、それぞれの撃鉄を起こすと、両手に握ったまま外套《がいとう》のポケットに差し入れる。首をゆっくりと左右に傾け、背筋の緊張をほぐそうとする。個室から出ると、服飾店に立つ人形のような質感の顔が、鏡越しにこちらを見詰めている。

通路に出て、改めて店内の構造を見渡した。地下二階に位置していながら料理店の天井は高く、古い木造の街並を再現しており、灯籠を模した明かりが並んで橙色の光を放ち、古風な空間を作り上げている。出来すぎた造りのようにも見えたが、外国人を送別するための宴には相応《ふさわ》しい場所なのかもしれなかった。

カウンター席の傍の、海水魚の泳ぐ大きな水槽の前を過ぎ、作りものの川を跨ぐ橋の上で料理を運ぶ女性店員と擦れ違い、蜘蛛は指定された番号を探す。個室は順に並んでいるらしく、そうであるなら、すぐ先の短い階段を登りきれば目的の部屋に着くはずだ。

引き戸の上に、個室番号が漢字で記されていた。蜘蛛は躊躇《ちゅうちょ》せず、引き戸を開ける。板張りの和室内に四人の中年男性。鋭い視線が、蜘蛛に集まった。地味な背広姿と胴回りの太い体形だけでは判断のできない男たちの背景を、それぞれの目付きが物語っている。大陸の男たち。黒社会《ヘイシャーホイ》の構成員、と見えた。

標的の人物が奥にいるのを見極め、蜘蛛は外套から抜き出した右手の四連装銃の引き金を絞り、至近距離にいる二人の男のそれぞれの太股を撃った。短い異国の言葉が、男たちの口から吐き出される。標的ではない、もう一人の禿頭《とくとう》の男へ銃口を向けると、男は手のひらで遮ろうとする。蜘蛛は構わず引き金を引いた。放たれた手製の薬物弾が、分厚い手のひらに突き立った。気付いた男が慌てて針を抜いて弾を捨てるが、もう遅い。

小型の注射器を切り詰め密封した自作の薬物弾、その針穴を塞ぐゴム製の覆いが着弾の衝撃で外れ、圧縮空気により押し出されたアトロピン——朝鮮朝顔《ダチュラ》の根から抽出した——が、すでに一瞬にして筋肉組織内に注入されている。立ち上がりかけていた禿頭の男が、木製のテーブルに突っ伏し、船形の器をはね上げ、刺身を周囲へ撒き散らした。酔い潰れたようにテーブルにもたれ、床に寝そべり、三人は速やかに意識を失った。

蜘蛛は息を止め、耳を澄ます。隣の個室から、大きな笑い声。四連装銃を持った右手を背後に回し、引き戸を閉めた。

もう一方の銃は、標的の男に突きつけている。二連装の小型銃には、また別の薬物弾が装塡《そうてん》されていた。軽く両手を挙げる中年の男。眼鏡の奥で混乱と恐怖と、そして怒りを湛《たた》えた一重の目がこちらを凝視している。

「……あなたの雇い主以上の、金額を支払いましょう」

比較的流暢な発音で男がいい、

「安心して、私に全てを任せてください」

動くな、と警告して蜘蛛は男の間近まで銃口を寄せ、こめかみの静脈へ薬物弾を撃ち込んだ。一瞬の罵りの言葉があり、次に膝を突き、男の体が硬直を始める。蜘蛛は遊戯銃二丁をテーブルに置き、男の両脇を持って何かを蹴り飛ばさないように、ゆっくりと床板へ横たえた。男の体が反り返った。呻き声が上がり、蜘蛛はその口にテーブル上の小さなタオルを押し込んだ。

蜘蛛は薬物弾を回収する。最後の一つ、禿頭が自分で手のひらから引き抜いた弾が串焼きの載った皿に入り込んでいて、ようやく取り出すと背後の引き戸の奥から、ご注文を伺いましょうか、という女性の声がかかった。蜘蛛は緊張し、大切な段取りを妨害されたことに怒りも覚えたが、口調を抑え燗酒《かんざけ》を注文し、店員を追い払った。

蜘蛛はしゃがんで、全身を棒のように真っ直ぐ硬直させる標的の男の顔を覗き込んだ。呻き声が小さなものに変わり、タオルを外してやり、肉付きのいい顔から外れかかった眼鏡を戻してやる。瞼を閉じ、歯を食い縛った表情は無理に作り笑いをしているようにも見えた。その反応が蜘蛛の気分を高揚させ、満足させる。

「特別製の薬を用意した。それも、二種類」

話しかけることが嬉しくてならず、

「どちらも独特な作用を人体にもたらす。一つは、お前以外の三人に使ったものだ。これは副交感神経を遮断し、中枢神経を麻痺《まひ》させる。いや、独特なのは、麻痺の話じゃない。アトロピン系アルカロイドは、摂取した者に一時的な記憶障害をもたらすんだ。中毒時のことを、誰も覚えちゃいないのさ。興味深いだろう？」

蜘蛛は涎《よだれ》を流してテーブルに伏せる男を四連装デリンジャーで指し示し、その銃をバッグに仕舞った。もう一つの遊戯銃を、瞼を閉じたまま小声で呻く男の目の前で振り、

「お前に撃ったのは別の薬物だ。こちらの方がさらに興味深い、といえるだろうな。この弾にはストリキニーネが仕込んである。これも植物から採ったものだ。猛毒でね。中枢神経をひどく興奮させるんだ。お前の体が動かないのは、全身の筋肉が痙攣しているためなのさ。では何が一体、独特なのか？　もうお前は気付いているだろう？　俺の声がよく聞こえることに。独特なのは、お前のその状態だ。中毒状態であっても、意識は澄んでいる

はずだ」

汗の玉が男の額に浮かび上がっている。

「お前にこの薬物を与えたのはもちろん、個人的な興味のためでもある」

蜘蛛は二連装銃を片付け、代わりにプラスチック製のピルケースを取り出して開き、アルミパックから押し出した錠剤を指先で砕く。テーブル上の三つのグラスに粉末となった睡眠導入剤——何の面白味もない市販薬——を落とした。次には小瓶を取り上げて蓋を開け、乾燥剤のようにも見える白色の結晶を標的の男の、アルコールの入ったグラスへ振りかける。グラスを竹製の割箸で掻き混ぜつつ、

「もう一つの理由は、他の連中のようには意識を失って欲しくなかったからだ。この、シアン化カリウムをしっかりと摂取してもらいたいからな」

濁りのあるアルコールを持ち上げて眺め、

「お前らは、青酸カリと呼んでいる」

男が、小さな声で唸った。注射器をケースから取り出して包装を破り、針をグラスに浸け、アルコールを吸引する。食い縛られた前歯には広い隙間が幾つもあり、蜘蛛は注射器の針を差し入れて、押子《プランジャ》を親指で押し込み、丁寧に液体を口腔内へ流し込んだ。

蜘蛛は対象の反応を見詰め、観察する。興奮し、息遣いが荒くなってしまう。複数の薬物を同時に摂取した際の生体活動の臨床的観察は常に、研究者にとって貴重な体験となる。

次第に男の顔色が紅潮してゆく。血中に取り込まれたシアン化水素が、臓器を含む体細胞を低酸素状態へ追い込み、そのために余剰の酸素が生じ、静脈の血液の色はむしろ鮮やかに変化する。

「このありふれた薬物の利点は、ただ一つしかない」

男の体が細かく震え出した。恐らく、もう言葉は意識に届いていないだろう。徐々に、蜘蛛の高揚感も失われ始める。

「どんな間抜けが見ても、中毒死であるのが分かることさ。必ず最初に検出される。すると、他の薬物の効果は見逃されることになり、事件はたちまち単純化される……まずは自殺の線が疑われるだろう。そうではない、と気付くのは生き残った奴らだ。こいつらは、やがて自分たちの身に起こったことの意味を、真剣に考えるようになる」

対象の呼吸が荒く変化する。汗が流れ続けている。低い唸り声が聞こえ、それが長く引き伸ばされ、やがて途絶えた。男の体が急速に弛緩する。手首の脈を測り、死亡を確認する。全ては終了し、予想外の反応はなく、喪失感を意識しつつ蜘蛛は立ち上がった。

通路に出て、後ろ手に引き戸を閉めると、徳利と猪口《ちょこ》を運んで来る店員の姿があった。

申し訳ないが、と蜘蛛は話しかける。

「どうも皆の話が込み入り始めてね。いったん、退席することにした。重要な商談で、誰にも邪魔されたくないらしい。時間を空けて、もう一度同じものを注文したいのだが……」
分かりました、と笑顔で店員が答え、通路を引き返す。その後に続き、蜘蛛は短い橋を渡った。

i

イルマは、中央区銀座で発生した殺人を、路上駐車した警察車両の助手席で聞いた。運転席に座る宇野と、新たに特捜本部から届いた情報について、どう解釈するべきか話し合っている最中だった。被害者である秦と、離婚した家族についての関係。元妻と、中学生の娘。実際の関係は良好らしく、離婚したのも秦がパースペクティヴ社に入社する以前に起業し、やがて破産したネットラジオ・サイトの後始末に家族を巻き込まないための措置らしく、破産管財人に知られたくない事情もあるために、元妻はなかなか警察へ打ち明けることができずにいた、という話だった。離婚後も連絡は頻繁《ひんぱん》に取り合い、互いを気にかけ、保険金の受け取りは元妻に指定していたという。

毒物を注入された秦が、駅構内で周囲に助けを求めなかった、その理由。イルマは宇野へ問いかけた。

——自分が生き延びてしまっては家族にまで害が及ぶ、と感じていたとは考えられない？

――死を甘んじて受け入れた、というわけですか？

――そう。死を覚悟し、自らの口を封じることで家族を守った……毒殺、というのは強い殺意を感じるやり方だけど、この場合はむしろ、一種の「劇場型殺人」と捉えた方がいいのかもしれない。不特定多数、あるいは特定の人物の視線を意識したパフォーマンス的犯罪。秦は、加害者のパフォーマンスにつき合わされたのかも。

――そうだとしても、それは加害者の意図であって、被害者の考えではないでしょう。秦が、自分の死に至る様子を晒して歩き回る理由は存在しないように思えますが。

――パフォーマンスにあえて乗った、とすれば……

――どんな利点が？

――加害者の犯行をより広く、早く喧伝することができる……加害者がいかに残酷であるか。無慈悲であるか。周囲へ警告を送ることができる。

――加害者を、喜ばせるだけでしょう。それに激痛の中で歩き回るには、相当な気力が必要となるはずですが。

――だから、家族のためでしょ。意図された他殺、という事実をはっきりと世間へ知らしめることができれば、もう加害者も家族には手は出せない、と。もしそうだとしたら、秦は加害者についてある程度推測できていた、ということ。誰に狙われたか悟っていたからこそ、助けを求めなかったのではなくて？　秦の死を知ることにより、それが誰の犯行か気付いた者もいたのでは？　秦の意図が家族の保護と、加害者の人物像を明確にすることの二つだとしたら？

　――そのために、あえて加害者の方法論に乗った、と……

　そこで、ダッシュボードに設置された無線スピーカーから、中央区の事案が知らされたのだった。イルマの気を引いたのは、シアン化カリウム服用の可能性、という言葉だった。そのために監察医を要請している、という。経口摂取されたシアン化カリウム――いわゆる青酸カリ――は胃酸と混ざり合って独特の臭気を発生するから、すぐに嗅ぎ分けることができ、まず間違えることはないはずだ。現場は、さほど遠くない……

　イルマは、眉をひそめてこちらを窺《うかが》う宇野に気付いた。

「何よ」

　睨み返してやると、

「被害者交友関係の捜査」

　宇野はあくまで冷静に、

「我々の任務、まだ終わっていませんが」

「だから？」

「中央区の事案は、我々の捜査範囲を超えていて任務とは関連がない、ですよね」

「でも、事案同士の関連はあるかもしれないでしょ」

「応援の要請は聞こえませんでした」

イルマはどういい包《くる》めるか考えてから、胸元を握り締めた両拳で押さえて、体を丸め、

「……苦しい。嫉妬の炎で、体の中が焦げてしまいそう。現場にいくことのできる捜査員たちが羨ましくて……」

「嫉妬がどうしたんですか」

「……女は嫉妬《ジェラシー》と自尊心《プライド》のいきものなの。だから、早く出して。中央区」

部下の反応を薄目で確かめると、何かを真剣に考える風に眉間に皺を寄せ、前方を見詰めている。

「……ねえ、早く」

促すと、諦めたように大きな息を吐き出し、

「誰かと、揉めないでくださいよ」

やっとシフト・レバーに手を掛け、車を発進させた。礼をいおうかとも思ったが、宇野が余りに不機嫌な顔をしているので、

「……なんか、優しくない」

優しいですよ充分、と宇野は前を向いたままいった。

＋

「見えた。停めて」

大通りから脇道に逸れた途端、黄色の立入禁止《キープアウト》テープが視界に入り、完全に停車する前に扉を開け、イルマは走り出した。

三台もの救急車が連なり、建物に沿って駐車していた。搬入された一人の男が、上半身を起き上がらせ、後部ドアの傍に立つ捜査員二人の聴取を受けている。男の喋る言葉が日本語ではなく、捜査員の一人が通訳をしていることに、イルマは気付く。

警察手帳を掲げ、テープを潜り、いったん店外に出されたらしい一般客で混雑する中を強引に突き進み、入り口の階段を降りる。地下一階で見回すと目的の店はさらに下層にあることが分かり、込み合う階段よりもエレベータで向かう方が早い、と考えたイルマは歩み寄ってボタンを叩き、ブーツの先で床のタイルを打ちながら、小さなスポットライトで照らされた扉が開くのを待った。

地下二階に到着し、エレベータの扉が開いた。木造の質感が視界に広がる。灯籠の点在する古都のように、個室が二階建ての木造建築となって並び、小川が流れ、赤い欄干の橋までが架けられ、店内の奥へと続いている。イルマは通路を進み、弓なりになった短い橋の上から知った顔を探そうと周囲を見渡すが、薄暗い店内は鑑識員の掲げる大型のＬＥＤライトばかりが眩しく輝いている。私服警察官の固まる辺りへ目を凝らしていると、その中の一人、女性店員へ店内の光量はもっと上げられないのか、と掛け合う初老の捜査員と目が合ってしまう。東《アズマ》係長だった。イルマは首を竦め、橋を渡って短い階段を登り、鑑識員が忙しく出入りする奥の一室へ近付いた。

引き戸の開いた個室内部へライトの光を当てる鑑識員の腕の下から、室内を覗く。顔色の紅潮した、やや肥満した背広姿の男性が床板に倒れているが、明らかに生者としての扱いはされておらず、たぶんこの男性が被害者なのだろう。シアン化カリウムを摂取。顔面の紅潮が、それを裏付けている。振り返ると階段の下に、同じ二係の金森がいることに気付いた。以前に揉めて以来、会話を交わすこともなくなっていたが、こちらに気付き、その場を離れようとする相手を認め、イルマは死者へ短い黙禱を捧げると階段を駆け降り、金森の外套の肩口をつかんだ。

「ねえ」

あからさまに嫌そうな顔をする中年男へ、

「さっき上で、救急車に乗り込んだ男を見たんだけどさ、外国人らしくて、死亡者もそっちの人間なのかな……」

金森は口元を引き結び、答えようとしなかった。イルマは外套をつかんだままさらに近寄り、

「……早く追い払いたい、って思うなら、訊かれたことをさっさと喋りなよ」

「調子に乗るなよ……」

嫌悪に満ちた目でこちらを一瞥《いちべつ》して、

「お前が検挙率で異常な成績を上げていられるのは、そうやってどこにでも首を突っ込む図々しさのおかげだろうが、俺にはな、お前に協力する恩も義理もねえんだよ。組織ってものをなんだと思ってやがる」

「横の連携、って奴よね」

「得をするのはお前一人だろうが」

「馬鹿」

イルマは、自分より背の低い私服警察官を見下ろして、

「事件が片づいて一番利益を得るのは、市民でしょ。縄張りにばっかり目をぎらぎらさせているから、目脂《めやに》で視界が曇って、口先だけで世の中を渡っていかなくちゃいけない大人になってしまうんじゃないの……」

「……男じゃなくて、よかったな」

金森は冷笑し、

「男だったら今頃、拳で強引に躾けているところだぜ」

「本当。紛らわしいから、私も間違えそうになるけど」

わざと大きな溜め息をつき、

「あなたがもしも男だったら今頃、殴り倒しているところだよ。ああ、前に組んだ時は、知らなくてごめんなさい。知っていれば私も、殴りかかって来たあなたに左クロスを入れようとは思わないし、あなたも所轄署の廊下でみっともなくひっくり返ったりは……」

この野郎、と大声を発して金森がつかみかかって来た。予想していたイルマは後ろへ倒れ込みながら、こちらのライダース・パーカーの襟を握る片腕と首に両脚を絡め、床に背をつけて、金森の頸《けい》動脈をデニムで覆われた太股で締め上げてやる。罠に嵌まったことを悟った金森が、真っ赤な顔でイルマから離れようと踠《もが》いているが、狭い通路の上でほとんど身動きを取ることはできていなかった。喧嘩に気付いた鑑識員たちが二人を引き離そうとするが、イルマは脚を解かず、犬歯を剥き出しにして金森へ微笑みかける。

やめろ、という係長の怒鳴り声が降りかかり、イルマは両脚の力を緩めた。失神しかけていた金森は、ふらつきながらも立ち上がり、係長の前で直立の姿勢を作ろうとする。何度もよろける金森から少し離れて、イルマも立った。渋面のまま言葉も出ないという風に薄く口を開けたままの係長が、ようやくイルマへ、

「……何をしている？」

「つかみかかって来られたので」

「いや、そもそもお前がなぜここにいるんだ」

「毒、という報告が無線で聞こえたものですから」

イルマは平然と、

「駅構内毒殺事件捜査の参考になるかと思い、事案の概要を聞き取りに、臨場させていただきました。口先のうまい同僚を発見しまして、質問したところ、理由もなく激昂しましたので、冷静になってもらおうと体を押さえつけておりました」

てめえ、とふらつきつつ、こちらに近付こうとする金森へ、

「上で頭を冷やして来い、馬鹿者」

係長が叱りつける。手を貸そうとする若い鑑識員の手を払い除け、金森はその場を去った。去り際にイルマを、ひと睨みするのを忘れなかった。

係長は金森の退場を見送ることなく、痩せぎすの顔を曇らせたまま、

「……で、何が聞きたい」

「先日発生した、駅構内での毒殺事件との関係、です」

「関わりはない、と検視官は視ている」

「どのような根拠で」

「自殺だ。死亡者の口からは明らかにシアン化水素の臭いがし、すでにグラス内のアルコ

ールからも、毒物が検出されている。同席者三人のグラスにも何かが混入されているらしく、個室の中からは、睡眠導入剤のアルミパックが発見された。同席者を眠らせたのち、自身は服毒自殺。状況はやや奇妙だが、そう推測する他ない」

「自殺だからといって関係がない、とは限りません」

「いや、これは管理官と検視官の意見でもある。たとえ他殺だとしても、使われている毒物の種類が、全く違う。駅構内で使用された生物毒とシアン化カリウムでは入手経路が違う。シアン化合物は金属工業で広く用いられ、睡眠導入剤も、ありふれたものだ。毒物、という以外共通性は見当たらない。分かったらお前もさっさと出ていけ。捜査の邪魔だ」

「上で、救急車に乗った人たちがいたでしょ……彼らの素性は？」

「死亡者の友人らしい。一人、日本人がいて、後は全員アジア系の外国人だ」

「毒を飲んだ人間は……」

「遺留品と友人の証言から、やはり外国人と推測されている」

「上の外国人からは、同席した人間が自殺した時の状況を、聴取できているの？」

「少しはな。組織犯罪対策部《ソタイ》の連中に、通訳を頼んでいる。だが……曖昧な証言が多いのも確かだ。二言目には、覚えていない、という。日本人の方も同じだ」

「どんな職業の者たちですか」

　係長は時間を浪費している、といいたげに高い天井を一瞬見上げるが、諦めたらしく、

「……日本人と死亡者含め外国人の二人は、ＩＴ系企業経営、もう一人は飲食店経営……組対がいうには外国人の一人に、見覚えがあるという」

イルマは息を吞む。組織犯罪対策部が目をつけている、とすればそれは、黒社会絡みという意味に他ならない。係長はイルマの表情を読んだらしく、

「その話がこの件と関連する、とは限らん。中国や台湾が関係しているとなれば、それはそれで繊細な事案になる。何度もいうが……今回は、自殺の線で片がつこうとしているんだ。お前の出る幕はない」

イルマがその場で考え込んでいると、早く上がれ、と係長が厳しい口調で促した。会釈してその脇を擦り抜けると、

「不祥事だけは起こすなよ」

振り返って、係長の顔を見た。

「お前を俺の班に置いて好きにさせているのは、検挙率を稼ぐことができるから、という理由以外にない。何か問題を起こせば、俺はすぐにお前を放り出す。助けなど当てにするなよ。上下の連携も、左右の連携もなしだ」

最初から聞いていないたんじゃないの、とイルマは呆れるが、

「充分です」

頷いて歩き出し、店内の橋を渡ると、銀色の鑑識鞄を手に奥へ進もうとする顔見知りの

鑑識員の姿があり、

「フチ」

呼びかけて、イルマは初老の鑑識員の腕をつかんだ。

「……急いでんだ。いや、それよりも呼び捨てにするな」

渕の文句には耳を貸さず、

「死亡者の司法解剖の際、必ずシアン化合物以外の検査もするよう解剖医へ念を押しておいて」

渕は眉を寄せるが、真剣な目付きとなり、

「前回の件との繋がりを疑っているんだろう。が、状況は……」

「自殺で進んでいるけど、死亡したのがどちらもＩＴ系、っていうのが気になる。毒による事件が続く、っていうのも不自然でしょ」

「大きな事件があればな、それを模倣する人間が現れるものさ」

「そうかもしれない。でも、もしも違っていたら？」

渕は喉の奥から唸り声を発し、

「……意見くらいはしておくさ」

イルマは微笑み、鑑識員の制服の袖を放した。

地上に戻ると、冷えた夜の空気の中、混雑はいっそうひどくなったようで、報道陣の姿までが見えていた。立入禁止テープ越しに、地下への階段を覗き込むように撮影する大型のレンズの下を潜り抜けて道路に出る。宇野が駆け寄って来た。

「遅いよ」

とイルマはいう。彼がいれば、金森を締め上げずに済んでいたかもしれない……どちらでもいいけれど。宇野の指差す方向へ早足で歩き出すと、すぐに年下の部下も横に並び、

「駐車する場所が見付からなくて……僕らは余計者ですからね……いえ、それよりも、この事案、どんな状況ですか？　駅構内の奴とは……」

「別の事案」

今も考えながら、

「と、見せかけているようにも見える」

「同一犯の仕業だと？　ですが、僕が鑑識課から聞いた話では……」

「私がそういっているだけ。はっきり言葉にしたのも、今が初めて」

「根拠はあるんですか」

歩道に沿って縦列駐車する警察車両が、長く続いている。最後尾に宇野の運転する覆面警察車両が見え、

「どちらの現場にも、『劇場型』の雰囲気を感じるんだよね。何か、出来すぎている気が。

誰かに犯行を見せつけようとする意図を感じる。共通項は毒物。それに」

宇野の解錠した助手席の扉を開けて、

「被害者はどちらも、情報技術と関係している……」

宇野はイルマの狙いを察したらしく、

「被害者の交友関係の捜査、面会予定が幾つか残っていますが。大分、時間も押しています」

「後日に回そう。こっちを優先する」

「相手の方で、聴取を断るかもしれません」

「短時間でいいから、ってアポイントメントの希望を連絡して。断らないはず。対外的なイメージを大切にする人間みたいだから」

「特捜本部の許可は」

「駄目。本部から情報が漏れて、奴に予《あらかじ》め警告が届くような状況は避けたいから。嫌なら、私一人でいく」

宇野が運転席に座り、イルマも車内に入って扉を閉じた。少し考えた後、宇野は生真面目な顔で携帯端末を取り出して、分かりました、と諦めたようにいう。

イルマは部下の肩を軽く叩いて労をねぎらうが、嬉しそうな反応は返ってこない。イルマも端末を取り出し、佐伯亨とシェヴロン社についての情報を集めようとする。

佐伯亭自身も住むという高層レジデンスの最上階ラウンジで開催される、シェヴロン・グループの新技術発表を祝うパーティに、イルマと宇野は招かれた。

聴取の交渉は簡単に済んだ。助手席でそのやり取りを聞いていたイルマは、簡単すぎるかもしれない、とも思い、改めて警戒を強くし、胸の中で響き続けるその警報の大きさは、レジデンスの車寄せから駐車場に入ってもエレベータで最上階へ向かうさなかでも、変化はしなかった。

ラウンジの木製の扉は開け放たれており、脇に身なりの整った若い女性が立っていた。たぶん、佐伯の秘書なのだろう。怜悧《れいり》な顔立ちの左右を、石油のように黒く艶やかな長い髪が流れている。胸元で、四つ葉を細かな宝石で象《かたど》るペンダントが輝いていた。女性秘書が丁寧なお辞儀をして、イルマたちを室内へ案内する。

光量を落とした照明により、橙色に染まったラウンジには大勢の人間がいた。グラスを手に持つ男女が犇《ひし》めいており、年齢も服装もばらばらで、イルマたちが目立つこともなかった。大音量のエレクトロサウンドが流れる中、皆が密着して立ち話をしている。人々の隙間から、低いソファーの並びと吹き抜けのベランダ状になった二階部分、そしてまるで壁一面を取り払ったような大きな窓硝子を透しての光景が窺えた。

秘書は参加者の間を縫って広い空間を横切り、イルマたちを素早く螺旋《らせん》階段まで導き、そのままゆっくりと階上へ向かう。後に続くイルマは、段を踏んで位置が高くなるごとに硝子越しの夜景に建物の街明かりが足され、さらに華やかに変化してゆくのに気がついた。確かにこの光景には価値がある、とそう思う。

ラウンジの二階に、佐伯はいた。秘書に促され、初老の男性と談笑していたのを打ち切り、こちらへと歩み寄って来た。ＴＶで観るのと全く同じ人物を目の当たりにして、イルマは別の次元のいきものと対面しているような、奇妙な気分になる。秘書がこちらへ何かをいったが、音楽のせいでよく聞こえない。一礼して去ろうとする女性秘書を呼び止めて、音楽を小さくしてもらえる？　と大声で訊ねた。佐伯が頷くのを確認して了解し、秘書が螺旋階段を降りてゆく。

佐伯が手近なソファーを指差すが、イルマは首を横に振り、断った。すかさず現れたウエイターに、シャンパンらしき金色の飲み物の入った細いグラスを差し出され、イルマは迷うが、隣に立つ宇野の表情を見て手を出すのをやめた。ウェイターは佐伯の持つ空のグラスを受け取ってトレイに載せ、去っていった。佐伯が、正面からイルマを見た。細身のスーツを着て、ネクタイを少し緩め、やや砕けた装いでいる。間接照明を背後に立っているために、表情がよく観察できなかった。口元を引き締めているようだったが、緊張した様子は見受けられない。

佐伯と宇野が名刺交換を終えると、ようやく音楽の音量が絞られた。それでもまだ、会話の邪魔になりそうだ。イルマは名刺を渡さなかった。陰になった瞳の中に、何か挑発的な光を感じていた。宇野が口を開き、

「……このようなタイミングで、申し訳ありません」

少し声を大きくして丁寧に、

「あなたとは直接関わりのない事件についての聴取なのですが、現在警察では、できるだけ広い範囲の方々にお話を伺っておりまして」

佐伯は頷き、構いません、といった。宇野が続けて、

「手短にするためにも、単刀直入に質問させてください。お聞き及びかもしれませんが、先日、秦行信という男性が駅構内で毒殺される、という事件が発生しました。特別捜査本部が立ち上げられ、我々もその捜査に従事しております」

佐伯は首を傾げて、

「……ということは、被害者の方が私と関係している、と」

その声は音楽に紛れ、聞き取りにくかった。宇野は半歩分近付き、

「仰る通りです。いえ、関係といっても、擦れ違いのようなものでしょうか。秦氏は、以

前勤めていた会社を、シェヴロン・グループに吸収される前に辞め、小さなアプリ開発会社を立ち上げたところでした」

「申し訳ありませんが」

佐伯は溜め息をつき、

「シェヴロン・グループには非正規社員を含め、約四千人の人間が所属しています。このパーティに参加しているのもグループ内の者ばかりで、それもごく一部、役員と幹部だけです。恥ずかしながら、百人足らずのこのメンバーの顔と名前さえ、全部は一致しないくらいです。吸収前の従業員のことを質問されても、正直いって、どう答えようも……亡くなられたというのは残念な話ですし、協力したいとは思いますが」

イルマはブーツの爪先で、宇野の革靴を小突く。

「……何か、従業員の方などから、事件についての話を聞かされたことは……」

違う。もっと挑発しろ、っていってるの。

「恐らく……今回の事件さえ、聞いたのはこれが初めてです。いえ、報道番組等で目に入っていたとは思うのですが、自分と関係のある事件として把握できてはいませんでした。経済関連以外の報道は、どうしても記憶に残らないのですよ。株価に影響を及ぼす紛争や事故、そういったものへは自然と目を向けているのですが。もちろん、グループ内では事件を知る者も、亡くなられた方を見知っている者もいるでしょう。もし聴取したい人物がおりましたら、お知らせください。本社人事部から本人へ、徹底的に警察に協力するよう、伝えますので」

「株価にばかり注目しているのでしょうね」

イルマが口を挟む。

「もっと積極的に、広く世間を見渡すべきでは？」

薄暗い照明にも慣れ、相手の表情が認識できるようになってきた。

佐伯は眉一つ動かさず、申し訳ない、と微笑んでみせ、

「私には、グループを率いる責任がありますから。経済と関連性の高いものに、どうしても反応してしまうのですよ」

「敵対的M&Aを繰り返すために？　先程、連結財務諸表を確認させてもらったのだけど、シェヴロン本社のネット部門の営業利益は、たかだか数億円でしょ。グループの利益のほとんどは証券部門が支えている。これでは本当に、景気に左右されてしまうよね……どこかで歯車が嚙み合わなくなったら、一気にグループが破裂してしまうのではなくて？」

「あなたの目には、そう見えますか」

変わらない口調。けれど、少しだけ声量が大きくなった気がする。

「目先の数字に、惑わされているのでしょう。近視眼的、といってしまっては悪口になってしまいますが」

「あなたがいうの？　毎日数字ばかりを見詰めている、あなたが」

佐伯は片手で階下を示す。お喋りと笑い声と高級アルコール。時折こちらの様子を確かめる、数人の視線。

「あなたこそ、書類上の私たちしか見えていないのでは。もっと想像力を使った方がいい」

微笑み。イルマを指差し、突然声を大きくして階下へ、

「今ここに、警察の方が来られている。歓談中申し訳ないが、皆さん、是非捜査にご協力いただきたい」

話し声が消えた。最高経営責任者の言葉が、ラウンジ内の人間たちを金縛りにしている。階下からの戸惑いの視線が、こちらに集中するのが分かった。隣で宇野が困惑し、周囲を窺っている。イルマは内心鼻で笑い、佐伯から視線を外さなかった。

佐伯はこちらの挑発に挑発で返した、ということ。

「ここにいる者たちは」

佐伯は声を落とさず、

「失礼ながら、公務員の数十倍の年収を稼いでいます。もちろん、この世界の価値は資産額が全てではない。ですが、実際に手に入れてみなければ、見ることのできない景色、というのはあるのですよ……どうぞ、ゆっくりとご覧になってください」

巨大な窓の外の、星空のように広がる街明かり。不安気に佐伯を見上げる、人々の顔。

地位とそれに対する畏怖。あるいは、もしかすると、純粋な恐怖も。話は終わらず、

「あなたの背後には確かに、国家権力が控えている。しかし、その国家の存続のために、巨額の法人税を支払っているのは何者だと？　あなたの給料の多くの割合を、私たちのような人間が稼ぎ支えている、と考えてみたことは？」

男は高揚する気分を抑え込み、冷静であろうと努めているようにも見える。その様子は液晶ＴＶの画面でも、見たことがある。

「大変失礼だが、あなたは以前の震災の際、被災地の復興にどれほどの寄付を送られたのです？　たぶん、私の寄付金額の百分の一、千分の一でしょう。あなたは私をＩＴ産業界の新参者の一人でしかない、と考えているかもしれませんが、私の世間への貢献度の、具体的な数値――予想するにも、相当な想像力が必要となりますが――を知れば、考えを改めざるを得ないと思いますよ。同時に、あなたのその態度も改めてしかるべき、かと」

佐伯の態度は発表会の姿そのものだ、とイルマは思う。この男は人々を惹きつけ、圧倒する力を持っている。根拠があり、具体性があり、そして、聞く者を不安にさせる。

もう一つ、イルマが連想したことがあった。佐伯の表情が幾分和らぎ、

「いや失礼、言葉がすぎました。私は口でいうほど、気にしてはおりません。ただ、ここにいる私の仲間たちに同じような高圧的な態度で聴取をされては困る、という話です。繊細な人間も多いものですから」

イルマはもう一度階下を見やる。全員が固唾を呑み、佐伯の言動に注目している。

私なら、どうする、とイルマは自問する。逆らい得ない権力者が、自分の反対側に立っている、と気付いた時。その者に殺されようとする時には。家族を守るためには。

激痛の中、秦が無言で知らせようとしていたもの。加害者の存在。これだけのことをするだろう、と想像させる組織。あるいは個人。

急に、イルマの心の中に黒い染みのような感情が点として現れ、広がり始めた。今頃になって気持ちが遺族の感覚に同期したらしく、そのことにイルマ自身が動揺し、瞼を閉じて感情を静めようとする。すぐに動揺が怒りに変わった。

何の言葉も返さないイルマを、反論の意志を失った、と佐伯は解釈したと見え、

「連結財務諸表を確認した、といったが、私自身の交友範囲は調査したのかな？　むしろ一度確かめることを勧めるがね……ああ、政治家や経団連との人脈の話をしているのではないんだ。そんな脅しになるような話をするつもりはない。話題を変えましょう。私には有名な美容整形外科医の知り合いもいるし、芸能界の友人もいる。それで、知識があるのだが……」

人差指が、イルマの顔の側面を示し、

「君の揉み上げ辺りの小さな傷。両側にある。それに、手術跡だろう？　たぶん、君は頬骨を削る施術を受けている。どうかな？　間違っていないだろう？　君はその態度とは裏

腹に、本物の自信というものを、持ち合わせてはいないようだ」

徐々に声が落とされてゆき、

「君は何か、勘違いをしているのでは。私は充分に協力的だし、今後個人としてもグループとしても協力は惜しまない、と約束する。無理に高圧的な態度を取る必要はないんだ。権力を笠《かさ》に着るような態度は無用だし、態度で自らの内面を繕うのも、正直言って感心できるものではないな。君の態度は、たぶん異質なものへの畏れを表している。私たちの間に、そのような緊張は無用のものであると……」

「読心術《コールドリーディング》のつもり？　これ、元々は交通機動隊に所属してた時の、交通事故の怪我だから」

急に口を挟まれた佐伯が、口を閉ざした。

「盗難車を追いかけていたら、思ってたより大物の窃盗団で、仲間がいてさ。反対車線から正面衝突されて、吹っ飛ばされて、肩を脱臼して顔面骨折しちゃったの。手術したんだけど、左右の頬の高さが変わっちゃって。その後、美容整形で整えてもらったんだ。だから頬骨に関しては、半分当たり。自分の内面については、もう考えないことにしてる。自信があるとかないとか、自分が何者なのか、とか。自分とは比べないから、他人を怖いとも思わないし、さ。それがいいことなのかどうか分からないけど、そんな判断を一々するのにも、もう興味ないの」

佐伯の瞳の奥の、挑発的な何かを見詰め、

「あなたの強い上昇志向には、聴取を担当する捜査員として興味がないわけではないのだけど、長々と説明されるほどのものとは思えない。残念だけど。私の興味は、あなたと秦行信との関連性。あなたは、彼を全く知らない、という。そうかもしれない。でも、一つだけ、分かったことがある」

「……それは、何かな」

「教えてあげない」

佐伯の表現力に対抗するには、こちらも相応の表現、パフォーマンスを用いる以外ない、ということ。今の私のように。駅構内での、秦行信のように。

佐伯は笑い出した。とても自然な笑い声。面白くもない冗談に鷹揚《おうよう》に付き合っている、という風な態度。

「聴取はもう終了かな。質問がないようなら……」

「後一つだけ。事件とは関係ないけど」

表情を観察し続ける。ごくわずかな変化も見逃さないように。

「その窃盗団は逮捕されたか、って訊かないの？」

一瞬の間。動揺？　佐伯はすぐに微笑を作り、

「……優秀な警察官たちが、逮捕したに決まっているでしょう？」

「まあね。私を吹っ飛ばした奴は、その場で。すぐに起き上がって、路上に引き摺り出されて確保された男の顔に、蹴りをくれてやったよ」

「……少々、力の行使がすぎているのでは？」

「自分では全然覚えていないんだ。闘争本能って奴よね。それに」

イルマはわずかに顔を寄せ、

「女に蹴られました、って大の男が訴えるなんて、格好悪くてできないでしょ？」

佐伯は鼻白んだようだったが、笑みを絶やすことはなく、

「……そろそろ解放していただけるかな？　社員とのコミュニケーションを疎かにするわけにはいかないものでね。こういう場所でしか、得られないものもあるのですよ。どうぞ、室内で納得いくまで聴取を続けてもらって構わない。後一時間ほどは、パーティも続きますから、終了まで食事もアルコールもご自由に……」

「どうも」

イルマも微笑みを返す。

「でも、もう帰るよ。何となく、あなたのことが分かったような気がするから。だけど……」

少しだけ顎を上げ、

「また会ってくれる？」

「いや、遠慮したい。たとえ個人的な交際を申し込まれたとしても」

佐伯の、硬い笑顔。

「……冗談です。私個人も、できる限り捜査に協力しますよ。先程の約束通りに。何かお知りになりたいことがあるようでしたら、いつでも」

「ありがとう」

踵を返し、イルマは螺旋階段を目指す。ずっと傍で会話を聞いていた宇野が、慌ててついて来るのが分かる。少し離れた場所にいた女性秘書が無表情のまま、小走りにイルマと擦れ違い、佐伯へ近寄ろうとする。

イルマが通路に出た途端、室内に流れる音楽の音量が大きくなった。

＋

レジデンスの駐車場に戻り、覆面警察車両の助手席に乗り込むと、運転席に座った宇野の表情が冴えないことにイルマは気付いた。本部へ戻って、と指示すると、はい、と短い返答があった。背広の内から眼鏡を取り出し、装着する。宇野は運転をする時だけ、度の弱い黒縁の眼鏡を掛ける。考えごとをしているように見え、

「警視庁本部の方だよ。分かってる？」

「……了解しました」

「怒ってるの」

「いえ……」

宇野は無言で警察車両を発進させ、

「ああいう場所に住む、というのはどんな気分かな、と」

はあ？　イルマは思わず宇野の横顔を見やった。

「あなたってばさ」

前々から、少しずれた奴だとは思っていたけれど。

「最短で捜査一課に入った人間でしょ。警察学校卒業から一年半で看守係になった、って聞いたけど。異例の速さでしょ、それって」

「……それだけ、刑事になるのを避ける人間が増えた、ということでしょう」

「あなた自身は、一課を望んだんでしょ。それが何で、ベンチャー企業のＣＥＯに今更気《け》圧《お》されちゃってるわけ？」

「いえ……手の届かないものもある、ということを実感させられただけです」

「もうちょっと、螺子《ねじ》を締め直したらどう……彼らと同じものが欲しい？」

イルマは呆れ、

「私たちは一課なんだから、欲しいのは事案の解決、でしょ。高層ビルからアルコール片手に夜景を眺めたいなら、休暇中に奮発して、高級ホテルにでも泊まればいいじゃん」

人と比べないというのは難しいですよ、と宇野は独り言のようにいい、

「主任のようになれたら、いいですけど」

佐伯との会話のことをいっている、とイルマは気付き、

「……あの話はさ、ちょっと格好つけちまった、っていうだけだよ。負けず嫌いだから。私だってさ、白バイ競技大会の傾斜走行操縦《スラローム》の試走でステップを接地させちゃって、減点のおかげで四位にしかなれなかった時は、地団駄踏んで悔しがったものだし……ねえ、これ特捜本部へ向かってない？」

「本部って……警視庁本部ですか」

「そういってるでしょ」

宇野の奴、佐伯の毒気に当てられて、すっかり惚《ぼ》けてやがる。

「警視庁に寄ると、捜査会議に遅刻しそうですが」

「私は一課に戻って調べものをする。あなたは特捜本部へいって会議に参加して、報告する。了解した？」

「調べもの、というのは」

「さっきの色黒のＣＥＯについて。腹の中まで黒いかどうか。周辺関係を掘り下げてみる」

はい、と答えた宇野の声に苦笑が混ざったように聞こえ、イルマが横顔を確認すると、

「最短は、主任のことだと思いますが」

「昇任の話……」

「標的に食らいつく速さの話です」

「まだまだ」

体を傾けると、ルームミラーの中で、宇野と視線が合った。

「本当は目にした瞬間、喉笛にがぶりといきたいくらいなんだ」

宇野がまた苦笑し、了解、と答えた。

シートに背中を落ち着け、しばらく黙って座っていると、胸の奥に、棘《とげ》が刺さるような小さな痛みを感じる。佐伯との会話の中で現れた、秦行信の死と遺族への感情移入が再び痛みとなって発生した、ということだった。肉体的な痛みとは別種の、胸に孔《あな》を空けるような感覚。喪失感。それが、広がろうとしている。両目を固く閉じ、痛みが衝動へと変わるのをイルマは静かに待った。遥か先の景色を目指す、精神の純粋な原動を感じようとする。瞼に、さらに力を込めた。

でも今は、落ち着く必要がある。衝動は時に混乱へも変化し、本当にそこに陥ると、自分の両手のひらを見詰め、叫び声を上げずにはいられなくなり――

深呼吸を繰り返して、興奮を封じ込めた。横目で確かめると、宇野がこちらの異変に気付いた様子はなかった。両方の手のひらで顔の冷や汗を拭う。また不意に一瞬出現した、生真面目に写真に収まる中年男性の映像。イルマは無言で話しかける。
敵《かたき》を取ってあげる。秦行信。

二　氷刃

S

ラウンジの奥の個室に入った佐伯は、しばらく一人で飲む、と伝え、秘書の見島《ミシマ》を室内から追い出した。

見島により静かに閉じられる扉の隙間から、彼女の憂慮の視線が送られるが、それさえも今は煩《わずら》わしく感じる。ソファーに腰を下ろす。体全体が、柔らかいクッションの中に沈んだ。グラスを握る片手が、自分以外には分からない細かさで震えている。恐れのためではなく、怒りのためだった。国会議員でさえ、俺をあんな風に見下す者はいない。佐伯亭という存在を、簡単に否定する女。いや、そんなことよりも。

——あの女は、危険ではないか。

シャンパンを口に含むと、きつい炭酸が頬の内と舌を刺した。飲み干して身を起こし、硝子製のテーブルに載った備えつけの果実酒《ブランデー》を、グラスに注ぐ。強い度数のアルコールが胸の内を焼くばかりで、気持ちを落ち着かせる効果はなかった。そして、頭は冴え渡っている。

あの女は、何かに気付いている。いや、今にも気付こうとしている。

佐伯は俯《うつむ》き、思索する。どうすれば、あの牝狐《めぎつね》のような刑事の動きを、封じることができるものか。どう圧力をかけるか。

悪意ある態度を指摘すればそう難しいものではないだろう、と思えた。国会議員や都議会議員への献金を欠かさないのは、こういった状況に対処するための予防だったはずだが、今彼らを利用しては逆に圧力が大きすぎ、大袈裟にすぎる気がする。それではまるで、自分が脅えているようだ。牝狐の、せせら笑う顔が脳裏に浮かぶ。

あの女は本当に、また俺に会いに来るつもりだろうか。さらに嗅ぎ回るだろうか。

もう一度注いで呷った果実酒が胃の中を焦がし、酒気だけでなく嫌な記憶までも立ち昇らせる。俺はあの男とは違う。実質の伴わない、あの男とは。実現するはずもない極端な平等を語り、俺や母親を殴り、借金と外国の思想書ばかりを大量に残し、失踪した無能な教育者とは……

俺は、自らが警察官の聴取を受けて一々委縮するような小物ではないことを、証明しなければならない。遊技組合を通じ、警察幹部ＯＢを使って女の配置替えを実行させるべきか。だがそのやり方も、命令系統を辿るまでもなく、こちらからの圧力であることは明白で、あの牝狐は指示の出所に容易に気付くだろう。それならば、むしろ――。

むしろ完全に沈黙させる、というのは。

《蜘蛛》の塗装された人形のような顔貌が、脳裏に浮かぶ。携帯端末《スマートフォン》を手に取り、薬物専門の始末屋の番号を呼び出したところで、指を止めた。手のひらに汗が滲んでいる。焦るな、とつぶやいた。蜘蛛は手持ちの道具の一つにすぎない。俺は、道具に依存し始めているのではないか……

果実酒の蓋を、佐伯はゆっくりと閉じた。馬鹿げている、と思う。

あの女が勘を頼りにどれだけ近付いて来ようと、証拠のない話を立証できるはずがない。俺はただ、時にはアルコールを口に含んでその高級な香りに酔い、佐伯亭という立場を楽しめばいいのだ。牝狐など――少なくとも、今はまだ、まずい。

今動いては、容易に黒幕の存在を想像させてしまうだろう……機会を待て、と佐伯は口に出して自制する。絶好の機会が訪れた時、それを見逃さないだけの鋭さを、お前は持っているはずだ。

扉を叩く音が聞こえる。見島が、そろそろ締めのご挨拶を、と扉越しにいった。

改めて自らの立場を、佐伯は意識する。今何より重要視するべきは、「ビット・タービン・プロジェクト」以外にない。実際にプロジェクトが始動した時には、シェヴロン社へ大量の情報《データ》が注ぎ込むことになる。シェヴロン・グループを時流に乗っただけの新興企業としか考えない者は、その成功の意味に気付きもしない。力とは情報の管理と制御にある、という事実を認めることもない。佐伯は空《から》のグラスを手にし、立ち上がる。分かりきっていることだった。俺の役割を果たせるのは、俺以外にいない。

d

動く歩道《オートウオーク》に乗り、連絡通路の硝子越しに見る空港は夜の闇に溶け、所々で眩《まぶ》しく光る照明とそれを受ける機体の並びに隠されてしまい、遠くまで見通すことができなかった。十年近く前に訪れた時に感じた先進国への畏敬の念は、もう湧き上がってこなかった。今では祖国で見る風景と何ら変わりはない、と低温《ディウェン》は思う。

方々に設置されたパネルの案内に従って進み、検疫を通過し、カウンターでパスポートと入国カードを提示する。記載にほとんど嘘はなく、何も問題はないはずだった。中年女性の入国審査官は笑顔でパスポートに入国証印を捺《お》し、こちらへ返した。表示通り一階に降り、ベルトコンベアー上を流れて来た、最小限の着替えが入ったボストンバッグを取り上げ、機内で記載した携帯品に関する申告書を税関係員へ提出すると、バッグを開けるよう求められた。低温は逆らわず、いわれた通りにして無事に検査を終えた。荷物とパスポートを受け取り、出口、と簡体字で大きく書かれた分厚い自動扉を抜け、ロビーに足を踏み入れる。何か縛《いまし》めから解放された気分になるが、仕事はまだ一つも終わっていない。

ロビーを横切り、横断歩道を渡って、一般車道まで歩く。以前と変わらず、白色と黒色の車ばかりが目についた。見渡すと、少し先にクーペフォルムの黒い車が停まっている。その傍で手を挙げる者に気付き、低温は車へ向かい歩き出す。

予定通り、この国の男が二人、出迎えに来ていた。二人とも若く、ダークスーツを着込み、一人は笑顔でおり、眼帯で片目を覆うもう一人は不機嫌な様子だった。誰も、低温のバッグを代わりに持とうという者はいなかった。後部座席へ乗り込もうとすると眼帯の男に、無言で助手席を指差された。男の下唇に通された輪状の三つのピアスに、低温は目を留める。何も言葉を返さず、助手席の扉を開けて身を屈め、乗り込んだ。車内は新車の匂いで満ちていた。

後部座席に座った眼帯の男が、運転席に乗り込んだ痩せた男へ、早く出せ、といった。エンジンの始動とともに、暖気が車内に流れ始める。低温はミリタリー・ジャケットから携帯端末を取り出し、仲間へ自分の位置情報を送った。車を発進させるとすぐに、痩せた男が低温へ話しかけてきた。母国の言葉だった。

「兄弟《シオンディー》。辛苦了《シンクーラ》」

愛想笑い。

「先到公司去吧《シエンダオゴンスーチユィバ》」

「まず、シートベルトを締めろ、っていえよ」

眼帯の男が後ろから口を挟み、

「お前らの国とは違って、ここじゃあ、人も生活も繊細にできているんだ、ってな。警察と擦れ違ったら、それだけで停められちまうぜ」

低温はいわれた通り、無言でシートベルトを装着する。理解できてるじゃねえか、と眼帯の男が吐き捨てるようにいった。

「你肚子饿了吗《ニードゥーズウァラマ》？」

「空腹ではありません」

痩せた男の質問に、低温は静かに答えた。手元の携帯端末を見やり、位置情報の送信が滞りなく続けられているものか、確かめる。

　車が三車線の幹線道路から脇道に逸れると、前後の車両も対向車も見えなくなった。道は狭く、人家も疎《まば》らになり、照明もほとんど見当たらず、視界の中で流れるのは道の左右から迫り、ヘッドライトの光を受ける常緑樹と、鉄紺色のアスファルトばかりとなった。

低温は不思議でならない。なぜ主要空港を、こうも都市から離れた場所に造ったのか。だがそのお陰で、香主《シャンチュ》からの佢命を果たすのも、より容易になるだろう。案内の者たちだ、恐らくは幹線道路に設置された記録装置を避けるために山道を選んだことも、好都合だ。

わざわざ海を越えて御苦労さん、と眼帯の男が後部座席から身を乗り出し、いった。この男だけはシートベルトを締めていない。装着するべきだ、と低温は考えるが忠告はしなかった。

「訊いてみたかったんだが」

男の吐く息には、アルコールが混じっている。

「クモ、というのはあんたの国ではどう発音するんだい。網を張って羽虫を捕らえる奴のことさ。あんたらからすれば、友達みたいなものだろ？　その辺を沢山、這い回っているんだろうな。きっと、部屋の中にまで。なんて発音するんだい……」

「蜘蛛《ヂーヂュウ》」

「思った通りだ」

眼帯の男は、背後で手を叩いて笑い、

「愛らしい発音じゃねえか。さすがお友達、だな」

「不好意思《ブーハオイース》」

ステアリングを握る痩せた男がこちらを見やり、小さくそう謝った。低温は聞こえない振りをした。小事でしかなかった。

「で、海を越えて来た客人よ」

眼帯の男の朗らかな口調は変わらず、

「あんたはあの男を、ギーギュウとか発音するあの始末屋を、どうやって殺すつもりだ？　どこで武器を調達する？　あんた、向こうじゃ腕利きなんだろう？　いや、これから会長に会って詳しい打ち合わせをするんだろうが、個人的な興味として訊いておきたいんだ。野郎に片目を潰された被害者として、な。何しろ、あの卑怯な泥人形は……」

瘦せた男がステアリングを切り、道を曲がった。視界が開け、ヘッドライトの光の中で灰色の畑が広がり、その先を鉄道の高架橋が黒々と横切っていた。吹きつける風の音が車内にも届く。

車は高架橋を潜り、今度は線路に沿って走り始める。携帯端末に着信があり、地図を立ち上げると、点滅する矢印が仲間の位置を知らせている。こちらの居場所に合わせ、進路を微調整しているのが分かる。もう、そう遠い距離ではなかった。眼帯の男が、ほら、早く翻訳しろよ、分からねえんだと、といって運転席を後ろから小突いた。

「我々は、ギーギュウになど興味ありません」

低温は振り返らずに、そう告げる。

「私が殺すのは、サエキトオルです」

「ほれ、いわんこっちゃない」

眼帯が笑いながら、もう一度運転席を小突き、

「行き違いはつきもの、だな……いや、客人、それは違うぜ。俺たちがあんたらへお仲間

を殺《や》った野郎の情報を流したのは、もちろん佐伯の手綱《たづな》を締め直すためだが、直接殺しちまっては、吸い上げるものもなくなっちまう。だから、佐伯の手脚として動いているクモって男をあんたらに消してもらいたいっていう、そういう話なんだよ。もう一度、上の方に確認してみろよ」

「必要ありません」

「確認しろ」

眼帯の男は苛立ちを隠さず、

「今すぐ……ああ、お国じゃあ、回線の品質が安定しないってのか」

地図上で二つの矢印——仲間とこちらの位置と方向を示す——が、重なろうとしている。低温が前方へ目を凝らすと、坂道の上から三つのヘッドライトが現れた。これで、準備が整ったことになる。低温は少しだけ後ろを振り向き、

「私たちの標的は最初から、サエキだけ」

大型自動二輪車が横に並び、近付いて来るのが窺える。運転手だけでなく眼帯の男も、そのことに気付いたらしい。

「道具の罪よりも、使用する者の罪の方が重い。ここまでの手配、感謝する」

同胞への罪。償わせる相手と償いの量を決めるのは我々の幇会《バンホイ》であり、香主であり、龍頭《ロントウ》だ。それ以外、あり得るはずがない。

白線のない狭い道で、三台の、ネイキッド・スタイルの自動二輪が横に広がって行く手を塞ぐ格好となり、痩せた男が慌ててクーペを急停車させた。二輪車も揃って緩やかに目前で停まり、わずかな距離を隔て、唐突に、無言で向かい合う状況が発生する。二輪に跨がる三人の運転手はそれぞれフルフェイス・ヘルメットを装着し、シールド部分をミラーフィルムで覆い、内側を隠している。痩せた男がクラクションを鳴らすが、二輪車の運転手の一人も片腕を振り、道を空けるよう、こちらへ指示を送ってきた。低温の背後で眼帯の男が舌打ちし、後部座席の扉を開けて道路へ出た。シートベルトを外して続こうとする痩せた男の肩に、低温は片手を置き、

「そのまま」

と静かに伝える。眼帯の男が車の前に出たのを見届けて、低温は助手席のシートベルトを外した。屈み込み、ブーツの踵《かかと》に仕込んだセラミック・ナイフを引き出した。

前方とこちらを交互に見る運転席の男の腹部、そのやや背後を狙い、スーツの裾から潜り込ませるように低温はナイフを押し込んだ。同時に、もう片方の手で、男の口を塞ぐ。理解の光が低温を見詰める瞳に宿り、急速に生気が消え、筋力も消えた。わずかな道路の傾斜により、車がゆっくりと後方へ動き出し、低温はステアリングを操作して路肩に寄せ、サイドブレーキを引いた。ナイフを引き抜き、血液で濡れているのを、男のスーツで軽く拭き取った。助手席の扉を開け、外に出る。強い風が高架下を吹き抜け、低温の横顔

を叩いた。

眼帯の男が中央の二輪車の前に立ち、怒鳴り声を上げている。フルフェイスの三人が何の反応も見せないことに苛立つ余り、すぐ後ろまで歩み寄った低温に気付いていなかった。

強い風が吹きつけている。

真後ろから片手で眼帯の男の口を塞ぎ、もう片方の手が握り締めるセラミック・ナイフを、斜め後ろから肋骨の下に滑り込ませた。腎臓を傷付けられ、呻き声を上げる男をそのまま背後へ引き摺り、寒い中でもよく茂っている叢《くさむら》の中へ突き倒した。初めから存在しなかったように、風景の外へ男の姿が消えた。地面に片膝を突き、ナイフをブーツへ戻す。シートベルトを締めておけば、もう少しだけ長生きができたかもしれない、と低温は思う。

締めたまま動かずにいれば、運転席の男に死が訪れる方が先となり、何が進行しているのか悟るだけの時間もあっただろう。運命は避けられないとしても、道理を知ることのできたその瞬間は、お前の生の中で最も貴重な経験となったはずだ。

運転手の一人が自動二輪車を降りて低温に近寄り、早《ザオ》、といった。女性の体形とその声で、穎《イン》だと分かった。低温は差し出されたヘルメットを受け取る。クーペの助手席に戻ってボストンバッグを取り上げ、二輪車に乗ったまま待つ一人へ投げて渡し、穎へ、

「外にいる時は常に、この国の言葉を使え。周囲に誰もいなくとも」

ヘルメットを装着し、

「それだけで、お前の命は数年、延びるだろう」

「……分かった」

穎の乗っていた二輪車に近付き、跨がった。クラッチ・レバーをつかんでギア・ペダルを踏む。後部座席に穎が乗り込み、低温の背に密着した。

低温が頷くと、左右二台の大型自動二輪車が発進する。その先導に従ってステアリングを切り、脇道へ進入し、スロットル・グリップを大きく捻った。

i

携帯端末の振動音で、イルマは目を覚ます。伏せていた姿勢から顔を上げると、約百人分の机の並ぶ、捜査一課強行犯捜査係のいつもの光景があった。疎らに捜査員の背中が見え、その様子を窓からの光が薄《うっす》らと照らしていることにも気付いた。夜が明けようとしている。室内の時計で時刻を確認する。二時間も寝入っていたことが分かった。

机上の端末を取り上げると、「鑑識課フチ」の文字が光っていた。通話ボタンを押した途端、

『どこにいるんだ、イルマ』

「……本部。警視庁」

『薬物が出たぞ。シアン化合物以外の』

急激に、イルマの思考が澄んだ。

「どんな」

こちらの声に、捜査員の一人が振り返った。イルマは少し机の上に身を低め、

「毒なの、それって……」

『ストリキニーネだ。樹木の種子から採られる、猛毒さ。強直性の痙攣を引き起こす。自殺に用いられるような薬物じゃない』

イルマは慎重に、

「同席した者たちの仕業、という可能性は」

『任意の事情聴取を開始するそうだ。が、仲間内のいざこざにしては、宴の席で自殺に見せかけて、というのは奇妙だし、俺も昨日、少しだけ同席者たちの様子を見たんだがね、皆口を揃えて、何も覚えていない、というばかりで……いや、警察を避けようとしている素振りはないんだ。むしろ何が起こったか、知りたがっている。それ以上に困惑している、という風に見える。気になる話があってな……』

渕の言葉にイルマは意識を集中する。

『レストランの店員が事件発生当時に、個室を訪ねた一人の男と接触している』

胸の奥で、気持ちが沸騰し始める。

『黒いトレンチコートを着た人物だそうだ。個室を訪ね、もう一度来る、と告げてすぐに帰っていったらしい。店内の照明が暗いためにやや証言は曖昧なんだが、瘦せた顔貌や、少し高い声を覚えているそうだ。恐らくこれで、特捜本部の方針も変更せざるを得ないだろう。池袋の特捜本部との情報共有についても、検討を始めている。イルマ』

次第に思索に入り込み始めていた意識が、会話に引き戻される。

『お前、何かつかんでいるんじゃねえのか。ふらふらしてねえで、とっととそっちの会議に参加して、報告したらどうだ』

「今、つかみかけているところなの」

少し高い声の、瘦せた男。急に被疑者像が形になり始め、闘志を向ける対象が目の前に現れたような気分になる。室外の通路を駆け抜ける、数人分の足音が届いた。イルマの前方に座っていた捜査員も携帯端末を耳に当てたまま立ち上がり、扉を開けて部屋の外へと走り出した。新たな事案の発生？　今の私には、たぶん関係のない話。イルマが無言で思索を続けていると、

『いつも思うんだが』

携帯端末越しに吐息が聞こえ、

『お前って奴は感謝の気持ちってもんを、落っことしながら生きているんじゃねえのか、となる』

「情報ありがとう」

澄ました声をイルマは作り、

「素敵。最高。とても役に立ったわ。じゃあ、また有益な情報が手に入ったら、迷わず私に連絡を頂戴」

『感謝の証明は、物理的な形でな』

「……鑑識課へ、麦酒《ビール》でも差し入れるよ」

『了解だ、警部補』

こっちは愛車の修理代で、悲鳴を上げているっていうのに。結局フロントフォークも歪《ゆが》んでました、って……ほんと勘弁して。

イルマは顔をしかめ、通話を切断する。けれど、情報は確かに有益だった。特殊な殺害状況。特殊な薬物。恐らく駅構内で発生した事案と、加害者は同じだ。黒のコート。痩せた男。そして、その背後にいるのは――

イルマはノートPCのスリープを解除する。夜通しの検索作業の成果が、乱雑にデスクトップに散らばっている。キーボード上に落ちていた数本の髪の毛、片手で鷲掴《わしづか》みにして打ち込んだためにいつの間にか引き抜いてしまった情報検索の名残を、床へ払い落とした。

佐伯亨。その周辺で、どれほどの人間が死んでいるのか。

イルマは、一覧に書き起こした死亡者の列を睨む。偶然と呼べるものではない、と思う。けれど、それぞれの死者が佐伯と直接関連する、と証明できる情報も存在しなかった。死者と佐伯とは必ずある程度の距離があり、佐伯を中心として俯瞰《ふかん》した時に初めて、波紋を広げたようにその関係性が現れる。


山元喬《ヤマモトタカシ》（シェヴロン・グループ／パターン・ワン社取締役）交通事故死。

伊原寛《イハラヒロシ》（スペース・スキューバ・カンパニー社開発部長／シェヴロン社と競合するネット・ショッピングモール・ソフトウェアを開発）交通事故死。

鈴井賢一《スズイケンイチ》（サイバネティック・イカロス社代表取締役／シェヴロン社と競合する通信事業会社）急性アルコール中毒により死亡。

堀智《ホリサトル》（フリーライター／ジャーナリスト。組織犯罪に関する記事多数執筆）電車に飛び込み自殺（シェヴロン社へ取材申し込み後。取材実現せず）。

畠中浩太郎《ハタナカコウタロウ》（シェヴロン本社証券部門に一時在籍）自宅にて自殺。


この情報を基に、佐伯を起訴に持ち込めるだろうか、と考え、イルマはその可能性をすぐに否定する。不可能、としかいいようがなかった。佐伯と直接関係する人間は一人もおらず、皆が事故、自殺として、すでに処理されてしまっている。それに、本当に全員の死亡に対して佐伯の殺意が関係している、と断定することもできなかった。

――でも、やはり中心には佐伯がいる。

それぞれの事案の再検証から、徐々に波紋の中心、佐伯へ近付いていく以外なかったが、そのためには相当大掛かりな再捜査が必要となるだろうし、たとえ百人規模の人員を揃えたとしても、起訴に持ち込めるだけの証拠を得ることができる、とは確信しきれなかった。それ以前に、感覚的でしかない分析に従って上層部が動くとも思えない。時間をかけて、個人的にでも検証を続けるべきだった。探れば、死亡者数はもっと増える可能性もあるし……

いや、そうじゃない。イルマはモニタを見詰めたまま、両手で頭を抱える。現時点の、一番の問題は次にいつまた凶行が起きるか分からない、ということだ。じっくりと机上で検証を続ける余裕はない。それなら、むしろ――

携帯端末が振動する。手に取ると液晶画面に、「イワイ」の文字。イルマは目を細める。何かあったな、と思う。奴にとってはこの時間帯は就寝前のひと時、というところだろうが、それでも早朝の接触は異例だった。接続すると、どうも、と笑みを包んだような低い声が端末のスピーカーから聞こえてくる。

「で、何。こんな時間に」

中年の彫物師が連絡を入れる理由は決まっている。分からない振りをするのは、挨拶のようなものだ。

『……組織犯罪対策部《ソタイ》に売るかどうか、迷っていまして』

含みのあるいい方。イルマは顔中ピアスだらけの、禿頭《とくとう》の大男の風貌を思い起こし、

「それ、私に関係のある話なの」

『さあ……でも、情報はでかいですよ。それに、新鮮そのものです』

「私今、忙しいからさ。組対の誰かに売ってやりなよ。モトイ辺りに、さ」

岩居《イワイ》は不満そうに、

『姐《ねえ》さん、後悔するかもしれないですよ……』

「どんな情報なの」

『刺青背負ったのが二人殺された事件、知ってます?』

「……知らない。うちの管轄の話?」

『お隣ですな。空港の傍で発生した奴ですよ。さっき報道で流れた事件です』

急に周囲が騒がしくなった理由は、その件のせいだろうか。でも。

「警視庁の管轄じゃないのなら……」

『まだ捕まっていないなら、都内に逃げ込んだ確率は高いんじゃないですか。木を隠すには森の中、で』

「かもね……で、その事案が何?」

『二人を誰が殺したか、って話ですよ』

『黒社会《ヘイシャーホイ》の人間らしい。テイオン、とか呼ばれている』

「誰？」

イルマは呆れ、

「それって、あんたのお客の背中彫りながら聞いた情報でしょ？　与太話じゃない、って保証がどこにあるのさ」

『幹部の背中ですから。姐さん、痛みってのは本能ですぜ。痛みが生じた時には、人間の真の部分が露になるもんです。後は技術、って奴ですよ。気になる話が聞こえた時には、シェイダーの針の動きを緩めてやるんです。口が緩んでいる時には針も緩める。それで、自然と情報が披露されるんでさ』

「それは結構だけど」

あんたの技術論は、前にも聞いたって。

『筋彫りの済んだ背中に、色の仕上げを頼みたい、って、夜明け近くですよ。大きな会合があるから、とかで。で、さっきまで仕事をしてたんで』

「会合はその、黒社会関係の話なわけ……」

『そうです。裏切られた、とかいってました。始末屋として呼んだつもりなのに、こっちに牙を剝きやがった、って』

「誰を始末しようとしていたの……」

『そこまでは……』

「ふうん」

核心部分を隠している、という風に聞こえる。

「やっぱりいらない。お手柄にはなるかもしれないけど、今はこっちのことで忙しいから。組対へ伝えて」

『……ほとんど喋っちまいましたが』

「私は情報を転売したりしないよ。あ、相手へは、ちゃんと最初にいうんだよ。イルマさんがそっちへ話を回せって仰ってた、って」

『……分かりましたよ』

落胆の声。芝居がかっているようにも聞こえる。たぶん、岩居は私と組対双方から、情報料を得ようとしていたのだろう。けれどその臨時収入も、岩居にとって実際は重要なものではないはずだ。ライナーとシェイダーを駆使して人間の皮膚に様々な図柄を刻み込む本業の方だけで、大抵の警察官の収入以上に稼いでいるはずだから、彼の情報提供は実際、コネクションを保持するための手段でしかない。

「あ、ちょっと待った」

イルマは離しかけていた携帯端末のマイクロフォンへ、

「毒殺、と聞いて心当たりは？」

『ありませんね』

反応が速すぎる、と思う。何か隠している？　けれどどうせ、岩居は開示したくない情報は絶対に口にしない。

「何か思い出したら」

イルマは声を低めて、

「連絡を頂戴」

分かりました、と答えて、岩居が通話を切った。イルマは再びノートPCのモニタへ集中する。佐伯亨について考え、天井の蛍光灯を見上げ、もっと奴に迫るには上層部と直談判する以外にない、と結論を出す。電波時計を確認し、椅子から立ち上がって思いきり伸びをした。

立ったままPCを操作し、部屋の隅に置かれた複合機との接続を確かめ、検索結果の印刷を開始する。

d

ガレージに設置された生地の破れた硬いソファーに体重を預け、微睡《まどろ》んでいた低温の意識を電動シャッターの駆動音が覚醒させた。

ゆっくりと灰色のシャッターが上がり、外に立つ平　弦《ピンシユエン》ともう一人、プラスチックの杖を突いた小柄な男が、足元から徐々に姿を現す。白髪の老人。その片手に、小さなリモート・コントローラが握られている。ということは、この男が黄《ホワン》だ。不動産業と四川《しせん》料理店をこの国で手広く営む人物。蛍光灯の光が、不機嫌な老人の顔を照らした。

低温は被っていた毛布を除け、ソファーから立ち上がった。黄が、ガレージに駐車された三台の大型自動二輪車の隙間を通り、こちらへ近付いて来る。杖の先のゴムがコンクリートの床を突き、湿った音を立てる。両腕を軽く広げ、初対面の挨拶をしようとする低温へ、

「厄介事を起こすなよ」

黄は人差指を突き立て、この国の言葉でいう。

「私はもう、この街でずっとうまくやっている。この国の住人なんだ。生活の邪魔になるような問題は、決して起こさないでくれ」

黄はシャッターを開けたまま、大声で話をしている。低温は苛立ち、

「最初にその資金を与えたのは、あなたの香主だ。今では龍頭になっている。俺の要求は、龍頭の要求と考えてもらう」

低温の反論に、

「当時のことには、感謝している。だから、資金の何十倍も金を送った。今も送り続けている。それで、充分だろう。私はお前たちに、部屋とこのガレージを用意した。だがそれ以

上のことはしない。いずれ私から、龍頭にも説明する。私がどれだけ尽くしてきたかを。そろそろ……」

　語勢が弱まり、

「……そろそろ、自由になっていい歳だ」

　低温が返答せずにいると、黄は背後の平弦を指差し、

「私の用意した部屋に、次々と何かを運び入れているようだが」

　低温を強い視線で見詰め、

「お前らは、四日後には出てゆく、といったはずだ。約束は守ってもらうぞ」

「もちろん、四日間をすぎれば出てゆく」

　黄の視線を受け止め、

「だが、四日の間は我々に尽くしてもらう」

　黄はしばらく低温を無言で睨みつけたのち、振り返ると手に持ったコントローラを平弦へ押しつけ、そのまま出ていった。平弦がシャッターを下ろした。ガレージが完全に外界から隔てられると低温へ、

「发生《ファーション》了《ラ》问题《ウエンティ》〈問題が発生した〉」

　といった。見ると、平弦の顔色は悪く、

〈……遅かった。ダウンロードできない〉

〈なぜだ〉

〈本人が消去した。武器輸出規制の関係、ということだ〉

〈備份《バックアップ》は探したか〉

〈李静《リージン》が検索を続けているが、見当たらない〉

〈油断したな〉

近付き、わずかに低い位置にある、平弦の目を見下ろした。低温と同年齢、三十代に入ったばかりの男の顔に、脅えの色が現れた。低温が手のひらを上にして片手を差し出すと、慌てて平弦がコントローラをそこに置いた。低温はソファーへコントローラを投げ、

〈裏から出ろ〉

背後を指して示し、

〈シャッターを気安く開けるな〉

平弦は急いで頷き、

〈……計画は、買ったものだけでやるのか〉

〈あれでは足りない〉

李静が入手した拳銃はたった一丁で、用意された弾の数も少なすぎ、品質も信用が置けなかった。つまり、どうしてもバックアップを得る必要がある。

〈……《銀行》《インハン》を探せ。できるだけ多くの《銀行》と接触する〉

〈《銀行》か……新たな金が必要になる〉

〈香主は許可するだろう〉

頷き、低温の前を横切ってガレージ奥の小さな扉を開け、平弦が出ていこうとする。扉が閉じる前に、早、と声をかけた。

《銀行》ならば皆ネット上の動向に詳しく、換金価値のあるものを見落とさない。ただし彼らの素性は様々で、必ず黒社会と密接でいるとは限らないのが、幇会の一員である低温にとっての問題だった。

今頃ほとんどの者は、仮想通貨でのやり取りに夢中になっていることだろう……しかし、さらに目端が利く者であれば、すでに「数据《データ》」を所持し、顧客からの接触を待っているはずだ。

i

イルマは背負っていたトートバッグを体の前に抱え直し、特別捜査本部を設置する講堂の扉の前に立った。バッグが重く、扉のノブをつかむのが一苦労で、肘を隙間にいれ、こじ開けるようにして講堂内に入るしかなかった。

宇野の姿が見えない、ということはつまり、イルマが依頼した、もう一つの毒殺事件についての情報収集から戻っていないのだろう。重てえ、とつぶやいてイルマは書類の詰まったバッグを抱えたまま雛壇へ真っ直ぐ近付き、長机の上に大きな音を立てて置いた。雛壇の傍に陣取り、情報の整理作業を続ける庶務班の者たちが全員顔を上げ、こちらを見たのが分かった。そして、イルマの目の前にいる管理官の怪訝《けげん》な表情。その隣では、副署長が唖然としている。管理官の前で、イルマはバッグから分厚い書類を引き出した。

篠多《シノダ》管理官は不機嫌そうに眉間に皺を寄せ、

「……いってみろ」

相変わらずの、単刀直入な口振り。でも、その方がやりやすい。イルマは姿勢を正し、

「株式会社シェヴロン最高経営責任者、佐伯亭に対する、行動確認捜査の許可をいただきに参りました」

管理官は書類の方を一瞥もせず、

「本事案と、どの程度関連のある人物か」

「少なくとも、重要参考人となる人間です。あるいは……主犯、教唆者である可能性もあると見ています」

庶務班員たちの実務的な会話が止んだ。騒《ざわ》めき。管理官は表情を変えず、

「そのような報告は、全く受けていないが」

庶務班の動揺が伝わる。こちらを睨みつけている者もいる。

「今初めて、報告いたしました」

イルマは班員の方を見ないようにし、

「明確な根拠を、探していたものですから」

「……見付かったのか」

「起訴ができるほどの根拠は、見付かっておりません」

「では、この書類は」

「状況証拠となるものを揃えておりましたら、この分量となりました」

「つまりそれは、根拠が薄いということだ」

管理官は折畳み椅子の背に体重を預け、

「薄い根拠を幾ら集めようと、起訴の理由には足りない」

「分かっています」

管理官の、上目遣いの冷たい視線。顎を引いて黙り込んだまま、こちらを凝視している。白髪の混じる短い髪を指先で掻いて、

「……佐伯亭か」

「はい」

「背後には、政治家や財界の大物が控えている。理解しているか」

「はい」

「殺人教唆者である可能性、といったな。お前自身はどう見ている？」

「確信しております」

「勝算は？」

「五分五分」

いいすぎか、とイルマは考え直し、

「いえ、四分六分、といったところです」

「……尾行に、何人の応援が必要だ」

「必要ありません。私と、二係のウノで動きます」

「何か必要な装備は」

「ありません」

「許可以外に、必要なものはないか」

イルマは考える振りをしてから、

「……捜査が裏目に出た場合、私と一緒に飛ぶ上司の首が、必要になるかもしれません」

こちらを凝視したまま管理官が鼻で笑った。許可する、とひと言だけいうのを聞き、イルマは一礼して、バッグと書類を置いたまま講堂の扉に走り寄り、通路へと飛び出した。

d

二股に分かれた交差点の一方へ進入したところで、低温は自動二輪車を停めた。後部座席に乗っていた穎が素早く降り、低温の隣に回り込んだ。クラッチ・レバーを引き継いで握り、降車した低温に代わって運転席に跨がった。

「この辺りを走っていろ」

低温の指示に穎は頷き、フルフェイス・ヘルメットを受け取って顎紐《あごひも》を腕に掛け、スロットルを開けて走り去っていった。

歩道に立ったまま低温は、二輪車を器用に操り四輪車の隙間を擦り抜ける穎の後ろ姿を見送った。穎はこの国で、留学生として通学しているはずだった。平凡な、平穏な暮らし。低温はカーゴパンツの後ろに差し込んでいた帽子を引き出し、頭に被った。黄の言葉を思い出す……そろそろ、自由になっていい歳だ。

留学費用を出しているのも、香主だ。それはいずれ、幇会の役に立たせるためだ。穎はこちらの補佐を命じられた時から、現実に引き戻されたことになる。黒道《ヘイダオ》に一度足を踏み入れた途端、その者は他の道を見付けることができなくなり、しかし道は同胞によって強固に守られ、温かい食事と生きる目的とを与えられる。低温は歩き出し、地下街へ続く狭い階段を降り始める。

俺たちは最初から黒い道の上に黒い子供として生まれた。他の道など見えるはずがない。

階段の傍には立ったまま食事をするためのカウンターと、無言で口を動かす男たちがいた。地下街には様々な国の観光客が存在し、こちらが目立つ心配こそなかったが、大勢の人間と擦れ違う空間はそれだけで、安全とはいい難い。誰にいつ仕掛けられるか予想のできない状況だった。細かく折れる道から比較的広い地下道へと、低温は足を踏み入れた。

一流技術者、と書かれた美容院の大きな看板があり、占い師の店の前では、大勢の女性客が列を作っていた。通路の先にはＤＶＤの詰まった商品棚が並べられ、天井を見上げれば、沢山のパイプと、金属のフレームで守られた黒いケーブルの束が走っている。

低温は背後から響く足音の幾つかが、こちらの歩みに揃っていることに気付いた。電気功、と記された立て看板を眺める振りをして立ち止まると、確かに後方の足音も消えた。緊張が高まり、首筋の産毛が逆立った。低温は歩き出し、通路に発泡スチロールを積み上げる居酒屋の前を過ぎ、目的の店を目指す。

福建《ふっけん》料理の写真をメニューに添えて貼り出す店の入り口で、足を止めた。少し離れた距離で、約二名の足付きの乱れる様子だ低温の聴覚に届いた。気付いたのを悟られないよう、慎重に振る舞おうとする。

客のいない店の中に入り、壁際の小さな木製の円卓を前に腰を下ろした。すぐ傍に古びたクーラーボックスがあり、頭上には、扇風機と小型の液晶TVが設置されている。油の匂いが、その全てに染み込んでいるようだ。目の前に赤色の太い柱があり、奥に厨房が窺え、カウンターに寄り掛かりタブレットPCに読み耽《ふけ》る厨房服を着た老人が、こちらをちらりと見た。

低温が頷くと、カウンターにタブレットを置いて傍のウォーターサーバからコップに水を注ぎ、まだ開店していないよ、といいながら歩み寄って来た。

「低温《ディウェン》」

と小声で告げると、老人は厨房服のポケットから取り出した何かを、コップに添えて円卓に置いた。指の爪ほどの大きさの、メモリーカード。老人は接客用の笑みを浮かべている。笑みの裏で、こちらを頻《しき》りに観察していた。初対面だったが、間違えようはなかった。古くからこの場所で、《銀行》を営む男。小型の記憶装置を、低温は自分の手のひらで包んだ。

「周《ヂョウ》」

低温は老人の名前を呼んだ。

「商売の方は、どうだ」

「……よく売れる。土地の味覚に合わせている。本当は、祖国には存在しない料理ばかり」

立ったまま、笑みを絶やさず周はいった。低温は老人の様子を注視する。同時に周辺視野ぎりぎりの部分で、室外の様子を見極めようとしていた。通り過ぎる、中年女性三人。白人の四人家族。暗い色の外套を着た男二人が、地下鉄の改札方面へ向かう……周が通路からの視線を遮るように、低温の傍に立った。

「周」

低温はもう一度呼びかけ、

「金の流れは順調か、と訊いたんだ」

「……順調だ。昔から、流れが澱《よど》んだことは一度もない。だからこそ、ずっと私はここにいる」

「公正か、周」

「ずっと公正に扱っている」

動揺する様子もなくそう答えた。周の営む地下銀行、主に不法就労者たちの送金を代行する《銀行》は、低温の属する黒社会とは独立して存在し、そのために大勢の人間からの信頼を得ており、そしてまた独立するがゆえに、低温が完全に信用することもできない。《銀行》はどんな組織とも距離を置き、そのために多くの組織と緩やかに繋がっている。この国の黒社会と繋がっている可能性もあった。低温は、メモリーカードを握る卓二の自らの拳を、もう片方の手のひらで軽く叩き、

「先見もあるようだ」

「もちろん」

老人の笑みが広がり、

「より、金の流れが滑らかになるからね」

「この対象《オブジェクト》に間違いはないか」

「就是你想要的《ジウシニーシアンヤオダ》〈要望通り〉」

急に母国語に切り替え、

〈これを知って、複製していなかった者は馬鹿だ……いや、あんたのことじゃない。私のような仕事をする人間ならば、ということだ〉

〈……ダウンロードするだけで、司法機関に目をつけられる可能性がある〉

〈この平和な国までは影響も及ばない。だが、慎重であることは正しい。だから、他人から買うのだろう。戻って組み上げるといい。それに、返品は受け付けよう。君は向こうでは、大家族のようだから〉

周の言葉に嘘はない、と低温は判断する。握り締めたものを厚手のミリタリー・ジャケットの内に仕舞い、外ポケットからこの国の紙幣の束を取り出し、老人の目の前で一枚ずつ数え、事前の取り決め通りの金額を円卓に置いた。立ち上がり、礼をいう。

「店が始まるのは、二時間後だ」

と周は笑顔のままいい、素早く紙幣とコップを片手でつかんで厨房へと戻っていった。低温は入り口の前で立ち止まり、帽子の鍔《つば》に隠れて、目前の人の動きを確かめようとする。追跡者の気配は感じなかったが、正確な判断はしきれなかった。地下鉄駅の改札方向へ歩き出し、念のため、目に入ったコインロッカールームの中に入り、通行人の流れをもう一度確かめる。入り口近くで、ロッカーの英語で書かれた説明書きを読む振りをしていると、暗い色の外套を着た二人が通り過ぎていった。

低温はすぐに通路へ出た。歩速を速め、前方に見える真っ直ぐな通路へと進む。肩先を前にして観光客集団を擦り抜けると、通路の先に、地上からの光を受ける階段が見えてきた。額を呼び戻すために携帯端末を取り出そうとし、思いとどまった。追跡者の素性を想像する。地上へ出れば、車両の通行と人込みに動きを阻まれる可能性があり、それはむしろ、相手を利することになるだろう。

さらに足を速める。明らかに、背後に追跡者の動きがある。準備の遅れが、そのまま危険を呼び込む隙になった、ということだ。階段の脇の自動扉を抜け、百貨店の中へ入った。食料品店の並ぶ狭い通路を前進する。上海《シャンハイ》料理、と書かれた黄色い看板を過ぎ、小麦粉の塊を練る料理帽姿の青年が硝子で仕切られた枠の中に見え、布丁《プディング》の小さなカップを積み上げる店があり、低温は頭上に、「REST　ROOM」の表示を見付け、指示通りすぐさま通路を折れた。

階段があり、直方体の冷水機が存在し、その奥の厠所《トイレ》に立ち入り、二基の洗面台と割れ目も曇りもない大きな鏡を備えた空間の、入り口からは死角となる壁のタイルに、低温は素早く身を寄せた。すぐに乱雑な足音が響き渡り、洗面台の前に誰かが現れるのと、低温がブーツの踵からセラミック・ナイフを引き抜くのは、ほとんど同時だった。

喉笛を切り裂き、扉の開け放たれた奥の個室へと蹴り飛ばす。髭で覆われた顔、その両目が大きく見開かれていた。片手に大型の狩猟ナイフ――その巨大さでは使い勝手も悪いだろう馬鹿げた刃物――が握られているのを、低温は認めた。そして、もう一人。

長髪の男が、銃口を向けた。低温はその両腕を抱え込むように密着し、肘を顔面に叩き込むと鼻骨の折れる感触があり、銃声が鳴り、床のタイルを砕く音が轟《とどろ》いた。片腕を捻り上げ、体重を預けて強引に床に倒し、腎臓目掛け、外套の上から背中へナイフを突き入れる。四度刺すと、抵抗がやんだ。

息を整える間もなく立ち上がり、ナイフをブーツに仕舞おうとし、先が欠けていることに気付いた。肋骨を掠めた感触を思い出し、その際に割れたのだ、と悟った。空港の金属探知機を潜り抜けるために用意した暗器《あんき》。耐久性が劣るのは、避けられない。

洗面台の鏡へ向かい、傍の紙タオルを手に取り、顔と深緑色のジャケットに散った目立つ返り血を拭き取った。血液の臭いが背後から立ち昇ってくる。後始末をする時間はなかった。店内の防犯カメラに、こちらの姿も記録されてしまっただろう。一刻も早く逃げるべきだった。拳銃を持ち去るべきか、と一瞬迷うが、残しておいた方がより捜査機関を攪《かく》乱《らん》させることができる、と低温は判断する。

俯《うつぶ》せのまま動かない長髪の男を跨ぎ越え、個室の便器に力なく座り込み、首を傾げた姿勢でいる男の髭面を一瞬見やり、どちらも二十代半ばほどの者たちの素性を、低温は通路を小走りに進みながら推測しようとする。深く考えるまでもなかった。

この国の私服警察官は拳銃を携行しない。つまりこれは、空港近くでの低温の行為に対する、この国の黒社会による報復なのだ。自動扉を過ぎつつ、携帯端末を取り出した。


地上に出ると太陽は頭上に見えたが、気温は低く、ひと際強い風が吹き、地下街へ降りようとする若い女性二人が笑い声を上げた。募金箱を抱えて近寄ろうとする中年女性を押し退け、横断歩道を渡り、幹線道路に沿って歩き出した。ビルの上に載った金色の雲のような奇妙なオブジェが遠くに見え、その先に、白銀の電波塔の聳《そび》える光景があった。大型自動二輪車の駆動音が背後から聞こえ、すぐに歩道を歩く低温の横に並んだ。

フルフェイス・ヘルメットを受け取り、運転席を降りた穎に代わり、ステアリングを握る。片手でヘルメットを装着していると、穎が緊張した声で、呼びかけてきた。

「哥哥《ガーガ》〈兄さん〉」

低温がスモークフィルムの貼られたシールド越しに見ると、

〈誰か殺したの？〉

その問いに、お前が知る必要はない、と低温はこの国の言葉で答えた。

「目的のものは手に入った」

後部座席に乗り、低温に密着する穎の体が、小刻みに震えているのが分かった。アクセルを開け、低温はそれを打ち消した。

i

イルマは、修理屋から代車として借りた――代車サービスはない、といって渋る店主から強引に借用した――二五〇ccの細身の車体に運転席から覆い被さるようにして、エンジンの放つ熱気に当たろうとする。インナーウェアを着込み、厚手のジャケットと防風フィルムの入ったライディング・パンツを着込んでいたが、それでも自動二輪車による長時間の尾行は体にこたえた。降り続く霧雨も、次第に体温を奪ってゆく。

久し振りに、二輪に長時間乗ることができる、っていうのは魅力的に思えたけれど……もう少し、方法は検討するべきだったのかも。せめて、電熱ウェアを用意するとか。イルマは天頂にあるはずの太陽を隠す、薄い雲を見上げる。雨がやんでいた。

『……佐伯の車が出ます。坂を下ります』

ヘルメット内部の、ヘッドセットのスピーカーから宇野の声がした。了解、と口元のマイクロフォンに答えてバイクのギアを入れ、イルマは都立高校のコンクリート壁に沿って駐輪された自転車の並びの陰から、深紅の外国車が現れるのを待った。今頃宇野も覆面警察車両に戻り、佐伯が向かうはずの、以前に買収しグループ傘下に収めたネット放送局へと先回りを始めていることだろう。

赤色の低い車体が三差路を左折するのが見え、イルマもバイクを発進させる。慎重に距離を空け、追跡を続けた。跡を追うのは難しくなかった。最高速度三〇〇キロを超えるはずの大排気量の外国車だったが、隣に秘書を乗せる佐伯が無理な運転をしたことは、これまで一度もなかった。たとえ五〇ccの二輪でも、見失うことはないだろう。

それに、佐伯はよく自らの行動をネット上に発表する。遡って調べてみると、毎月毎週繰り返される予定も多くあり、実際の尾行は宇野と二人でたった二日半、というところだったが、動きの予想もしやすく、行動確認すること自体は何の問題もなかった。

けれどそれが問題でもある、とイルマは思う。繰り返しパターンが多い、という事実は、予想外の行動が出現しないことも意味していた。こちらの狙いは、佐伯がどこかで仕出かす何か、違法行為の瞬間にあるというのに。違法薬物の取得。反社会勢力との接触。犯罪教唆を裏付ける、不用意な言動。今のところどれも、気配すらたたなかった。佐伯は淡々とグループ内を見回り、ジムで体を鍛え、マッサージで体をほぐし、食事はほとんど社内か自宅で済ませる。女性関係の乱れも見受けられなかった。ほとんどの時間、一緒に行動する年若い女性秘書が佐伯の愛人では、と想像していたが、夜を共にする様子は窺えない。もう、いっそ……

いっそ、こちらからまた挑発してみては。イルマはそう考えてみるが、きっと宇野が大反対するだろう、とすぐに思い直した。流石《さすが》に自分でも、二日半だけの尾行で方向転換するのは早すぎる、と思う。でも元々、私の短気な性格からすると――自分で決めた捜査だけど――、行動確認って向いてないんだよね。

佐伯の乗る赤色の外国車は国道上を、順調にネット放送局へ向かっている。十数メートルの間隔を空けて互いに信号待ちをしていると、脇道から停車中の車の間を擦り抜けて、道路に割り込む黒色の大型バイクが視界に入った。運転手がミリタリー・パーカーを着た女性であるのと、ヘルメットの外側に小型の無線機が貼りつけられていることに、イルマは気付いた。

信号が青色に変わり、停車中の車両が一斉に発進する。奇妙な印象。速度を上げて走り去るだろうと見えた二輪車が、赤色の外国車の後方で速度を緩めたからだった。

まるで、尾行をするように。偶然、そう見える状況が生まれたのだろう、と考えようとするが、二輪車は十字路を曲がる外国車に二度、追随した。

――何かある。

正体の分からない何かが、発生しようとしている。

イルマが宇野を呼び寄せるために襟元の無線コントローラを操作しようとした時、大型バイクが外国車から離れ、枝道に逸れ、そのまま姿を消した。

d

カード・キーを使って自動扉を開け、狭いエントランスでエレベータが到着するのを、低温は待った。扉が開き、エレベータの中から黄が現れ、老人は低温へ厳しい視線を送った。擦れ違いつつ低温の喉元を指差し、

「夜には、出ていってもらう」

「……そのつもりだ」

目を合わせずに、低温はそう返答した。すでに、準備は完了している。二点を除いて。どちらもとても重要な用件だったが、問題の一方は、解決したという連絡を平弦から受けている。その確認のために、低温は隠れ場所のガレージを出て、数区画離れたここまでやって来たのだ。すでに幾つもの罪をこの国で犯している身からすると、その距離の移動だけでも危険性はあった。準備の遅れがそのまま決行の遅れに繋がり、リスクだけが今も増し続けている。

自動扉を抜け、自らの所有物である建物から去ろうとする黄の後ろ姿をエレベータの中、閉じかける扉の奥で見送りつつ、あの男は勘違いをしている、と低温はそう考える。俺たちは、同胞に尽くさなければならない。特に、同じ道を歩む者には。あの男は自らの足元の黒い道を、長い年月平穏に歩んだために白く清められたものと錯覚し、己の出自を忘れてしまった。同胞からの愛情も、同胞への友愛も見失っている。が、再確認する機会はすぐに訪れるだろう。

問題のもう一方を解決するには、決断が必要だった。選択の余地はなく、必要なものは心の強さ以外にない。エレベータの中で低温は瞼を閉じ、気持ちを静めようとする。すでに、心の中に何の棘も感じなくなっていた。さらに低く、と低温は思う。必要なのは、魂が静止するほどの冷たさだ。先代の香主が与えてくれた、仮名の通りに。

チャイムが鳴り、エレベータを降り、最上階の七階に用意された作業部屋の鉄扉の前で耳を澄ませた。室内のもの音は何も聞こえなかった。話し声も、三次元印刷機が、《銀行》から購入した数据《データ》を基に散弾銃を作製する音も。低温は扉の前で携帯端末を取り出し、穎に連絡を入れ、室内から扉を開けさせた。

会社事務所用の比較的広い室内には、備品の長机が整然と並んでいた。壁の二面にはブラインドの設えられた大きな窓があり、プラスチック製の蔦《つた》が絡んでいる。ブラインドは全て閉じられていたが、隙間からの外光だけで充分に室内は明るく、そのことに低温は苛立ちを感じる。もっと秘密裏に進めるべき、という気がしてならない。いずれにせよ、すぐに立ち退くことになる、と自らにいい聞かせた。黄との約束通りに。数据取得が遅れ、機械への入力に手こずり、結局は期限一杯まで部屋を去ることができなかった。

部屋の中央の机上では、箱形の大きな機械が稼働している。機械内部で成形装置が鋭い音を立てて動き回り、樹脂を少しずつ積層化してゆく様子を平弦が傍で眺めていた。想像していたよりも機械は静かに働いている。

少し離れた場所では季静が電動ドライバーを片手に、金属製の銃身に成形された樹脂製の先台《さきだい》と銃把《じゅうは》を合わせ、黙々と散弾銃を組み立てている。穎が小振りなシンクの近くに設置された冷蔵庫から炭酸飲料の瓶を取り出し、低温に運んで来た。

無言で受け取り、キャップを捻《ね》じり開け、喉に流し込みつつ李静の作業する机に近付いた。すでに一丁は出来上がっている。瓶を背後の机に置いて、組み上げられた散弾銃を手に取り、銃身を覗き、歪みの有無を調べてみる。悪くない出来のように見える。いずれにせよ、銃器は至近距離でしか使用しない。数発分の散弾の発射に耐えられるだけの強度さえあれば、それで充分役に立つ。

低温は机の下のボストンバッグを覗き、そこに収められた小箱の一つを開いて一二番径実包《ショットシエル》の一発を取り上げ、重さを量り表面を眺め、新品であるのを確認し、銃の装填口に差し入れた。先台を引く硬い音に一瞬李静が驚いた顔を向け、すぐにまた作業に戻る。

設計図となったのは美国《アメリカ》の一個人がネットにアップロードした、金属部品と組み合わせる三次元印刷機用の数据。そして、倒産寸前の金属加工会社に作らせた銃身と、猟銃・空気銃所持許可証を持つ多重債務者から大金で買い取った実包。この国に根付いた大陸の黒社会の力を用い、慎重に入手したものばかりだった。武器の調達をこれだけ分散しておけば、少なくとも標的を殺す前に捜査機関に察知される恐れはないはずだ。

低温は散弾銃の重さを確かめつつ、もう一丁の銃を李静が完成させるのを待った。沈黙が続き、それを恐れるように穎が口を開いた。

「……他莫非是敵人《ターモーフェイシーディーレン》〈黄は敵か〉？」

という問いに、

〈問題ない〉

低温はそう答え、妹を見やる。

穎は細いデニム・パンツと明るい色のセーターを着込み、黒髪は短く揃え、この土地の学生と少しも変わらない姿をしている。香主からの要請さえなければ、本当にこの街で平穏な日常をすごすことができたはずだ。穎の低温を見返す視線は厳しく、それが彼女の歩む道を表している。穎には覚悟がある。その視線の強さに、低温は動揺を感じる。瞳の奥の、黒色。

他の生き方はあり得ない、と低温は声に出さずいう。穎へ、

〈老人は敵をつくらない〉

〈……では、警察か?〉

〈通常であれば、この国の警察は銃を持たない〉

〈それなら……〉

〈敵は周だ〉

〈誰のこと?〉

〈《銀行》〉

〈《銀行》は胡《フー》だろう?〉

そう口を挟んだ李静は、組み上げた散弾銃を手に持ったまま怪訝な顔を向けていて、

〈俺の聞き違いか?〉

〈……私は林《リン》、と聞いていた〉

そう主張する穎の顔が、青ざめている。何か異変を感じ取ったようだった。一瞬、低温の握る散弾銃を見た。こちらの意図に気付いたらしく、

〈どうして兄さんは、全員に違う名前を伝えた?〉

「……穎、お前は長くこの土地にいない」

母国の言葉を避けて低温が返答したのは、感情的になろうとする自らを抑え込むためだ

った。

「長く住むと黄のように同胞を忘れ、土地に情が移ってしまう。そして錯覚する。新たな人生がそこで始まるもの、と。俺とお前は、あの泥濘《ぬかる》んだ土地で生まれ、黒孩子《ヘイハイズ》として別の土地に売られた。それからのことは穎も覚えているはずだ。臼を挽き続けるだけの、土と石を積んだ家での暮らしを。俺たちに戸籍と人並みの生活を与えてくれたのは、香主だ。忘れてはいけない。俺たちは、気紛れで幇会《バンホイ》に入った、危険を求めるだけの裕福な流氓《リウマン》とは違う。幇会に全てを与えられたのだ。もし幇会に拾われることがなければ、俺は物乞いとなり、お前は他の土地で、その村の男たち全員の相手をするために、再び売られることになっただろう」

穎が黙り込む。顔色は青ざめたままだった。低温は長く息を吐き出し、

「……草鞋《ツァオシェ》を通じて香主から、警告されていた。情報が漏れている、と。この国の黒社会に、俺たちの情報が漏れている」

低温は穎と李静と平弦の顔をゆっくりと、順番に見回した。穎だけでなく、他の二人も顔色を失っていた。李静は、完成した散弾銃を机に置き、両手を銃から離した。浅黒い、細身の若者。強い筋力と柔軟性をその肉体に、同時に備えている。三次元印刷機の傍に立つ平弦も肩幅の広いその体を緊張させ、太い首筋の筋肉が一瞬、生きもののように動いた。低温は、

「だから、俺はお前たちへ、それぞれ別の情報を与えた。別の《銀行》の名前と、別の座標を。穎、お前はあの時、予定とは違う場所に近付いているのに気付いた。俺は、受け取り場所が変わった、と答えた。覚えているな」

穎が無言でぎこちなく頷く。

「俺があの場所に向かっているのを、最初から知っていたのは」

散弾銃の銃口を平弦へ向けた。

「お前だけだ」

平弦は骨張った顎を引き、両手を軽く挙げ、

〈あなたは、敵は周、といった〉

「お前に伝えた《銀行》の名は、周ではなかったはずだ。お前だけが反論しなかった。その方が、お前に有利だからだ」

平弦の目元が小さく痙攣する。こめかみが汗で光った。

「《銀行》が長く商売をしていられるのは、組織の間の利害に関わらないからだ。《銀行》は最初から、敵でも味方でもない」

厚手のフリースを着込んでいても、平弦の体は小刻みに震えている。

「俺があの地下街へ向かうことを奴らに知らせたのは、お前だ」

「……低温」

ようやく平弦が口を開き、

〈俺とあなたは、ずっと一緒に行動してきた〉

声は掠れていて、

〈この国に労働者として訪れた時も、一緒だった〉

その通りだ、と低温は思う。十歳離れた穎や李静とは違い、同年齢の平弦とは考え方も似通い、異国の地でも違和感なくともに働くことができた。

「ではなぜ、裏切る」

〈長いつき合いだろ……〉

平弦はそう答える。ほんの少しだけ、笑ったように見えた。それとも、口元が引き攣っただけだろうか。低温は散弾銃の引き金を絞った。

轟音《ごうおん》とともに、三次元印刷機を覆う硝子が砕け、平弦が後方へ吹き飛び、壁に激突して絨毯に倒れた。穎と李静が、言葉を失っている。印刷機の駆動音だけが室内に残った。

白い壁には沢山の弾痕と、平弦の胴体を象《かたど》る血液と、細かな肉片が張付いている。血液の金臭さが立ち昇った。

「機械を止めろ」

李静へ、

「もう、散弾銃は揃った」

〈……ここは？〉

このままでいい、と低温は答える。

「黄の要望通り、部屋を出る。すぐに用意をしろ。高速船を呼ぶ。今夜仕事を終え、俺たちは国へ戻る。この場の後始末は……黄に任せる。この土地の同胞が、残された魂を弔う。当然のことだ」

i

八時〇〇分、自宅から出勤、タワービル、シェヴロン本社へ。一二時三〇分、新宿区へ移動、グループ内企業ビット・タイム社代表取締役（メールマガジン・コンサルタント業）とランチミーティング。一五時〇〇分、千代田区衛星放送局（グループ外）へ移動、経済番組出演、経済雑誌取材。一九時〇〇分、港区へ移動、イベント・プロデューサ主催の異種業交流パーティに出席。二一時一〇分、帰社。

街灯越しにタワービルを仰ぐ。まるで建築物自体が照明装置のように見えた。高級複合施設の中心で光り輝き、周囲を照らしている。イルマは原動機付自転車の駐車の並びに沿って停めたスポーツ・スタイルの匹〇〇ccバイク――二五〇では小さい、と修理屋へ文句をいって、無理に交換させたもの――のステアリングに両腕を置いてもたれ、欠伸を嚙み殺した。佐伯亭の今後の行動は、渋谷区のマッサージ・ショップへ移動、その後は秘書と軽く食事、そして帰宅、と決まっている。

佐伯は自らの立場をよく弁《わきま》えている。この数日間の行動確認を経たイルマは、そのことを確信させられた。佐伯は常に世間からの目を意識し、派手な振る舞いはメディア上だけに限定して、実生活で羽目を外すことは決してなかった。反社会勢力との接触はおろか、路上やレストランで不作法な振る舞いをみせることもない。商談や放送局への出演を除けば、佐伯は黙々とグループ内企業を順に移動するルーチンワークをこなすばかりで、一日中つき合わされるイルマからすれば、退屈以外の何ものでもなかった。

……元々、行動確認ってそういうものだけどさ。イルマはジェット・ヘルメットのシールドを開け、手袋をはめた指先で眉間を掻いた。これだけ外にいれば肌も乾燥するよ、とつぶやく。

シールドを戻すと、気になっていたことを思い出した。昨日二度、佐伯自身の運転する深紅の外国車に近付いた二輪車があったのだ。何か直接的な交渉を試みるように大胆に外国車へ近付き、すぐに立ち去った大型のネイキッド・バイク。一度目の運転手は女性、二度目は大柄な男性だった。あるいは違法薬物等の、瞬間的な受け渡しが行われる可能性をイルマは警戒したが、実際には二回とも、どんな接触も行われることなく、二輪車は近付いただけで満足したように、すぐに脇道へ逸れてしまった。二人のフルフェイス・ヘルメットには、小型の無線機が貼りつけられていた。単なる偶然だろうか？　佐伯に、二輪車を意識する様子は窺えなかった。気付いてもいないだろう。尾行にしては大胆すぎる、とイルマは思う。無線を備えているということは、彼らが連携して佐伯を追跡していたとも考えられるが、そこまでの素振りは感じられなかった。

イルマは考え込む。考える時間は幾らでもあり、何度も思索したことだったが、結論は出ていなかった。偶然の可能性はある。でも、偶然が多く重なる話には警戒が必要なのも、確かだ。あれが偶然ではなく、尾行でもないとすれば。私には、まるで――

――まるで、予行演習か何かのように見える。

イルマは一人、笑い出しそうになる。退屈が続くせいで、私はたった二台のバイクの動きに、大袈裟な動機を与えようとしている。佐伯から目を離すな、と自分にいい聞かせる。私の標的は、あくまでも佐伯一人。

耳に掛けた無線のスピーカーから呼出音が聞こえる。イルマは襟元のコントローラを操作し、通話を繋いだ。雑音が聞こえ、宇野の声がした。

『……聞こえていますか』

「一応」

話し相手が現れるのは大歓迎のはずだったが、宇野からの連絡は、佐伯の動向を知らせる以外は大抵、特別捜査本部からの意見、質問を伝えるもので、イルマはすでに部下の口調から内容のあらましを推測できるようになっていた。すぐに用件を切り出さない様子からすると、きっと特捜本部からの新たな指示なのだろう。雑音。

『……所轄署を訪れていた課長が、移動するそうです』

「それが？」

『こちらのすぐ傍を通るということで、佐伯亨主犯説の根拠を直接聞きたい、との話です』

「……ウノ君、解説よろしく」

『主任から直接説明を聞きたい、と』

「行動確認中、ってことは伝わってるの？」

『そのはずです』

「まさか、警察車両《PC》でここに乗りつけるつもりじゃないでしょうね……」

『都道の方で会う、ということですから』

イルマはヘルメットごと頭を抱える。そろそろ、佐伯の移動も始まる頃だっていうのに。もっと小まめに報告しておくべきだったか、とも思うが、その後悔も今更でしかない。そもそも公務員が報告と書類作成に追われるのは——認めたいとは思わないけど——当然の話でもある。ウノ、と口元のマイクロフォンへ話しかけ、

「次の移動地点に近い場所まで来るよう、伝えて。佐伯も移動を始めるだろうし……小言が終わり次第、行動確認へ戻るから。あなたは先回りしていて」

d

佐伯が車から降りた瞬間に決行する、と低温はガレージの中で、穎と李静へ伝えた。

マッサージ・ショップを訪れる際、佐伯は必ず建物の裏に位置する、もっとも近距離のコイン・パーキングを利用する。屋外の駐車場。最も無防備な瞬間に、李静がハッチバック——小型だが加速性能は悪くない——で行く手を遮り、散弾銃で始末をつける。しくじった時には、低温が即座に追いかけ、とどめを刺す。穎には周囲を警戒させる。低温と穎は、それぞれ自動二輪車を運転する。

ガレージに戻った頃にはもう、穎と李静の動揺は消えていた。低温の、乾いた感情が伝導したように。二人の両目にはっきりとした光が宿ったのは、佐伯を殺したのちすぐに海へ向かい、停泊してあるはずの高速船に乗り込み大陸へ帰る、と低温が告げた時だった。攻撃性が二人の目の奥に灯り、それは作戦の成功を約束するもの、と見えた。

先に、穎だけを出発させた。緊張した表情で頷いたが、細身の体の動きには、確かな芯が通っている。厚手のミリタリー・パーカーと革パンツに着替え、二輪車とともに穎はガレージを出ていった。低温はすぐにコントローラで、電動シャッターを閉じた。

「李静」

話しかけると、若者は少し不安そうにこちらを見た。

「お前は、穎に好意を持っている」

低温がそういうと、李静の顔が強張った。それでも、否定はしなかった。

「穎もお前に、好意を持っている」

低温は床に膝を突き、傍に置いた二つのゴルフバッグをそれぞれ開き、内部に散弾銃と銃弾の箱が一つずつ、きれいに収められているのを確認する。

「低温《ディウェン》、我《ウォ》……」

「何もいわなくていい」

それぞれのバッグを閉じ、

「穎には、小さな銃を持たせている」

バッグの一つを肩に掛け、立ち上がった。

「不要让她用枪《ブーヤオランターヨンチアン》〈穎に、銃を使わせるな〉」

母国語でそういい、李静へゴルフバッグのもう一方を渡した。

一瞬の間があり、李静が真剣な顔で頷いた。

i

　捜査一課長から会合場所として指定されたのは、不動産会社の所有する高層ビルのエントランスで、歩道と繋がるその場所は張り出した上階部分の陰となっていた。

　課長は銀色の覆面捜査車両で現れたが、いかにも、というものものしさが車体から放たれているようで、イルマは顔をしかめてしまう。すでに建物側には一時利用の許可を得たという話で歩道から一応離れてはいたが、助手席に座る、車内灯に照らされた肩幅の広い厳めしい初老の男性は、どう見ても人目を引いている。イルマはヘルメットを脱いで脇に抱え、窓を開ける捜査車両へ駆け寄り、手短にお願いします、と念を入れた。

　けれどイルマの説明に、課長はなかなか納得しようとしなかった。根拠、責任の二語を繰り返し、できるだけ説明を省略して行動確認へ戻ろうとするイルマを引き止め、放さなかった。しかも、段々とその声が大きくなってゆく。

「俺が訊いているのは」

　引き下げた硝子窓から身を乗り出すように、不機嫌な顔を近付け、

「現在までの捜査の進捗状況、じゃない。捜査方針の立案時の、お前自身の根拠の話だ」

「感触にすぎません。何度もいいますが……」

「その感触について訊いている。それは人物を見ての感触か、それとも周辺を当たっての感触か」

「最初は人物です。のちに周辺を調べることで、その感触を強めました。しかし今の場合は、根拠自体を得るための……」

「何度いわせる。俺が訊いているのは、根拠以前の段階の話だ。管理官はお前に一任しているという。お前の動きは無言の圧力として、捜査本部にも影響を与えているんだ。特に庶務班が気にし始めている。書類を作成しろ。感触、とやらを説明する書類を」

「すでに作成し、提出しております。被疑者の周辺で起こった、関連すると思われる事案をできる限り集め、被疑者との関係性の詳細と、それぞれの事案発生について背景の推測を……」

「庶務班と俺が求めているのは、表計算セルに並んだ会社名役職名人物名、じゃない。要求しているのは、それ以前のものだ。お前が被疑者として相手を認めた際の、その理由を庶務班へ説明しろ、といっている。そして書類作成の前に今ここで、この俺に説明しろといっているんだ」

秦行信の異様な死から続く、微かなリンク。明確に解説できるようなものでもない。そのためにこうやって寒空の下、尾行を続けているというのに。イルマはうんざりし、

「では、いずれ書面にて説明しますので、その時にご確認を……」

「待て。今のお前が、根拠と結果を常に要求される立場だというのを……」

イルマは咄嗟《とっさ》に、建物の上階を支える太い柱の陰に回り込む。目の前の都道を、佐伯の赤い外国車が通りかかるのが見えたからだった。最悪。畜生。

数秒置いて元の位置に戻ると、外国車は道のずっと先にあり、捜査車両の助手席は今も窓を開け放していて、課長の目付きからすると、こちらとの議論をさらに続けるつもりらしい。捜査一課長の顔色は、興奮のために赤くなっていて、運転席の若手捜査員はステアリングを握り締めたまま青い顔で、イルマと課長を落ち着きなく交互に見やっている。

こっちも、そろそろ本格的に腹が立ってきているんだけど。イルマは捜査車両の扉越しに睨み合う格好で、立ち去るのに相応しい言葉を探そうとする。口を開きかけた時、視野の隅を黒い影がよぎった。

ネイキッド・スタイルの黒色の大型自動二輪車。ミリタリー・パーカー姿の女性運転手。捜査車両に顔を寄せ、課長、とイルマは話しかけた。苛立ちを眉間の皺と顔色に表す捜査一課長へ、

「……私たち以外に、被疑者の行動確認を指示した者はおりますか」

「いや」

イルマの懸念に気付いたらしく、怪訝な表情となり、

「俺は命じていない。話にも聞いていない。どうした」

「応援を呼んでください。近くに交通機動隊《コウキ》がいないか、呼びかけて。手の空いている者はサイレンを鳴らさずにこの道を一キロ進んだ辺りまで来るよう、指示してください」

「詳細な説明をしろ、と何度も……」

「何か、おかしな気配がある。急いでください」

イルマは捜査車両から離れ、借りものの四〇〇ccバイクへ駆け寄り、跨がると同時にヘルメットを装着する。課長自身が——不機嫌そうではあっても——車内のマイクロフォンを手に取るのが見えた。

d

佐伯はいつものように、マッサージ・ショップを含める建物の裏、狭いコイン・パーキングに赤色の車を停めるだろう。車から降りた瞬間が男の最期となり、香主から与えられた使命を果たす時となる。命令を遂行するための道具も、標的へと近付くための経路も、すでに選択は済んでいる。接近のための演習も秘密裏に行っていた。

先行する穎は佐伯の自宅傍で待機し、赤色の車に張付く手筈《てはず》となっている。パーキングまで追走し、通り過ぎ、その後は都道で待機する低温と李静が引き継ぐことになっていた。

フルフェイス・ヘルメットに装備した無線機でのやり取りも、今では最小限に落ち着いている。後は佐伯と頴の到着を待てばいい。緊張はしていたが、体に強張りは感じられず、目的の達成は容易だろうと思えた。だが。

胸騒ぎを、低温は感じていた。

原因は佐伯亭をつける、もう一つの存在だった。体の線から、女であることは分かっている。佐伯の護衛だろう、と低温は結論づけていたが、それにしては対象との距離が離れすぎているように見えた。あるいは、捜査機関による尾行、という可能性もあった。

いずれにせよ、それが問題になることはない。護衛にも捜査機関にも、散弾銃による襲撃を止めるだけの備えはないはずだ。警察の装備を侮《あなど》る気はなかったが、単なる犯罪捜査組織に在籍する者たちが、銃器による攻撃に即応できるとは考えられない。

それでも、心の奥が騒めいている。俺はあの女の運転姿勢に、何を感じたのか。

一つは、平静だった。自らの技術を完全に信用している、という態度が女の運転姿勢にははっきりと表れていた。そして、確かにその腕は熟練の域に達している。退屈を慰めるように、女が停車寸前の速度で車体のバランスを取る様子を、少し離れた位置から低温は確認していた。

もう一つ、気になったことがある。女の運転姿勢には時折、奇妙な構えが混じる。二車線を比較的高速で行き来する際、車体を大きく傾けて方向転換するのではなく、上体だけを左右へ乗り出すようにして旋回力を稼ぐ、他では見たことのない体勢だった。ロードレースでも見たことはない。あの女独自の方法だろうか？　それにしては、動きが滑らかすぎるように思える。まるで充分に訓練され、完成された技術のように……

『二公里《キロメートル》』

ヘルメット内のスピーカーから、穎の声が聞こえる。後方に駐車するハッチバックを振り返ると、運転席の李静の頷く姿が見えた。余計な思案をしていい時間ではない。低温は大型二輪車のエンジンを始動させ、佐伯の車が通りかかるのを静かに待った。

バックミラーに赤色が映り、穎の二輪と二台の車を間において、ハッチバックが後につく。低温は周囲を見渡した。異常は見当たらない。二輪車の女も存在しなかった。低温はサイドスタンドを踵ではね上げ、スロットル・グリップを捻り、慎重に赤色の車とハッチバックを追う。標的を仕留めるための座標へと、刻々と近付いていた。

赤色の車が脇道へ逸れた。都道をそのまま真っ直ぐに走る穎に代わって、ハッチバックが車の跡を追い、低温も速度を上げ、李静に続いた。赤い車は狭い裏道――その割に路面には凹凸《おうとつ》がなく平坦で、襲撃と逃走を容易にする――を走り、やがて速度を落とし、コイン・パーキングへ進入しようとする。李静の操るハッチバックも速度を緩め、運転席側の窓を開いたのが分かった。機会を計っている。佐伯が車から降りた瞬間にハッチバックで行く手を塞ぎ、窓から散弾を放つ。低温は少し離れた位置に、二輪車を停めた。

赤い車の運転席側の扉が開き、佐伯がパーキングに降り立ち、場内の貧弱な街灯の光に晒される。まるで道を訊ねるような様子で、ハッチバックがその前方を塞ぎ、停止した。
佐伯が近付くのを待ち、窓から散弾銃の銃口が伸び、それを見詰める低温は息を止め——
低温の視界を、高速の何かが横切った。

i

スロットルを思いきり開き、イルマはハッチバックと佐伯の間へ、四〇〇ccの自動二輪車を全速力で割り込ませる。脇道に入った時に片手で脱ぎ取ったヘルメットを、顎紐を持って振り回し、運転席から突き出された奇妙な色をした銃らしきものに叩きつけ、ハッチバックのすぐ間近を擦り抜けた。ヘルメットが手から放れてどこかへ飛んでゆき、銃身が跳ね上がり、コイン・パーキングのアクリル製の看板が頭上で砕ける音がし、玩具のような銃が本当に殺人の能力を備えているのを、イルマは改めて知る。路上で後輪を滑らせ、二輪車を旋回させた。アクリルの破片が内部の電灯とともに周囲へ降り注ぐ。これは、ただの銃弾ではなく……

「ウノ」

襟元にぶら下がったヘッドセットのスピーカーを耳に掛け直し、マイクロフォンへと怒鳴った。

「相手は散弾銃を所持してる。課長と通信指令本部へ連絡してっ」

『相手とは……何者ですか』

「知らないっ。佐伯を殺そうとしてる奴ら。一人じゃないからっ」

イルマの脳裏に閃《ひらめ》くものがあった。彫物師のイワイは私に、あの時何ていった？

ハッチバックの後方にいた大型バイクが動き出し、イルマは我に返った。背後に背負っていた黒い鞄からもう一丁の散弾銃を取り出し、コイン・パーキングの敷地内で秘書とともに呆然と立ち竦む佐伯へ、迫ろうとしている。

咄嗟にグリップを捻り、ステアリングを浮かせながら一気に近付き、散弾銃の銃身目掛け、イルマは高く持ち上げた二輪車の前輪をぶつけようとする。伸ばした男の腕、その手首の辺りにうまく命中し、轟音とともに赤色の車のリアウィンドウが砕け散った。佐伯と秘書がその場にしゃがみ込み、散弾銃が地面に叩きつけられ、回転して路面の先へと滑っていった。

男の前を走り抜けたイルマは前輪を降ろし、再び路上を旋回して、ハッチバックと二輪車を正面に捉えた。

佐伯が気付いたのが分かったから、笑顔を作って威嚇してやりたかったが、ハッチバックがあからさまにこちら目掛けて後方へ急発進するのが見え、イルマも咄嗟にバイクを発車させて街灯の陰に滑り込み、巨大な質量を避けた。ハッチバックは後ろ向きのまま、強引に都道へと向かい、その隣に並んだ二輪車の運転手がどこかを指差すのを、イルマは認める。それで、分かった。

リーダーは、あの黒いネイキッド・バイクに乗る、フルフェイス・ヘルメットの男。バイクとハッチバックを追うために、イルマもスロットル・グリップを握り締め、方向転換し、走り出した。

男の二輪車が先に都道へ入り込み、車の流れを遮ってハッチバックを割り込ませるのが見えた。後進していた小型車はステアリングを大きく切って進行方向を修正し、タイヤを空転させつつ前方へと走り出す。鳴らされる複数のクラクションを抑え込むように、警察車両の警報音が周囲に轟いた。都道へ進入しようとするイルマの前を、高速道路交通警察隊の交通取締用自動二輪車《白バイ》が通り過ぎた。武藤《ムトウ》だ、とイルマは気付く。交通機動隊時代の武骨な同僚で、運転競技大会の上位に食い込む腕前を持つ男。一三〇〇cc、大排気量の自動二輪車。その後を、交機に所属する三〇〇〇ccの警察車両が続いた。彼らなら黒いネイキッドにも追いつくことができるだろう。

それでも、イルマは二輪車の速度を最大まで上げ、スロットル・グリップを緩めなかった。被疑者を追い詰めるには人員のやや足りない状態と、散弾銃の存在が気になっていた。速度を上げるにつれエンジンが高音を発し、ステアリングの振動が強く腕に響き始める。高速走行を続けるハッチバックと大型バイクが相手では、排気量の差がある以上いずれは引き離され、結局は交通部に任せるしかないのも理解していたが、追走を中止する気にはなれなかった。警察車両を避けようと一般車が空けた道路上の空間をイルマも進み、片側四車線の追い越し車線まで一息に移動すると夜の景色がさらに陰り、頭上を首都高速の高架道路が覆うのが分かった。

　突然、道の先に混乱が生じる。停まりなさい、という警察車両からの警告の声。何が起こったのか、イルマはようやく気がついた。ネイキッド・スタイルの二輪車とハッチバックが反対車線へと、進路を変更したのだ。強引に道路を横切り、高速道路の進入口へ走り込む。警察側の二台もそれに続き、イルマも無理やり前輪を中央分離帯に乗り上げ、動揺し速度を緩める反対車線の車の前を過ぎ、進入口の斜路を走り上がった。自動料金収受《ETC》レーンを直進し、襟元のマイクロフォンへ、

「ウノ、首都高の交通制限っ」

　と声を張り上げる。返事を聞く余裕はなく、ヘッドライトが照らす前方の路上には、砕かれたＥＴＣの発進制御棒、その赤色と白色が、散乱している。

　――無理にでも、停めなくては。

　通常の事案であれば、危険走行の車両を追い続けさらなる危険を誘発する、という状態は避けるべきだったが、被疑者が散弾銃を所持し、発砲の危険がある以上は完全に追いつめ確保する他、選択肢はない。

速度が限界付近まで上昇し、風を切る音が耳元で激しくなり、今頃になってイルマは、自分の頭部に何の防護もないことに気がついた。恐怖は感じなかった。ただ、被疑者たちに追いつけないことだけが不満だった。奴らを側壁に擦りつけてでも停めなくては、と焦っていた。

少しずつ遠ざかるハッチバックの運転席の窓から、二輪の運転手へ散弾銃が受け渡されるのがイルマの視界に映った。被疑者たちが、反撃を開始しようとしている。そして警察側の人員は、被疑者がどんな武器を所持するものか、正確に把握していない可能性があった。危ない、と思わず口にしたイルマの警告は強風に押し流され、自分ですらはっきりと聞き取ることができなかった。男の斜め後方へ伸ばされた腕、銃口が狙うのは高速隊自動二輪車の運転手――

銃声が一瞬辺りに響き、大型バイクが横転した。水色の制服姿の武藤が、白色の二輪車から引きちぎられるように離れ、路上を激しく転がった。イルマは素早く体を傾け、俯せに倒れる武藤を避けて、車体がコントロールを失うぎりぎりの状態まで急制動を掛けて四〇〇ccを停め、高速道路の端に投げ出すように倒し、後方の武藤へと駆け出した。武藤は自力で上半身を起き上がらせ、路側帯へ這《は》うように移動し始めていた。

――イルマか」

水色の制服は内部のエアバッグが機能したことにより、膨れ上がっている。バイザーの砕けた白いヘルメットを被る驚いた顔が、こちらを見上げた。側壁にもたれ、その片腕に力が入っていないのを、イルマは認める。袖の中からアスファルトへ、赤い血が滴《したた》った。イルマは膝を突いて顔を寄せ、

「散弾ね」

大柄な高速隊員は厳しい顔で頷いた。二度立て続けに、銃声が遠くから聞こえた。痛む場所は、と訊くと武藤は悔しげに、

「腕が利かない。だが、バイクはうまく倒した。イルマ……追えるか」

「当然」

無事らしき方の肩を軽く叩き、イルマは立ち上がる。路上の大型二輪車へと、走り寄った。ステアリングと側面のバンパーを握り、歯を食い縛って約三〇〇キログラムの車体を、一気に引き起こす。スターター・スイッチを押し、クラッチ・レバーを握り、ペダルに足裏を叩きつけてギアを落とし、グリップを握ってスロットル・バルブを開け、四気筒エンジンへ混合気を送り込み、前輪を浮かせながら、イルマはバイクを始動させた。

すぐに、車体を傾けて停車する警察車両に追いついた。車体の側面に幾つもの穴が空き、前輪の片方が破裂してしまっている。運転席へ回り込み覗き込むと、二人の交通機動隊員は無事で、助手席に座る中年の隊員が警察無線のマイクロフォンを手に取り、怒鳴るように状況説明を続けていた。ステアリングを両手で握ったまま呆然と前方――すでに小

さな点となりつつあるハッチバックと二輪車――を見詰める若手の隊員へ、

「捜査一課のイルマ」

ライダース・ジャケットから取り出した警察手帳の証票を突きつけ、

「トランクを開いて。早くっ」

d

低温は速度を緩めることなく、後方を振り返った。遠くには未だに、追走の気配がある。並走するハッチバックへさらに近寄り、運転席の窓から散弾銃を李静の手に戻した。本格的な逃走には、妨げとなる物体でしかない。無線のマイクロフォンへ、

「我们分开走吧《ウォーメンフェンカイゾウバ》〈二手に分かれる〉」

急ぎ、母国語でいう。

〈俺に何かあった時は、穎を頼む〉

穎には、携帯端末の電源を切るように伝えていた。こちらとの連携を捜査機関に悟られないため、無事に高速船へと辿り着くための措置だった。低温はヘルメットの中で、口中の苦味を呑み込んだ。偶然にすぎない、と考えようとする。

偶然が働き、捜査機関の初動が早まり、そして俺はしくじった。油断の中で生活し、危

険とは如何なるものか想像することもない一人の男を殺すのに、失敗した。

……違う。

低温は、獰猛《どうもう》な獣のように突然視界に侵入した、二輪車の女を思い起こす。あの女を正確に評価しなかったために、香主からの使命を全うすることができなかったのだ。あの女は、捜査機関の人間だった。恐らくこの国では稀な、集団から離れ単独で行動する捜査員だったのだろう。組織の中の例外的な存在であると、俺は思い至ることはできなかった。

そして――

低温はバックミラーに、再び捜査機関の大型二輪車が映るのを、見た。

――そして、あの女は追走の専門家だ。

直接後方を確認すると、他の車両の隙間を独特の運転姿勢で擦り抜け、追い越し、瞬く間に差を詰めて来る。女はステアリングとともに、黒い棒状の何かを握り締めていた。

《棘》だ、と気付いた。

低温は、前方で二股に分かれる道の一方を李静へ指し示す。女は、別の道をいく俺を追うだろう。捜査機関の車両と二輪を仕留めた、俺を。他に続く警察車両が見当たらなければ、刺し違えてでも女を仕留めてやる、と決意する。銃を手放すのが早すぎたか、と一瞬後悔するが、こちらの攻撃の意志を知りつつも、なお迫ろうとするあの女を運転中に銃撃するのはいずれにせよ難しいだろう、と考え直した。ただでさえ、大型車の前輪を擦り付けられた手首は痛み、照準も定まらないのだ。

低温は自らを落ち着かせようとする。女には訓練で培《つちか》った技術があるのだろうが、俺には命のやり取りの中でつかみ取った、血塗《ちまみ》れの手法がある。

車線が分かれ、少しずつ距離の開き始めた李静へ頷くと、同じ動作が返ってきた。そのままもう一度、後方を確かめる。低温は、自分が再び評価を誤ったのを、知る。

女はハッチバックを追って、車線を変更していた。あの女は遠くからでも、散弾銃の受け渡しを視認していたのだ。

思わず速度を緩める低温へ、ガードレールを隔て、白い大型二輪車のステアリングを握る女は、犬歯を剝き出すような笑みを向けた。

i

スロットル・グリップを握り締める。

左右へ身を乗り出してバイクの向きを変え、一般車の隙間を縫って加速を続ける。運転技術は、繰り返された訓練によって体に染みついている。上半身だけを倒して旋回力を得る白バイ走り《リーンイン》——状態の安定しない公道で、二輪の転倒を避けるために、車体をできるだけ倒さずに走行する警察独自の技術——も、小道路転回の動きも交通機動隊に在籍していた当時と変わらない感覚でこなすことができた。

速度を上げるにつれ、蘇る感覚があった。被疑者へ迫る高揚感と同時に、全く別の感覚がイルマを訪れていた。これで楽になれるのでは、という期待感。それは交機隊員だった頃、高速走行する時にだけ味わっていた気分であり、捜査一課に移ってからは忘れていた感覚だった。

久々に現れたそれが、疼痛《とうつう》のようにイルマの全身を内側から苛《さいな》もうとする。もう楽になれ、と。ここで全てを終わらせろと。それを待っている人間がいるはずだと。

誘《いざな》いは、甘美な香りをまとっていた。完全に拒絶することはできなかった。スロットルを全開にした時には必ずこの匂いと並走することになり、誘いを遠ざけるためには、被疑者だけに集中するように、努めなくてはならない。

イルマは姿勢を低くして、カウル表面を流れる強い風を避け、前方のハッチバックを睨み据える。でも、もし今この瞬間に、ステアリングの操縦をわずかでも誤ってしまえば、誰にも怪しまれることなく――

イルマの全身を冷や汗が包んだ。死後の道の途中で、現世に戻された気分だった。集中しなよ、と自分にいう。集中しなって、本気《まじ》で。そんなにここで死にたいの？

ハッチバックへとイルマは迫り、青色の、丸みを帯びた車体の細部が観察できる距離まで近付いた。ハッチの下部にへこみが、リアバンパーには幾つもの傷があった。荒っぽく使い回された中古車、という印象。たぶん、ナンバープレートに記された自動車登録番号は架空のものか、他人の所有物だろう。

イルマは《スパイク・ベルト》――刺股《さすまた》や救命浮輪とともに警察車両のトランクに収められた、交通機動隊の装備品――のストラップを、右手から左手に持ち替えた。ハッチバック相手に、その威力を発揮させるために。鋭利な箇所は、黒いゴムで隠されている。用途を知らない者は、真っ黒な長い棒、としか認識できないはずだ。

ハッチバックの前方へ回り込もうとグリップを握り締めた時、開け放されたままの運転席の窓から、銃口が現れた。一瞬の強い光。すぐ傍の側壁が金属的な音を立て、散弾が撒き散らされたのをイルマへ知らせる。首を竦め、速度を落とし、ハッチバックの真後ろへ移動して体勢を立て直そうとする。

四輪の運転と同時に照準された散弾銃の発砲は目を閉じての射撃に等しく、正確さの欠片もないのは銃身の揺らぎを見るまでもなく明らかだったが、だからといって迂闊に近付くこともできず、イルマはハッチバックの後方で、仕掛ける瞬間を懸命に計っていた。

視線を前方へ向けると、高架道路の先が急な傾斜を形作り、下っている。そのさらに奥は、坂道のまま直角に近い曲線を描いていた。

銃身が車内に戻ったのを見たイルマは覚悟を決め、助手席側へバイクを移動させ、アクセルを開けた。前輪が車体の側面に重なった瞬間、ハッチバックが低い側壁との隙間を急速に詰め、イルマと二輪車を潰そうとする。あるいは、側壁を越えて高架から転落させようとしている。期待通りの動きだった。

バイクの速度を落とし、イルマはハッチバックの後方を素早く移動して、スロットルを全開にし、運転席側へ入り込み、追い越した。

ハッチバックは瞬間、側壁と接触して火花を散らし、運転席の若い男はイルマの動きにようやく気付くと、再度散弾銃を片手で構え直そうとするが、その対応は遅すぎた。イルマはさらに前方へ二輪車を進めると、ハッチバックの前輪へ、スパイク・ベルトを放り投げた。

ベルトはメーカーによる「必ず逃走車両を停める」との謳《うた》い文句通り、鋭利な棘の並ぶ面を上向けて回転を止め、ゴムに覆われたそこに乗り上げた前輪を突き刺し、破裂させた。斜面に差しかかった物理的作用も加わり、ハッチバックは前方だけを急停止させ、車体の後部を撥ね上げ、半回転し、裏返って大きな衝撃音とともにフレームを潰し、フロントグラスを路面と接触させ、粉砕させた。

ハッチバックの転回に巻き込まれないよう速度を上げつつ、バックミラーでその様子を確かめていたイルマは予想以上の仕掛けの成功に驚き、次には相手の無事が気にかかり、そのためブレーキ・レバーを握られるまで、もう一人の被疑者の接近に気付かなかった。

気付いた時には、大型二輪車に乗る男は道路の曲線上のずっと先にいた。フルフェイス・ヘルメットがこちらを振り返るが、一瞬以上見据えるゆとりはイルマになかった。前輪のアンチロック《A》・ブレーキ《B》・システム《S》が作動し、急停車を免れた代わりに一気に不安定化した二輪車のバランスを立て直そうと焦るがうまくいかず、車体を倒して無理に停止させようと試み、それも間に合わなかった。

側壁に二輪車が正面から衝突し、カウルの割れる感触があり、イルマは自分が高速道路の高架から空中へ投げ出されたのを知った。

街灯に下から照らされる街路樹の緑色が視界の中をゆっくりと流れ、都道の制限速度を示す標識が見え、薄い雲の広がる夜空があり、そして強い衝撃が、全身を襲った。

＋

痛みは感じなかった。空と都道沿いの高層建築が見え、自分の状況はよく把握しているつもりだったが、指一本動かすこともできなかった。地面よりも高い位置にいて、落下する途中に見た光景からすると、たぶん私は地下鉄入り口の、金属製の化粧屋根の上に、素材に少し食い込んだ状態でいるのだろう。

瞬きをする度に風景が変わることに、イルマは気がついた。瞼を閉じ、開けるごとに自分の居場所が変わり、誰かの顔がこちらを覗き込み、その中には宇野の泣き顔まであった。街灯の光を何かが反射していて、紅潮するその表情がよく見えた。主任、と呼びかける泣き声混じりの言葉もよく聞こえた。

次に気付いた時は、狭い密室にいた。白い壁に人工呼吸器や除細動装置、真剣な目付きを向ける白衣の男性の姿があり、救急車内部にいることが分かった。自分の顔に酸素マスクがはめられているのを認めた。

唐突に、少年の顔が意識に浮かんだ。

何年も思い出していなかったはずの、十歳の少年の微笑み。イルマの全身を、安堵の気分が包んだ。本当にこれで楽になることができる、という完全な安心感だった。

そこで、イルマの意識が暗闇の中へと墜《お》ちた。

S

佐伯は、長机とパイプ椅子と観葉植物だけが置かれた警察署内の小さな会議室に、秘書の見島とともに案内された。

そこに私服、制服の警察官が入れ替わり立ち替わり現れ、悄然と隣り合って座る佐伯と見島へ、沢山の質問を投げかけた。これまでに身の危険を感じたことは……ここ数日、怪しい人物を見かけませんでしたか……犯人に心当たりは……職業上、誰かの恨みを買うことは……訪れようとしていたマッサージ・ショップについて何かおかしな噂を聞いた等は……被疑者が前もってスケジュールを知っていた可能性があり、情報の漏洩について……

質問には極力正確に、正直に答えた。秘書と証言の食い違いが起こることもなかった。目配せも必要なく、見島とは口裏を合わせることができた。

明かしてはならないのは裏社会との繋がりであり、犯人の心当たりとして思い浮かんでも、それを口にすることはあり得ない。すると必然的に、被疑者はビジネス上の競争相手、偶然にどこかで利害関係のぶつかることになった質の悪い連中、という話へ向かっていった。佐伯は警察側の憶測を否定しなかった。

質問に答えるうちに段々と、体内に冷静さが戻ってきたが、心中の混乱は完全には収まらなかった。明確な犯人像を思い浮かべることができないせいだった。

銃撃された事実もあり、裏社会と関係する者の仕業であるのは間違いないはずだったが、それはそれで奇妙な話に思えた。個人あるいは組織の恨みを買う、という可能性自体は全く否定できなかったし、特に最近では《蜘蛛》の採用について、複数の組織から脅しとも取れる忠告を受けていたのも事実だったが、彼らが首謀した、と考えるには、散弾銃らしき武器を使う襲撃方法は余りに大袈裟で、粗暴であるように感じる。

質問がようやく途切れ、カップに注がれた安物の珈琲を啜っていると、被疑者の一人が確保された、という情報が警察署内を駆け巡るようにして佐伯の耳に届いた。被疑者は若い外国人で中国か台湾の人間らしく、乗っていた車が事故を起こし逮捕された、という。全身を強く打っているものの命に別状はなく、わずかながら聴取にも応じている、ということだった。その情報により佐伯は全てを理解した気がしたが、警察側には顔色を気取られないよう、注意した。首を横に振り、思い当たることはない、という素振りを続けた。

大陸からやって来た男たち。ということは、恐らく王《ワン》の件の報復だろう。全く無害なビジネスマン、という格好を装いこちらに近付いた、胴回りの太い中年の男。一時は、設計中のルーターに、王が代表を務める会社の部品を組み込んでしまうところだった。安価でありながら高品質の無線モジュール。王の狙いが部品の供給以外にある、と気付いたのは試作品ができてのちのことで、ルーターを販売するグループ内企業の取締役が設計責任者を連れ、面会予約もなく青ざめた顔でCEOルームに突如現れたのを、佐伯ははっきりと覚えていた。

王の提供する部品には一種のバックドアが仕掛けられており、本来シェヴロンが独占的に取得するはずの情報《データ》を流出させる仕組みとなっていたのだ。情報の盗用こそが、王の真の狙いだった。

佐伯はすぐに取引を停止させたが、表向きはルーター内のモジュール同士の相性の問題、として情報流出についての問題は表面化させなかった。試作品の段階で交流を断ったこともあり、王とシェヴロン・グループとの関係を知る者自体、多くはないはずだった。

だからこそ蜘蛛を使って、佐伯は王へ報復した。王の背後の組織への、警告だった。二度とシェヴロン・グループに仕掛けてはならない、という訓戒。その警告は大陸に達し、しかし黒社会は宣戦布告を返答とし、粗暴なやり方を以て迫り、そしてまた双方にとって予想外に、捜査機関がその計画を阻《はば》んだ、ということになる。

この事態には、俺にとって屈辱的な箇所が幾つもある、と佐伯は考える。王の背後に控える大陸の者たちの攻撃的姿勢も気に入らなかったし、公務員ごときに命を救われた、という状況にも我慢ならなかった。不遜な警察官の態度を思い出す。宴を台無しにした、あの女性警察官……

それでも複数の襲撃者の内、捕らえられたのがたった一人という、未だに身の危険のある状況にいる以上、シェヴロン内に本格的な護衛組織を設置するのは当然として、警察にも周辺警護をさせなければならず、ここで非協力的な態度を見せるわけにはいかなかった。少なくとも表面的には、脅え、公的機関を頼る純粋な被害者として振る舞う必要がある。

時折、また新たな質問のために話しかけてくる警察官がおり、深夜をとうにすぎて朝を迎えようというのに帰宅の話は聞こえてこず——それとなく、シェヴロンの決算説明会が今日開催されることを説明したにもかかわらず——、胸中の苛立ちが少しずつ膨れ上がろうとする。誰かが会議室の扉を開けた時、イルマ、という聞き覚えのある単語が佐伯の耳に入った。

……捜査一課の警察官が、被疑者を追跡中事故に遭い、昏睡状態とのことで……

見島が、こちらを見ているのが分かった。佐伯は一瞬視線を送り、同じ情報が聞こえていたことを伝える。空になったマグカップにもう一度珈琲を注ぐために、佐伯から離れようとした若い制服警察官へ、すみません、と声をかけた。

「今、知り合いの警察官、先日名刺交換した女性警察官の名前が聞こえたのですが……」

制服警察官が廊下へ出てゆき、しばらくすると湯気の立つカップ二つをトレイに載せて、戻って来た。

「……都内の警察病院で、治療を受けているそうです」

佐伯と見島の前にカップを置き、いい難そうに、

「重傷のようです」

「……しかし、命に別状はないのでしょう?」

「恐らく……時折、意識は戻っているようです」

そうですか、と佐伯は深刻な表情を作って頷いた。制服警察官がトレイを持って去り、見島ともう一度顔を見交わし、さらに幾つかの私服警察官からの質問に答えた後、佐伯は

ジャケットの内から携帯端末を取り出し、蜘蛛へと繋いだ。室内には、長机の端でノートPCを開き書類を作成する警察官もいたが、佐伯は気にすることなく、短い雑音が聞こえたのち、ひと言も喋ろうとしない相手へ、

「……友人が入院したらしい。名前はイルマ。捜査一課の女性警察官だ。以前は、交通機動隊に所属していた」

息遣いだけが微かに聞こえ、

「警察病院にいる。状態はよくないようだが……以前、個人的にとても世話になった人物だ。お返しをしたい。君に、その手配を頼む」

返答はなく、通話が切断された。佐伯は、顔に笑みが浮かび上がろうとするのをこらえた。ノートPCを操作する警察官が、こちらへちらりと視線を送ったが、何も気付いた様子はなかった。

カップを唇に近付ける見島の瞳の奥が、光ったように見えた。同じ気分を共有する証しとして陶器製のカップを手に取り、目線よりも上に持ち上げ、祝杯の代わりとした。

牝狐の最期が決定されたかと思うと、愉快で仕方がなかった。

三　正体

i

目覚めると長方形に区切られた灰色が見え、黒く太い線が端にあり、それが暖房の通風口だと気付いたイルマは、カーテンで囲まれた天井を見上げる自分の状態を、ようやく認識できるようになった。

ＣＴの結果は問題ない、という声が書類をめくる音とともに聞こえてくる。そちらへ向こうとするが首は動かず、片手で確認すると、プラスチック製の頸椎《けいつい》カラーが巻かれていることが分かり、もう片方の腕には点滴のチューブが差し込まれていて、薬剤の効果か疲労のせいか負傷のためか、意識は今も朦朧《もうろう》としていた。やたらと眠く、ぼんやりとした感覚の中、自分の両腕が動き、両脚もわずかながら力を込められることをイルマは確かめ、安堵とともに少しの失望も味わった。まあいいか、とそんなことを思う。

眠気がもう一度、イルマを闇の中へ引き摺り込んだ。

d

その土地は、常に泥濘んでいた。黄土のせいだった。保水力に優れる土が、雨量の多いこの土地では災いとなった。

雨が降る度に歩くこともできないほど崩れ、畑を沼のようにした。また時には日照りが続き、今度は土に太いひびを入れ、作物を枯れさせ、村の大人たちを嘆かせた。

付近の川が氾濫して畑を荒らし、稔りかけていた小麦を全て押し流した時には、泥だらけの青い麦穂を握り締めた大人たちの顔から気力が消えてゆくのを、朱凱《ヂュカイ》は見た。人の住む場所ではない、と大人の一人がつぶやくのを聞いた。川の氾濫のすぐ後に、朱凱は十歳離れた妹とともに他の省へ売られることになった。売られる、という自覚ははっきりとあった。朱凱も妹の爽《シュアン》も、党による計画生育政策に違反して生まれた黒孩子《ヘイハイズ》で、最初から戸籍を持ってさえいなかった。

父親と兄は、農作業を手伝う朱凱をいつも罵った。重い農具をうまく持つことができないせいだった。朱凱の非力は幼さによるものだったが、父親は、役立たず、と非難し時には拳を振るった。母親はすでに、村を去っていた。三人目に女を産んだことを、親戚から責められたためだった。

父親は別れ際に、朱凱と爽を新しい靴に履き替えさせた。停留所に無言で連れてゆくと、一度も振り返ることなく去っていった。


バスを乗り継ぎ、何日も――当時の朱凱の感覚では、一年にも二年にも思えるほどの期間――硬い座席の上で道の起伏を感じながら、朱凱と爽は移動を続けた。爽は最初の二日間を、ほとんど泣いてすごした。夜は朱凱の膝の上に座り、しがみつくようにして寝た。爽はまだ三歳だった。朱凱は潤いのない乾いた髪を指で何度も梳《す》いてやった。

バスの座席は、初めのうちは大勢の大人たちで埋まり、彼らが降りることで次第に空いたが、日にちが経つごとに子供たちの数が増えていった。子供たちを引率するのは顔色の悪い中年男で、誘導してバスに乗せたり、停まった土地の村人に引き渡したりした。中年男は用事のある時以外、ほとんど口を開かなかった。爽や他の子供が泣いた時も、視界に入らないように無視をしていた。咳ばかりをし、それ以外の時間は砂埃で曇った硝子窓から外を見ていた。昼になると茹でられた馬鈴薯《ばれいしょ》を抱えた鞄から取り出し、子供たちへ配った。朱凱は皮を剝いて爽に与え、窓を開けて白っぽい土の道路へ屑《くず》を捨てた。

大人の乗客も、子供たちへ何も話しかけてはこなかった。むしろ、視線を送らないよう努めている風にも感じた。ずっと寝ている大人がいて、ずっと外の荒れた土地を見詰める大人がいて、ぼろぼろになった一枚の写真を、ずっと凝視している大人がいた。

山岳地帯に入ると、バスは山肌に沿って曲がりくねった細い道を進んだ。片側は常に崖になっていて、水蒸気に煙る灰色の風景が広がり、見通しの悪い場所に差しかかる度にバスは盛大にクラクションを鳴らして対向車の有無を確かめ、速度を緩めることはなかった。その頃には、周囲に乗客もほとんどいなくなり、目的地が近いことを朱凱に知らせていた。隣に座る爽が崖からの風景を怖がり、常に朱凱の肩に齧りつくようにしていた。朱凱も爽も、平地以外の光景の広がりを見るのは、初めてのことだった。

朱凱は階段状に隆起する土地と、所々を埋める乾いた作物を眺め続け、目を離さなかった。そこがこれから、自分たちの生きる場所なのだ。生き残るために移った場所。働き、爽を守り、一生を捧げるはずの土地だった。

朱凱と爽を受け入れたのは一軒の小さな家で、年老いた男が一人で住んでいた。中年の息子とその家族がいたが、全員が街へ出稼ぎに出ている、という話だった。

朱凱はその村で、村じゅうの人間から命じられる仕事を、夜明けから日が暮れるまで手掛けることになった。石と土と板で造られた家々の補修をし、小麦や野菜を収穫し、噴霧器を背負ってきつい臭いにむせながら農薬を散布し、涸《か》れた土に馬鈴薯を植え、乾燥した羊の糞を集めて撒き、放牧中にどこかへ逃げた子山羊を探し出し、豚や羊の群れの世話をした。夜は板の上に藁《わら》が敷かれただけのベッドと湿って冷たくなったぼろぼろの布団の間に潜り込み、爽を包むようにして、深い眠りに就いた。

その頃の爽はまだ臼を挽く力がなく、川でぎこちなく洗濯をしているか、石の器の中の馬鈴薯を踏み潰して家畜の餌を作っているかのどちらかだった。新品だった靴はすぐに汚れと泥で黒くなっていった。朱凱は毎晩、食事後も囲炉裏の前に座り爽の靴から汚れをこそげ取り、濡れた生地を炎で乾かしてやり、盥《たらい》へ湯を注いで妹の足を洗ってやった。土の床の中央の、囲炉裏の火が消えるのが就寝の合図だった。電気は通っていたが、老人はほとんど利用しようとしなかった。

朱凱は、村の大人の誰よりも働いた。村人は老人ばかりで、朱凱が仕事を無言で引き受ける度に、一々小言を口にし、手に持った杖や調理器具で小突いたりもしたが、それだけだった。一緒に住む老人は毎晩、爽へ細かく指示して夕食を作らせ、朱凱が鍋から野菜や肉の切れ端を箸でつまんで自分の器に足すごとに、食べすぎだ、と文句をいったが、夕食を欠かさず毎日ともにし、必ず村の生業《なりわい》である牧畜の話と、街へ出たままの子供たちの話をした。老人の話は取り留めのないもので繰り返しが多く、愚痴に近い内容ばかりで面白いとも思えなかったが、朱凱は、いつも厚手の帽子を被って不機嫌そうにしている、この老人が嫌いではなかった。老人は高地の気温に震える二人のために、あちこちの破れたパーカーや古びた長靴を他の村人から調達してくれ、爽にはどこかで貰《もら》った甘い洋菓子を分けてくれさえした。

朱凱は老人の話で二つ、気になることがあった。一つは村の党支部書記、董焔炉《ドンイエンルー》への悪態だった。董焔炉は常に何か理由をつけては、村人から税を徴収しようとする、といった。住宅税。食肉処理税。学校運営費。道路維持費。清掃費。石だらけの土の道路が均《なら》されたことなどなかったし、村のどこかを職員が清掃しているところなど見たことがない、と老人は吐き捨てるようにいった。臨時の税のせいで、多くの村人が借金を抱える羽目に陥っている、と。

朱凱も、囲炉裏の着火に使う松笠を鎌で刈り取り、背負い籠に詰めて老人の家に帰る途中、董焔炉を見たことがあった。数人の背の高い男たちを従えて坂を登って来たのは、不機嫌そうな赤ら顔の太った初老の男だった。村人は皆、男の視線を避けて家に入ろうとし、それで男の正体に朱凱が気付いたのだった。

もう一つの話は、ほとんど老人の口から聞くことができなかった。時折言葉の端に、断片的な愚痴となって現れるだけだった。繋ぎ合わせて考えると、どうやら老人の甥の一人が党支部書記の手下として使われ、そして本人がそれを喜んで受け入れている、という話らしかった。董焔炉の取り巻きの中にいたのだろうか、と朱凱は思い出そうとするが、判断はできなかった。

村民委員会主任の家で収穫の宴があり、朱凱と爽も入室することを許され、普段ほとんど口にすることのできない茹でられた豚や羊の肉を腹一杯食べ、壁際に座って大きな囲炉裏の炎の暖かさを感じながらうたた寝をしていると、いつの間にか食器が片付けられ、大人たちが熱心に話し込んでいる様子があった。

徴税についての話だった。寄り掛かって熟睡する爽の肩を抱き、朱凱は大人たちの話を夢うつつで聞いていた。

……今度は食料倉庫の管理費を取り立てる、というんだ。

……この間、提留金を引き上げたばかりじゃないか。

……医療税も今年になって、増えたぞ。

……だから、村人にそんな金はない、と断った。が、董焰炉は、払わないなら集金人を雇って家畜を現物徴収する、という。

……集金人とは……黒社会人かね。雇う金を管理費に回せばいいじゃないか。

……とにかく董焰炉は、取り立てる、といって聞かない。明日、正式な返事をもう一度伝えにゆく。

……董焰炉の奴は建設会社をつくって、儲けているそうじゃないか。何台もの車を乗り回している。

……奴を怒らせるべきじゃない。何をするか、分からない。董焰炉は元々前科持ちの男だ。金で党に取り入り、書記の座を得た。

……身を低くして、許してもらおう。このままでは払えない者が皆街へ逃げて、村から人がいなくなってしまう。

……街で必ず職が見付かるわけではない。馬鈴薯さえ食べられず、村に戻る者も大勢いるじゃないか。

……戻る土地があるなら、まだいい。使用権を売り払った者は街で物乞いをするか、売春婦となる以外にない。

……あるいは、借金をするか。

……高利貸をしているのも、董焰炉だ。

……払うだけの財力がない、と明日説明する。後は、書記の反応を見よう。さて、もう伝えるべきことは皆に伝えた。解散しよう。そろそろ電灯を消さなくては……

老人に起こされた振りをして、朱凱は寝入っている爽を背負い、立ち上がった。もう頭も冴えていて、大人たちの会話は大方理解することができた。以前に朱凱のいた村でもあった話だ。その村では、主任とその息子が幅を利かせ、特に息子の方は若い連中を連れて、いつも手に持っていた大きなスタンガンを始終放電させ、大人たちを脅えさせていた。爽を負ったまま家路を歩く間も、董焰炉がどう反応するか、気になった。

翌日の夜、もう一度集会が開かれた。朱凱は爽を寝かしつけた後、月明かりだけを頼りに、主任の家へ向かった。家の外で吹きつける寒風に凍えながら、話を聞いた。主任の前置きは長く、なかなか本題に入らなかった。

菫焔炉は、主任の陳情を黙って聞いていたという。最後に、集金人と現物徴収にゆく、と静かに告げ、いつ来るのか、という問いには答えなかった。本当に来るかどうかも分からない、と主任はいった。あるいは徴収は脅しだけで、実行は諦めたのかもしれない。たぶん、諦めたのだろう。家畜を本当に持っていかれては、他の税も払えなくなるのだから。前科があるといっても、馬鹿な無法は行うまい。大人たちが口々に、実際の徴収はない、問題は解決した、といい合うのを聞き、朱凱は主任の家を離れた。

老人の家に帰り、いったん布団に入ったが、爽の両手が臼挽きで荒れているのに気付き、闇の中、居間に戻って老人の使う瓶の軟膏を指で掬《すく》い取り、布団に戻って小さな手のひらに塗り込んでやった。好疼《ハオトン》〈痛い〉、と小さな声で爽は文句をいい、すぐにまた眠りに戻った。

数日が経ち、朱凱が不安を忘れた頃、轟音を立て、大きな荷台を備えたトラックを数台引き連れた真っ白な乗用車が村にやって来た。菫焔炉が乗用車の運転席から降り立つと、それを見た村人全員が青ざめた。荷台のシートが跳ね上がり、中から続々と目付きの悪い男たちが現れた。全員が木の棒や鉄梃《かなてこ》を持ち、中には拳銃を手にしている者までがいた。

朱凱の悪い予感は現実となった。

村のあちこちから怒号と悲鳴が聞こえた。何かを強く叩く音。硬いものが割れる音。乱暴に子豚や子羊がトラックの荷台に放り込まれる様子を、朱凱は老人の家の前で薪と小さな斧を持ったまま、呆然と眺めていた。

老人の家にも、一人の男が近付いて来るのが見えた。顎の長い三十歳くらいの男で、薄汚れたジャンパーを着込み、片手は重そうな拳銃を握り締めていた。妹の気配を背後に感じ、朱凱は前を見たまま、爽下がっていろ、と指示をした。屋根裏部屋に上がって声を出すな。

入り口の扉に手を掛けた男がこちらを認め、何を見ている、と文句をいった。咥《くわ》えていた煙草を投げつけ、手にもっているものを地面に置け、といった。朱凱は相手から目を離さず、斧も手放さなかった。男が怒り出したのが分かった。男が大股で近寄り、銃口を朱凱の額に突きつけた。硬く冷たかったが、その鉄の塊に圧倒的な力が内包されている事実を、当時の朱凱は想像することができなかった。斧を強く握り締めた。

嗄《か》れた大声が家の中から聞こえ、老人が外へ飛び出して来た。姜鷹《ジアンイン》、と呼びかけ男に詰め寄り、董焔炉と男たちの行いを激しく非難し始めた。杖の先で姜鷹の肩を打ち、早口で捲《まく》し立てた。姜鷹は顔をしかめ、責められている間も反論する時も、顎を斜めに上げて苦笑いをしていた。叔叔《シューシュ》〈伯父さん〉は馬鹿だな、といった。董焔炉は警察さえ動かせるんだ。余り逆らっていると叔叔が逮捕されて、寒い牢屋で寝起きする羽目になるぜ。

その言葉がまた老人を怒らせた。ジャンパーの襟につかみかかり、顔を真っ赤にして声を発するが、興奮の余り意味のある言葉にはならず、傍にいる朱凱にも聞き取ることはできなかった。姜鷹は笑って身を捻り、老人は地面に倒れた。董焰炉が村の中央を歩いて、乗用車へ戻る姿が見えた。姜鷹は小走りに、それに続いた。朱凱が助け起こそうとすると、老人は手荒く振り払った。乗用車とトラックのエンジン音が聞こえ、地面を削ってタイヤが鳴り、それらが遠ざかり、地面に両手を突いたまま老人は泣いていた。

朱凱は部屋に戻って屋根裏へ呼びかけ、安全になったことを教え、爽が梯子《はしご》を降りるのを手伝ってやった。脅える爽の手を引き、朱凱は村の状況を見て回った。想像以上にひどく、殴られた者も多くいて、あちこちで呻き声と嘆きの言葉が聞こえ、道端に座り込む老婆の顔の半分は紫色に変色し、腫れ上がっていた。扉の開け放たれたままの家を覗くと、戸棚は倒され、割れた食器が散乱し、脚を引き摺る猫がいた。家畜の数も減り、特に羊は疎《まば》らに感じられるほど少なくなっていた。

夜になると、大人たちが再び主任の家へ向かい始めた。老人も、無言で野菜の煮込みを食べ終え、朱凱と爽に後片づけを命じ、家を出た。朱凱も跡を追うつもりだったが、爽がなかなか寝付かず、寝入ったように見えても睡眠は浅く、ベッドからそっと出ようとする度に泣き声を上げるものだから、集会を探りにいくのを諦める他なかった。

翌日、朱凱は放牧や収穫をこなしつつ大人たちの態度を窺った。皆、隠すつもりもないらしく、怒鳴り合うように村の今後について、話し合っていた。隣村との連携、警察への相談、郷政府への訴え、新聞社への暴露、人民検察院への告訴。

董焔炉への抵抗の方法は、なかなか決まらなかった。歳の若い村人は威勢がよく、より歳を経た者たちはできるだけ穏便な方策を探そうとした。ようやく決まったのは、告発状を小学校の教師に作成してもらい、行政区分の上位にあたる県の党委員会へ直訴する、というやり方で、文書を持っていくのは朱凱たちと同居する、老人一人という話だった。老人が自ら申し出たのと、万が一、董焔炉に計画が露見した場合、董焔炉の部下に身内がいる、という事実が老人の身を守ってくれるだろう、と村人たちが判断したためだった。バスを乗り継ぎ、バスがなければ歩き、確実に県城へ向かう、ということだった。

出立の日の早朝、老人は自分で練った小麦粉を千切って鍋へ放りつつ、朱凱と爽へ、今後やっておかなければならないことを、しつこく繰り返して伝えた。家畜の餌のこと。放牧場所の変更。一日に使う薪と松笠の数。毎日の食事の量。

最後に食器の後片づけを簡単に指示した後、老人は背負い袋を担ぎ、帽子を深く被り直し、杖を突きつつ家を出ていった。

朱凱は指図された量の松笠を使って火を起こし、いわれた分の食材だけを調理して、爽と二人で食べ、生活した。老人のいなくなった家は暗く、寒々しく感じられた。夜になると、爽は一時も朱凱から離れようとしなくなった。家畜の声すらも怖く、朱凱は何度も夜中に目覚めるようになった。

老人が戻った、と羊の放牧中に知らせを受けた朱凱は、早めに家畜たちの食事を切り上げて小屋へ入るよう急き立て、家に帰った。老人が直訴に向かってから一週間が経っていた。帰りが早いようにも遅いようにも思えたが、それよりも老人の無事を確かめたかった。

部屋の中の光景を朱凱は、すぐに理解することができなかった。囲炉裏の傍で老人が体を伸ばして寝ており、その周りを大人たちが囲み、見下ろしていた。

老人は蓆《むしろ》の上で、瞼を閉じ静かに寝ていた。口を薄く開き、大事にしていた厚手の帽子がなく、疎らに白髪を生やした頭部が露になっていた。帽子がないのと、両瞼が膨れているせいで別人のようにも見えた。顎も歪んでいるようだった。傍に立っていた主任が、やがてぽつりぽつりと喋り出した。老翁《ラオウオン》は、確かに告発状を提出した。県の党委員会から村の支部へ確認の連絡が送られ、董焰炉がそれを否定し、老翁は董焰炉へ引き渡され、拘束されて殴り殺されたのだ。董焰炉の部下が老翁をトラックで村に運び、放り出していった、と他の大人が説明した。老翁の体と一緒に、住民への公開書状が投げ渡された。そして去り際には運転席から、お前ら覚えていろ、次は宅地税の現物徴収に来るからな、といっていた。

大人たちは朱凱へ説明していたようでもあり、自分たちにいい聞かせているようでもあった。夜が近付き、太陽の光が段々と弱くなり、老人の死体の様子もほとんど窺えなくなっても、大人たちはなかなかその場を動こうとしなかった。朱凱は臼挽き場まで、爽を迎えにいった。爽の手を引いて戻ると、主任だけが家の中にいて、明日墓地へ運ぶ、といい置いて出ていった。

囲炉裏で火を起こし、組み合わせた薪の下に置き、息を吹きかける。炎の光が老人の、血の気のない横顔を照らした。壁際の台に座り、朱凱は一晩中老人の姿を眺めていた。隣で同じようにしていた爽はいつの間にか目を閉じていて、朱凱の膝にもたれて寝入ってしまった。

朱凱は色々なことを考えようとしたが、何の答えも頭に浮かばなかった。爽の灰色に汚れた黒髪と、頭の重さを意識した。爽の成長を考え、戸籍のない、学校に通うことも許されない身の上を思った。

それどころか、老人の死んだ今、自分も爽もこの家から追い出されるのではないか、と思いつき体の震えが止まらなくなった。

翌日の朝、どこから調達したのか、棺桶を三輪車の荷台に載せて、主任たちが家を訪れた。村外れの墓地に運び、皆で一斉に穴を掘った。墓穴は二人分あり、もう一つは老婆のものだった。口煩《くちうるさ》く、朱凱をいつも鶏泥棒のように扱い、董焔炉たちに家畜を奪われ、ひどく殴られ、顔の半分を紫色に腫らしていた老婆。昨夜、直訴の失敗を知り、農薬を呷《あお》って死んだ、という。

二つの棺桶を墓穴に入れ、土を被せてそれぞれに文字の書かれた板を差し、花輪を掛けて三度礼をした。泣いている者もいたが、ほとんどは渋面を作っていた。その理由に、朱凱は気付いていた。宅地税、という言葉が皆の頭から離れないのだ。すぐに、予告は現実のものとなった。

早朝、トラック数台と白色の乗用車が轟音とともに坂を登り、現れた時は、村人全員が家の前に出て迎えた。逆らう気力は、誰の顔からも失せていた。換金できるものを漁るために、董焔炉の部下が目につく家に上がり、ＴＶやラジオや照明器具を運び出していった。再び、家畜も取り上げられた。老人の所有物だった動物も、持ち上げやすい子羊ばかりが徴収されていった。

やがて董焔炉自らが、朱凱と爽が立つ家の前までやって来て、この家は党のものとなる、遺族とは連絡がつかなかった、といい捨てて車の方へと歩き去っていった。そのひと言で覚悟が決まり、朱凱は裏庭へ回ると、小さな斧を手に取った。徴収を繰り返される村人たちに、黒孩子の二人を養う余力があるはずはなく、家がなくなるなら朱凱と爽は村を出る以外にない。朱凱は、ついて来るよう爽へ頷きかけた。爽の顔は蒼白だった。それでも、小走りに跡を追って来るのが分かった。

乗用車へ戻ろうとする董焰炉に、朱凱は近付いた。砂利を踏む朱凱の足音が鳴っても、振り返る素振りはなかった。朱凱は爽を顧みて車の後部を指差し、隠れるよう無言で伝えた。運転席に乗り込む董焰炉へ、朱凱は手斧を振り降ろした。

たぶん恐怖心が、朱凱の動きを硬くしたのだろう。

朱凱の振り降ろした斧は狙ったはずの頭を逸れ、董焰炉の肩先に当たり、刃が骨にぶつかって止まり、それ以上切り裂くことも引き抜くこともできなくなった。党支部書記が大声を上げ、部下の誰かが応じる気配が離れた場所にあり、董焰炉は朱凱を突き飛ばして運転席から立ち上がり、斧を肩から引き抜き、大量の血液を滴らせ、赤ら顔の中の血走った二つの目がこちらを見下ろし、手に持った刃物を高く振りかぶった。朱凱は目を閉じた。

爆竹が鳴ったように、朱凱には聞こえた。瞼を開けると、大きく見開かれた目が朱凱を見詰めていた。何かがおかしく、それは董焰炉の眉間に赤い穴が空いているのと、書記の背後の車体が赤色に染まっていることだった。董焰炉は太った体を車に擦りつけるようにして、だらしなく地面へ倒れた。すぐ傍に、姜鷹が銃を持って立っていた。手伝え、といった。

立ち上がると両脚が震えた。力を振り絞り、姜鷹と二人で、後部座席へ董焔炉の死体を押し入れた。

逃げるぞ、と董焔炉の部下だったはずの男がいった。どこへ、と朱凱が訊ねると、街だ、と答えた。お前は度胸がある、俺が幇会《バンホイ》へ推薦してやる。幇会って？　黒社会《ヘイシャーホイ》さ。

言葉の意味は分からなかったが、それ以上に訊きたいことがあった。どうして董焔炉を殺した？

殺したのはお前さ。姜鷹はそういった。お前が殺したことにする。その方が、香主《シャンチュ》に推薦しやすいし、俺は不名誉を受けずに済む。なぜ殺したかって？　野郎が、伯父を撲殺しやがったからだ。それに、伯父の土地使用権を俺に渡そうとしなかった。

爽が車の陰から現れ、恐る恐る朱凱の手を握り、背後に隠れた。

誰だそれは、と訊かれた朱凱は、妹だ、と返答した。お前の歳は幾つだ？　十五だ。妹は？　五歳。なら置いていけ、何の役にも立たない。売るにしたって、小さすぎる。

朱凱は爽の手を握り返した。嫌だ、といった。妹も連れてゆく。姜鷹は朱凱を見下ろし、駄目だ、といった。諦めろ。嫌だ。

無言で睨み合うことになり、朱凱の方から口を開いた。あんたは、俺が董焔炉を殺したことにする、といった。俺を幇会へ連れていかないと、辻褄が合わなくなるぞ。

姜鷹の顔が歪んだ。笑っているようにも、怒っているようにも見えた。頭が回るな、といった。男が突然動き出し、朱凱は殴られるものと思ったが、運転席へ向かいどこかを操作すると、車のトランクルームを開けた。二人とも連れていってやる。そこに乗れ、といった。早くしろ。董焔炉の部下が来る。

騙そうとしているのかもしれないとは思ったが、遠くから本当に呼びかける声があり、他に選択肢はなかった。脅える爽を抱えてトランクルームに置き、自分自身の体も狭い空間へ滑り込ませた。ドアを閉める姜鷹の両頰が吊り上がったように、朱凱には見えた。姜鷹のくぐもった声が、鉄製のドアを通して聞こえてきた。書記が怪我をした、先に帰っている。作業は続けろ、といっている。怪我をさせたのは十代半ばの子供だ。そこの斜面を、滑り降りていった。

朱凱は暗闇の中で爽を抱き締めた。爽もこちらにしがみつき、心臓の鼓動が、どちらが発するものなのか分からなくなった。道の細かな起伏がトランクルームに伝わり、それが朱凱の頭蓋骨にまで響いた。朦朧とし、時間の経過を意識する度に、ひどい恐怖に襲われた。叫び出さなかったのは、もしそうしてしまえば胸の中で震える爽も正気ではいられない、と思えたからだった。朱凱は歯を食い縛り、振動と暗闇だけが存在する時間に耐えた。

停車し、トランクルームのドアが突然開いた。出ろ、と姜鷹の声がした。外も暗く、軋む体を慎重に伸ばしながら降り、周囲を見渡すと、まだ山の中にいることが分かった。薄い雲が夜空を覆っていた。爽を降ろしてやり、姜鷹の指示に従い、後部座席を開けた。引っ張り出せ、と命じられ、朱凱は一人で、董焰炉の重い体を地面へと引き摺り出した。姜鷹は死体に近付くと、上着を脱がせ、懐中電灯で照らしながらポケットを探り、中のものを取り出しては吟味して、幾つかを自分のジャンパーに仕舞い、残りのものを放り捨てた。唸り声を上げつつシャツを死体から取り上げると、後部座席に頭を突っ込み、その服でシートを拭き始めた。時間をかけて丁寧に拭き、その間中、姜鷹は悪態をついていた。空腹を覚えた朱凱は爽とともに車の後方でしゃがみ込み、車内を懐中電灯の光が動き回るのを眺めていた。

車体についた董焰炉の血液も拭き終わると、姜鷹はシャツを投げ捨てた。朱凱に手伝わせ、道端まで死体を運び、笹の茂みの中へ蹴り落とした。朱凱の頰を平手で張り、一つだけいっておくぞ、と告げた。俺に舐めた真似をするなよ。お前は一度、俺に口答えをした。二度目はない。董焰炉が死んだのは俺を馬鹿にしたからだ。前科者の、守銭奴のくせに。俺を舐める奴は死ぬんだ。覚えておけ。朱凱は頷いた。

朱凱と爽は後部座席に座らされた。街へ向かう間、血の生臭さが時折シートから立ち昇ってきたが、トランクルームの中にいるよりはずっとましだった。爽は朱凱の膝にもたれて眠った。朱凱は、姜鷹が延々と発する董焰炉への罵詈雑言に相槌を打ちつつ、微睡《まどろ》んだ。

目覚めると、すでに街なかに入っていた。近付くにつれ道が舗装され、景色に家々が増えてゆくのには気付いていたが、実際に街に辿り着いてみると、村から連続する世界として捉えることができなかった。朱凱は爽の肩を叩き、起こした。朱凱も爽も呆然と、後部座席から高層建築群を見上げた。村の主任の家のTVで、街の光景は何度も見ていたはずだったが、本物の高層建築は人が造ることのできる規模のものには見えず、二つの大きな川に挟まれた中洲に密集する都市の有り様にも、そこへ向かうために渡る長い橋にも道路を埋める車の量にも、朱凱は圧倒された。

川沿いで車から降ろされ、岸に繋がれた屋根付きの、側面に古タイヤを並べる木造の船へ連れていかれ、そこで太った老婆に引き渡された。姜鷹は、また迎えに来てやる、といって小さな笑みを浮かべながら、元は董焔炉のものだった白色の車へと戻っていった。

川の色は濁っていた。そこで釣り上げた魚と、硬いパンを一日に一度、老婆は朱凱と爽に食べさせた。船には他にも子供が四人いたが、声を出すと老婆に叩かれるために、誰も何も喋ろうとしなかった。夜中、老婆が出かけた際に、爽が十代前半と見える女の子に話しかけたが、私はすぐに外国へいく、あなたたちとは違う、といって黙り込んだために、それ以来、他人と接触する気持ちを朱凱も失ってしまった。

生臭い茹でた魚と、揺れ続ける船の上の生活に朱凱も爽も酔った。屋根からは布が下がり、幕となっていて、普段は触ることさえ許されなかったが、川面へ吐く時と用を足す時だけは、端を上げるのを許された。船上は蒸し、老婆が時折散布する殺虫剤が船体の木に染み込んでいて臭く、そして退屈で、朱凱は朦朧《もうろう》として何日もすごし、爽は朱凱の傍で寝てばかりいた。老婆からは常に酒の臭いがし、真夜中になると街へ消え、夜明け近くに帰って来た。朱凱は、泥酔時なら簡単に老婆を川へ叩き込むことができる、と考えていたが実行はしなかった。朱凱たちは、船に縛りつけられているわけではなかった。ゆくあてがない、というだけだった。それにもしかすると、姜鷹は本当の話をしたのかもしれない。

実際に、姜鷹は戻って来た。

船に誰かが上がり込み、しかし食料を届けるいつもの無口な配達人ではなく、幕を上げ、いくぞ、とぞんざいにいう男がいた。すでに陽は落ちていて、朱凱はすぐには男の正体が分からず、誰へ向かっていったのかも分からなかった。全員が――老婆でさえ――そわそわし始めたが、呼ばれたのは朱凱と爽だった。爽の手を引いて船から出た時、船内の闇の中、息を呑んで見詰める子供たちの視線に気がつき、朱凱は目を逸らした。

車で街の中心へ向かい、路地に停めると大通りに連れていかれた。細かな電飾や真っ赤な提灯があちこちから下がり、大勢の人がいて、花を売る三輪車が通り過ぎ、長机が並び、道の両側には様々な屋台が犇《ひし》めいていた。好きなだけ食え、といわれ、机の上に見たこともない料理を載せた皿、焼いた麵や餅や鴨の首や炭酸飲料が並べられ、どれも驚くほど美味しく、朱凱も爽も夢中になって食べ、断ったのは、菫焔炉に殺された老人の吸っていたものと同じ銘柄の、煙草だけだった。

食事を終えると姜鷹は、ついて来るようにいい席を立った。大通りから細い路地へ入り、苔《こけ》むした石造りの階段を登り始めた。すぐに街灯が疎らになり、足元がよく見えず、爽は何度か躓《つまず》き、その度に朱凱が支えた。やがて夜空よりも黒々とした建物が現れ、それが崩れかけているのは輪郭からも判断ができた。住人がいるらしく、所々の窓の奥で、頼りなげな光が揺れていた。姜鷹は街明かりを頼りに、朽ちかけた集合住宅の通路を先に立って進んだ。通路の行き止まりの扉を開け、使った鍵を朱凱へ放った。姜鷹に続いて入った部屋は湿っていて黴《かび》臭く、黒色の中でも埃が大量に舞うのが分かった。目を凝らすと家具があり、ベッドがあった。姜鷹がいった。この部屋をお前らにやる。下水も流れるし、水も出る。電気は通っていない。家具は自由に使っていいが、まず殺虫剤を撒いた方がいいだろうな。

朱凱は突然訪れた幸運に、驚いていた。爽も同じ気持ちだったのだろう。朱凱の手を握る指に、力が入った。姜鷹は続けていった。

これから、香主に会いにゆく。ちびはここで待っていろ。

朱凱の首筋の産毛が逆立った。爽の指に、さらに力がこもり、そして震えまでが伝わってきた。朱凱は爽の正面で、床に膝を突いた。ここからが俺たちの始まりだ、と妹へいった。爽、窓から外の明かりを見ていろ。そうしていれば、一人でも怖くないはずだ。寝ていても、起きていてもいい。待っていろ。俺は必ず帰って来る。爽は泣き出したが、こらえようとしているのは分かった。朱凱は立ち上がり、いく、といった。俺たちが出たら、扉に鍵を掛けろ、と爽へ指示した。

扉の閉じる音と錠が回転する金属質な音が集合住宅の中で反響し、朱凱の心臓にも伝わった。すすり泣きの声も扉越しに届き、爽の孤独を考えると足が竦んだが、それでも引き返すわけにはいかなかった。歩きながら、どこかから差し込む光で確認できたのは、姜鷹が薄笑いを浮かべて時折こちらを振り返る姿だった。

運転中、姜鷹は自分の所属する幇会について喋った。香主、と呼ばれる首領がおり、さらに上には、幇《バン》を束ねる龍頭《ロントウ》がいる。それぞれの幇には白紙扇《バイヂーシャン》がいて、香主を補佐している。連絡係は草鞋《ツアオシエ》と呼ばれ、殺しを担当する紅棍《ホングアン》がいる……適当に頷いて聞いていた朱凱は、姜鷹の顔から笑みがすっかり消えていることに気がついた。喋り続けているのは、強い緊張のためだということも分かった。次第に姜鷹の口数が減っていき、香主との面会場所が近付いている、と朱凱は察した。

高層建築の谷間のような狭い広場で、車は停まった。すぐ間近に自動二輪車を並べる店があり、姜鷹について中に入ると、沢山の工具やフレームだけの二輪車がガレージのコンクリートの床に転がっていてガソリンの匂いがし、誰もいない店内を進み、奥に見えた階段を使って二階へ上がった。

階上には沢山の段ボールが壁に沿って積み上げられ、その前には十数名の、デニム姿の二十代の男たちが立っていた。皆がこちらを見た。赤い絨毯が敷かれ、その上に机が幾つか設置され、一番小さな机には丸々とした小魚の泳ぐ水槽が置かれ、他の机には分厚い俎《まな》板《いた》や酒瓶が載せられ、一番大きな円卓を四人の男たちが囲んでいた。連れてきました、と姜鷹がいって壁際から動かなくなり、朱凱は脅えながらも円卓へと近付いた。男たちのほとんどは老齢で、揃って葉巻を吸っていた。誰も朱凱の方を見ようとはしなかった。中では若い背広姿の男が立ち上がり、朱凱を見下ろした。党支部書記を殺したそうだな、といった。朱凱は頷いた。

度胸のあることだが、我々と仕事をするには自覚してもらわなければならない事実がある。何かものごとを進めた際は、進めた者がその責任を負う、ということだ。結果に対して常に責任が求められ、一人一人が誠実にそれを背負わなければならない。ここまでは分かるかな?……よし。もう一つ。我々は同じ幇の人間を、肉親と見なす。同じ血が体の中に流れている、と考える。いいか、お前は書記を殺した。村の責任者を殺すのは、祖父を殺《あや》めるのに等しい。祖父がどれほど居丈高で、金にまみれた人間だったとしても、肉親には違いない。最初の話に戻ろう。責任についての話だ。過去も現在もお前の行動、その全ての結果に責任が求められる。では、祖父殺しという行為と結果には、どんな責任が存在すると思う?……納得ができないか?……もちろん、これは純粋に論理としての帰結にすぎない。それでも必要な作業なのだ。つまり我々には、我々自身が調和を乱すことのないような厳しい論理が必要となる。お前はすでに、調和を乱す要素となりつつある。だからこそ、まず初めに責任を追及しなければならない。もう一度訊く。どれくらいの大きさの責任が、お前の中に存在すると思う?

朱凱は黙り込んだ。男のいう話は大方理解することができたが、うまい答えが見付かるほど、朱凱の思考は洗練されていなかった。男は溜め息をついて口を開いた。

では、もっとはっきりと訊こうか。お前は、どの指を切り落とすつもりなのだ?

唖然とする朱凱へ、男は静かにいった。罪があるのは確実であり、当然お前は償わなければならない。だが、お前は子供だ。子供には未来がある。そこで我々は話し合い、お前の罪の大きさは指一本に値する、と計算した。償うのはお前だ。自分自身で、責任をとらなくてはならない。

男が朱凱の背後を指差した。机の上の俎板と、その脇に添えられた小振りの肉切り包丁を。朱凱の脚が震えた。

皆が無言で朱凱を見詰めていた。姜鷹でさえ、笑っていなかった。男たちの表情は強張り、それぞれの視線には朱凱への哀れみと、静かな興奮が入り混じっていた。

後戻りはできない。

朱凱は小さな机に近付いた。包丁を手に取り、老人の家の手斧と変わらない、と考え、厚い板に左手を開いて置いた。目を閉じ、深呼吸し、そして指の切断を命じた男を見やった。円卓を囲む老人たちの目付きは鋭かったが、興奮はなく、ほとんど興味がないようにさえ見えた。椅子の背にもたれ、太い腹に両手を乗せる小柄な老人は眠たげな視線を仕方なく、という感じで送っていた。朱凱の覚悟はすでに決まっていたが、どの指を落とすのが今後の自分にとって一番いいのか、という判断はしきれなかった。包丁を持ち上げると汗が止まらなくなった。朱凱は男へ質問した。

どの指でもいいのか。もちろんだ。なら、足の指でも？　足でもいい。それなら。朱凱は机に、いったん包丁を置いた。男が眉をひそめた。

あなたたちで決めてくれ。俺はあなたたちの幇に入って役に立ちたい。必要のない指がどれなのか、俺には分からない。盗む必要があるなら、足の指を切る。走る必要があるなら、手の指を落とす。

朱凱は真剣にそういった。老人の中には、小さな声で笑い出す者もいた。男がいった。

俺は幇の白紙扇を任ぜられている。俺にはその指を決める権限がある。いいだろう。左手の小指を切り落とせ。

頷いた朱凱は、小指だけを残して俎板の上で左手を握った。再び包丁を振り上げると、頭の中が真っ白になった。

やめろ、と誰かがいった。命じたのは、椅子にもたれる老人だった。この若者は目端《めはし》が利く、指を損なえば、幇の指を損なうことになる、といった。

指が惜しいための詭弁かもしれない、と白紙扇は反論したが老人は、もしそうであっても、この状況での機転は小心ではなく知恵と呼ぶべきものだ、といった。冷静さを私は買う。まるで、血液が低温で流れているようだ。私はこの若者の入会を歓迎する。

分厚い瞼の下から、老人は朱凱の方を見ていた。葉巻を硝子の灰皿に押しつけた。この老人が香主だ、と朱凱は悟った。

白紙扇は香主へ一礼し、壁際の若者へ合図を送り、円卓に大きな盆を運ばせた。朱凱はなかなか震えが止まらず、肉切り包丁を手から放すことができなかった。額からの汗が、俎板と机に落ち続けていた。ようやく手放し、円卓に近付くと、老人たちが全員立ち上がった。盆には大きな陶器製の杯が一つあり、小型の刃物と酒瓶が載っていた。白紙扇が瓶を取り上げ、杯へ酒を注いだ。白い杯の底に溜まっていた濃い赤色が、液体の中に散った。鶏の血だ、と香主がいった。簡単に済ませる、儀式は大事だが、形式よりも要《かなめ》は契《ちぎ》りそのものにある。

白紙扇は、杯を香主の前に置いた。老人は大儀そうに刃物を持つと指先を小さく切り、滴る血液を杯の中へ落とした。円卓を囲む全員が同じことをし、壁際にいた男たちを集め、それぞれの指を傷付けさせた。最後に朱凱が人差指の先に刃物を突き立て、その血を杯の中へ振り落とした。酒は真っ赤に染まっていた。

香主が杯を一口啜り、次に白紙扇が口をつけ、順番に全員が少しずつ飲む間、白紙扇が誓いの言葉を発し、全員に復唱させた。我々は同じ血の流れる一族となった。富は全員で分け合い、一族の財産を盗んではならない。一人の苦難は一族の苦難であり、一人の敵は一族の敵となる……朱凱も周囲に合わせ、声を張った。

渡された杯には、まだ多くの酒が残っていた。初めて飲むアルコールだったが、朱凱は一気に飲み干した。目の前が揺れたが脚に力を入れ、傾こうとする体を止めた。

《低温《ディウェン》》、と香主が朱凱のことをそう呼んだ。今は仮の名前で呼ぶ。お前とお前の妹にはこれから、戸籍が与えられる。歳の近い戸籍を探してやろう。お前たちには、居民戸口簿に記された姓名を名乗ってもらう。今の名前は捨てるのだ。

低温は頷いた。

朽ちかけた集合住宅へ戻る途中、運転席の姜鷹は、うまくやったな、といって低温へ笑いかけた。安堵とアルコールのせいで、体からすっかり力が抜け出ていた。

大通りで低温を降ろした姜鷹は窓を開け、香主が約束したのは都市の居民戸口簿だぜ、俺だって農業戸籍なのにな、口のうまい奴だ、といい足した。

低温が何も答えないでいると、これ以上欲を張るなよ、と姜鷹は少し声を大きくしていった。俺たちはもう家族だ。俺は、お前の兄だ。間違えるなよ。家族のために働くんだぜ。分かった、と低温はよろめきつつ答えた。姜鷹は鼻で笑い、車を発進させ去っていった。

徐々に緊張が、低温の体に戻り始めた。集合住宅の一室へ戻るのが何か恐ろしかった。この数時間、幽閉されたように闇の中を一人ですごした爽がどんな気持ちでいたのか、想像もできなかった。本当に室内にいるものかどうか、自信が持てなかった。

低温は静かに錠を開けた。扉を開くと、蝶番《ちょうつがい》が甲高い音を立てて軋んだ。それでも、室内からは何の反応もなかった。内部へ足を踏み入れ、息を呑み、爽の名前を呼びかけた。返事はなく、緊張の余り、低温の息が切れ始めた。暗い室内に、塊があることに低温は気がついた。

椅子が窓際に移動していて、その上が微かに街明かりを受け、盛り上がっていた。近寄り、薄い布団の湿っぽさを嗅いだ。布団の端を下げると、椅子にもたれたまま体を丸める爽の横顔が現れた。寝息を立てていた。爽は俺を信じ、いいつけ通りにしていたのだ。

部屋の中から椅子をもう一つ探し出し、爽の椅子の隣に並べた。そこに座り、爽の頭をゆっくりと自分の膝に乗せ、布団を掛け直してやり、窓の外、街灯以外ほとんど光のなくなった景色へ顔を向けたまま、低温は眠りに就いた。

＋

低温は、幇会のために働いた。

最初の仕事は、支払いの悪い屋台から場所代を取り立てるために、姜鷹について街中を回ることだった。渋る店主がいた時には姜鷹に命じられた通り、店の売り物——料理の載った皿であったり、酒瓶であったり、風車《かざぐるま》であったりした——を床へ叩きつけ、踏みつけた。快感も罪悪感も覚えなかったが、店主の傍で小さな子供が泣き出した時だけは気分が悪くなった。苺や葡萄を飴で固めた菓子を売る小さな店で、店主は老婆だった。姜鷹は店主を罵り、老婆の孫を足で突き飛ばし、その日の売り上げを全て攫《さら》っていった。

白紙扇からの命令で週に何度かは、文字の読み書きを習わされた。香主の営む自動二輪車販売店傍の集合住宅の一室で、無表情な若い女性教師から授業を受けた。今まで読むことのできなかった文字の意味——スーパーマーケットで売られる菓子の正式名称や、農薬のラベルに記された正確な希釈倍数——を知るのは奇妙な体験であり、純粋な驚きでもあった。

穎《イン》も日中の大抵の時間をその一室ですごし、彼女にはまだ難しい授業を一日中聞いていた。香主から渡された居民戸口簿の記載通り、「穎」と名乗るようになった妹は、部屋の掃除をする以外は非公式の教室で時間を潰し、そこで低温の帰りを待っていた。様々な年齢の生徒が時間によって入れ替わり、授業を受けていた。

ある程度読み書きができるようになると、低温は穎と一緒に幾つかの外国語の授業も同時に受けることを命じられた。その理由について、いずれ役に立つとだけ白紙扇はいった。


低温は、身許証明の必要がある時以外、与えられた新しい氏名も古い氏名も名乗らなかった。「低温」を称しているとほとんどの大人は苦笑したが、紅棍だけは笑わなかった。

紅棍はところ構わず唾を吐く、元人民解放軍下士官の年老いた男だったが、格闘術にもナイフの扱いにも優れていた。香主の店前のアスファルトの広場で、時折若い構成員に格闘術を教えていた。膝が悪く、体を傾けるような姿勢でしか立つことも歩くこともできなかったが、構成員を地面へ引き倒す速度も、相手の腕に体重を掛けて押し潰す動作も一瞬で、老いた軍人を侮る人間は一人もいなかった。紅棍は低温へ、相手の肩を見ろ、と教えた。肩に動きの機微が現れる。指が月を指す時、愚者は指を見る。動きの表面を見るな。その先を想像しろ。

紅棍の教えは乱暴で、痣が絶えず生じ、口の中が裂け関節が鳴ったが、低温は他の者よりも多く老いた軍人の許に通った。訓練によって力が手に入る、という単純な事実に興奮していた。紅棍も請われた時は、たとえ一人で酒瓶を呷っている最中でも、技術の伝授を惜しまなかった。

お前は学がなく無口だが、礼は知っている、と地面に俯せに倒した低温の首筋に刃物代わりの工具を押し当てながら紅棍はいった。理があれば勝ち、理がなければ負ける。理のない者が理を持つ者に勝つことは、決してないのだ、と。

時折、屋台の売上金を巡って、他の幇会と争いになった。香主同士の話し合いですぐに決着のつくこともあったが、相手が若い者ばかりの集まる流氓《リウマン》だった時には大抵の場合、抗争にまで発展した。

幇会の構成員が刺された報復をするために深夜、低温は自動二輪車で流氓の溜まり場となっていた公園に乗り込み、一人を四〇〇斤《ジン》を超える車体で轢《ひ》き、向かって来た一人の喉をナイフで裂き、逃げ出した一人を背後から切りつけ、背中をジャケットの上から滅多刺しにした。

独断で行った報復だったために、白紙扇からは平手で顔を張られて罵声を浴び、しかし香主からは褒められ、結局、姜鷹とは別行動を取る身分を許されることになった。弟分までがつけられた。張春《ヂャンチユン》と回仁《ホイレン》は低温よりも年上だったが、ともに行動するうちに、反発心は目に見えて薄れていき、やがては低温を長兄とする兄弟のように振る舞い、行動するようになった。

姜鷹だけは低温の独立に不服であるらしく、会う度に、兄からの忠告、と前置きしながら嫌味をいった。その頃には、低温は姜鷹と身長も変わらなくなり、威圧を感じることはなくなっていた。姜鷹は、山間《やまあい》の村から連れ出したことを頻りに恩に着せようとし、その話が持ち出される度に低温は丁寧な礼をいったが、それ以上の要求、仄《ほの》めかしは耳に入らないという態度を崩さなかった。

粗暴な者の多い幇会の構成員の中にあっても、姜鷹の精神には不安定な部分が目立ち、配下だった頃でさえ、低温はある程度の距離を置くよう気をつけていた。姜鷹は女子供にも容赦なく、あるいはいっそう残酷になる性質のようにも見え、幇へ納めるはずの紙幣を時にくすね——これは偽札だ、と低温へはいい訳した——、嘘も多く、酒に酔う度に刃物で自分の腕を傷付けて血を流し、死んだ母親への悪態を大声で繰り返した。

恩人とは見ていなかったが、以前からの知り合いとして、低温は姜鷹のことを気にしていた。が、日にちが経ってもその精神は落ち着きを見せず、むしろ神経を尖らせ、益々態度ばかりが尊大になってゆくようだった。

教室から集合住宅の自宅へ戻る途中、路線バスから降りた低温は、大通りでふらつく姜鷹と出会った。姜鷹は酔っていた。低温の後ろに隠れた穎を見て、何歳になった、と訊ねた。十歳だ、と低温が答えると、五年後には俺が貰ってやる、と姜鷹はいった。相応しい縁談だ、命の恩人と夫婦になるんだ。

低温は返答しなかった。姜鷹は定まらない足付きで機嫌よく、すぐ傍の料理店へ入っていった。

研修生として三年間を海外で生活するよう、白紙扇に命じられた。異国の言葉を、さらに身につけるためだった。お前は物覚えがいいらしい、といわれた。張春と回仁は語学力がない、弟分を連れてはいけない、とも。

低温は不安を覚えた。異国で一人になることなど、何でもなかった。不安は穎のことだった。集合住宅の自宅には、あちこちに燭台《しよくだい》を置いて電灯の点かない不自由を補っていたし、穎自身が部屋を清潔に保っていたから、そこで夜をすごすのに問題はないはずだったが、三年という期間を一人きりにするという状況を想像するだけでも、落ち着かない気分になった。

妹を連れていきたい、と申し出ると、不可能だ、研修生とは短期の重労働者のことだ、たとえ親であっても子供を連れてゆくことはない、と白紙扇はいった。出稼ぎの身内を待つ子供など幾らでもいる、お前の妹には教室もあり寝床もある、何を心配することがある？　低温は返答できなかった。口を開けば、姜鷹への批判を告げることになってしまう。低温は、教室で国語を教える女性教師へ、三年間穎を泊めてもらえないか、と頼んだ。蓄財を全て譲るから、というと、報酬はいらない、と教師は静かに答え承諾してくれた。

低温は白紙扇の指示を受け、平弦《ピンシュエン》という同年齢の構成員とともに、ひと月の間、職業技術学院へ通った。平弦は学院の、軍隊のように規律に沿って流れる一日の授業を文句一ついわずに、こなした。低温は口数の少なく、それでいて確実にものごとを進めようとする平弦の実直な性格が気に入った。異国でともにすごすのに、申し分のない男だった。

大型飛行機の窓から雲を眺めている間も、異国の国際空港に着いた時も低温が考えていたのは、穎のことだった。

金属加工会社へ向かうマイクロバスの中、連絡を取るために手に持った携帯電話を、同乗した通訳の中年女性に取り上げられた。パスポートも会社が預かる、という。低温は驚いたが、逆らいはしなかった。通訳は、新しく銀行口座を作り、そこに報酬が全額振り込まれ、通帳も印鑑も会社が預かり管理する、と全員へ説明した。バスの中の十数名の研修生の間に不安が広がるのを、低温は肌で感じた。

幇会に所属する低温には、規則の話も報酬の話も興味のないものだった。報酬を受けるためにやって来たのでも、先進技術を習得するために海を越えたのでもなかった。白紙扇の命令に従い、異国の言葉と風俗を身につけるのを目的として、低温は研修生となったのだ。幇会のためだけに。

研修先は金属の加工、鍍金《めっき》、金型製作を請け負う会社だったが、研修生たちは運搬、荷卸しの作業ばかりを任され、それは確かに重労働だった。残業も多く、仕事後も外出は許されず、休日はひと月に一度、その際も外泊は許可されなかった。

木造の寮は小さな部屋に分かれていた。狭い空間に二段ベッドが詰め込まれ、空調もなく、隙間風が吹き、研修生は皆、小さな焜炉《こんろ》で沸かした湯をペットボトルに入れて抱え、震えつつ無理やり睡眠を取った。

半年もすると、不満の声が研修生から上がり始めた。

代表取締役は横暴で信用ができない、本当に報酬が銀行へ支払われているものか確かめたい、といい出す者や、労働組合や入国管理局へ訴え労働条件を改善するべきだ、といい張る者がいた。低温と平弦だけは、それらの声に同調しなかった。俺にはには広い縁故がある、調べておく、といって研修生たちの不満を抑えた。

外出時に幇へ連絡し、職業技術学院の手蔓《てづる》を辿って実際に調べ、確かに報酬の横領等、不正は存在したが研修生たちには報告しなかった。何もなかった、と伝え、後は睨みつけることで皆を黙らせた。最も大柄で力の強い二人が研修生の不満を抑え込む形となった。代表取締役がそのことに気付き、謙虚な研修生たち、として大袈裟に褒めたが、低温は会社のために動いたわけでも職業技術学院の評判を落とすまいとしたわけでもなかった。研修生の不平が高まり、裁判沙汰や帰国騒ぎになるのを避けた、というだけだった。

次の日からは、代表取締役は褒めたのを忘れたように低温と平弦に接した。背後から蹴りつけられ、顎を強くつかまれ、時には拳が振るわれた。三年の間、低温は代表取締役の弛《たる》んだ喉笛を刃物で切り裂く夢を、何度も見た。低温は重労働と不自由と代表取締役の暴力に耐えきった。

大陸の空港に降り立った途端、感覚が三年前に戻り、思考が再び祖国と同期するのを、低温は奇妙な心地で味わった。空港で穎へ連絡を入れた。三年ぶりに聞く声は成長し、少し低くなっていて、兄の帰国を喜ぶ口振りだったが、不満、あるいは怒りを言葉の内に含んでいるようでもあり、低温の不安を煽った。

三年の間に完成した建築物は幾つもあったが、街そのものが変化したとは思わなかった。ただ、全体が少し古びたように感じた。道路のひび割れを意識し、建物に入った亀裂を初めて認めたように思った。空腹だったが、低温は平弦とともに真っ直ぐ香主のところへ向かった。香主の店の二階では、円卓に香主と白紙扇と紅棍が座っていた。全員が立ち上がり、低温と平弦の労をねぎらった。もう大人だ、と香主がいった。目を見れば分かる、目の中に奥行きが存在するようになった。

陽が落ちる頃、大通りの屋台で実際に妹と再会した低温は、穎の成長に動揺した。身長や体の線や、デニム姿や踵の高い靴に狼狽《うろた》えたのではなかった。穎の目に宿る自立の光に、怯《ひる》んだのだった。裸足の踵に赤い魚の刺青が彫ってあるのを、低温は見逃さなかった。問い詰めると、幇会に入った、といった。杯を用いた儀式はもう済ませた、と。

低温は言葉をなくした。反射的に、穎の頰を打ちそうになった。衝動を抑え、幇へ入った理由を訊いた。穎は、身を守るため、といった。守る、と約束した女性教師は、すぐに姜鷹から目の敵にされて嫌がらせを受けるようになり、自宅の窓硝子を割られ、飼い猫を殺され、跡をつけられるようになり、耐えきれず一年で姿を消した、ということだった。

幇会に入って何が変わった、と問うと穎は腰に装着した革製のウエストバッグを開けて、小型の回転式拳銃を取り出し、料理の並ぶ机の上に置いた。飲料水の缶と太陽以外まだ撃ったことはない、といった。

集合住宅の一室に戻ると、懐かしさが込み上げた。二人で居間と寝室とユニットバスに置かれた蠟燭《ろうそく》に火を点けて回った。埃っぽいベッドの上に、穎とともに寝転がった。穎は以前のように、低温にしがみついて寝入ろうとはしなかった。穎は背中を向けて、異国についての幾つかの質問をすると、すぐに寝息を立て始めた。

低温はベッドを離れ、小さなシンクの蛇口から出した水をカセット式の焜炉で沸かし、少し冷ましてから錆の臭いごと飲み込んだ。窓の外の疎らな街明かりは、昨日もここで寝たように感じられるほど、身近な光景だった。何も変わってはいないはずだった。

寝室に戻ると、穎の片腕が床へ垂れ、その指先が開けたままのウエストバッグに掛かっているのに、低温は気がついた。体を丸めていて、踵の、赤い魚の刺青がこちらへ向いていた。穎は約三年の間、そうやって自らを守りきったのだ。

ベッドに体を横たえ、何を間違えたのだろう、と低温は考え続けたが、答えは見付からなかった。胸の息苦しさに耐え、朝を迎えた。

幇に問題が起こった。

幇会を束ねる龍頭が亡くなり、次期頭首を巡って幇会同士の駆け引きが始まり、やがて二人の香主が争いの主軸となった。一人は、低温の所属する幇会の香主であり、もう一人は《義》《イー》を名乗る幇会の、その長だった。《義》の香主の方がやや若く、違法薬物の入手に関して幅広い経路を持つ、という話も聞いたが、低温にとっては、適格不適格の議論など雑音のようなものだった。《義》もその長も、今となっては敵でしかない。

香主に命じられた時には、いつでも自らの幇のために、《義》の構成員の喉を切り裂く心構えはあった。


二つの幇会の間は、表向きは平穏を保っていた。しかし突然、どちらかの構成員が跡形もなく消え失せることがあった。消えるのは必ず何の役職にも就いていない下っ端で、その現象は二つの幇会の、必要以上に抗争を広げまいとする慎重な態度を表してもいた。

《義》の中年の構成員にコンクリートの錘《おもり》をつけて深い川の底へ沈めたのは、低温だった。さらわれ、車の後部座席に押し込まれた構成員は、手首と足首をひとまとめに縛られた姿で、暴れ、泣き、命乞いをした。

長い橋の中央で降ろし、鉄柵の向こう側に寝かせ、猿轡《さるぐつわ》で口を塞ごうという時、構成員は必死の形相で奇妙な話をした。あんたの幇には、裏切り者がいる。

車のトランクから降ろした大量のコンクリート・ブロックを、構成員の体のあちこちに紐で結わえつけようとしていた張春と回仁が手を止めるのを、低温は片手で示し、作業を再開させた。猿轡を緩め、続けて男に喋らせた。本当だ、内側からあんたの幇を崩そうとしているぞ。

誰だ、と低温は訊ねた。いえば、助けてくれるか。このまま街から出て、二度と戻って来ないと誓うか。構成員は激しく頷いた。

コンクリートを全て結びつけられた男はまるで、街なかの広場に飾られた現代美術のような有り様だった。いってみろ、と低温は促した。沈黙があり、その後、姜鷹、と構成員が答えるのを低温は聞いた。思わず瞼を閉じた。構成員は続けて、コカインの販売路と交換に、あんたの香主を陥れるつもりだ、人民警察へ売り渡そうとしている、といった。

低温は緩めていた猿轡を締め直し、構成員と結ばれたコンクリートの一つを橋から蹴り落とした。構成員はくぐもった悲鳴を上げ、低温が四つ目のコンクリートを蹴り出した時、その重量につられ、男の体が橋から離れ、黒い川面に小さな水柱を立てて見えなくなった。

その場で白紙扇へ連絡をした。幇に裏切り者がいる、という話を伝えると白紙扇は、すぐに対処する、と答えた。裏切り者の名前は分かったか、と訊かれ、調査中だ、と返答した。緊張の面持ちでいる張春と回仁へは、姜鷹にはまず俺が会う、お前たちは来なくていい、と命じた。

姜鷹は大通りに並べられた席の一つで、酔い潰れていた。屋台のほとんどは店仕舞いしており、通りの電飾も半分が消えていた。

低温が姜鷹とまともに話をするのは、帰国して以来初めてのことだった。暗い電灯のもと、姜鷹は以前よりも痩せ、肌が荒れ、分け目の辺りの髪が薄くなって見えた。低温が向かいの席に座るまで、姜鷹はこちらに気付かず、皿の上の串焼きから視線を上げた時も、焦点は定まっていなかった。朱凱か、久し振りだな、といった。

しばらくの間、姜鷹は愚痴らしき話を小声でつぶやいていた。唐突に、妹を寄越す約束はどうなった、と訊いた。約束などしていない、と返答すると、姜鷹は薄笑いをしたまま、プラスチックのコップに入った酒を呷った。俺を殺しに来たのか、といった。なぜどうしてそう思う。さっきからずっと、凄い目付きで俺を睨んでいるじゃないか。なぜあんたが幇を裏切ったのか考えていただけだ。裏切った、だと。姜鷹が立ち上がり、激昂した。

俺は幇へ全てを捧げたじゃないか。二十四時間の全てを捧げた。人生の十年間を捧げた。だが、幇は俺に何も寄越さなかった。大麻の販売だと？　小道を曲がっただけで縄張りを越えたことになる、こんなけちな商売、幇の仕事の枝の枝にすぎない。そんな仕事で俺が満足すると、香主は思っている。それに比べて朱凱よ、お前はどうだ。次の紅棍はお前だろう、と皆が噂をしている。お前は、誘拐や銃の密造や役人との折衝を任され、俺はこの通り、出稼ぎ者のように道で大麻を売っている。お前は欲しいものを得、お前の命を拾い上げた俺は、何も手にすることができない。お前も、俺に何も渡そうとしない。金も、尊敬も、女も。なぜ渡さない。

小さな机を隔て、身振りも交えていい立てる姜鷹へ、あなたは強引すぎる、と低温は伝えた。譲られるものだけを受け取り、満足するべきだ、そうしていれば譲られるものが増えることもあるだろう。

姜鷹が、神経質な声色で笑い出した。豎子《シュズウ》が説教か。お前は何も分かっていない。俺が今、どんな惨めな思いでいるか。裏切り者、か。俺はこの汚名によって、死んだ後も永遠に尊敬を得ることはできなくなった。そうだろう？

姜鷹は正気に返ったように席に座り、声を落として、頼む、といった。俺には老父《ラオフー》がいる。本当に、もう年寄りなんだ。空瓶を回収して生活している。手は出さないでくれ。老父は常に、俺を母親から守ってくれたんだ。怒ると沸いた湯を背に浴びせようとする、あの母親から。

約束する、手は出さない、と低温は答え、席を立った。不思議そうな目付きでぼんやりと見上げる姜鷹へ、いずれ誰かがあんたを殺しに来るだろう、その前に逃げたらどうだ、と忠告した。

お前は何も分かっていない、と姜鷹はつぶやき、空のコップを口にし、小声で愚痴をいい始め、再び自らの内面へ墜ちていった。大通りに並べられた机の一つを前に座ったまま、立ち上がる気配もなかった。

携帯電話で白紙扇へ、裏切り者とは姜鷹のことだ、と教えた。

低温は姜鷹の老父の居所を、新しく配下となった李静《リージン》に探させた。出稼ぎ労働者である父親が工場の事故で死に、その際に幇会に入ったという李静はまだ少年と呼ぶべき年齢だったが、紅棍に気に入られただけあって、運動能力も頭の回転も申し分なかった。李静は丸一日掛けただけで、老父の住居を突き止めた。報告を受けた翌日、低温は、商店やレストランでスキミングさせたクレジットカードの情報を集めて白紙扇に届けた後、姜鷹の老父の許へ向かった。

古びた石の階段の両側に、煉瓦と板で造られた小屋が並んでいた。ほとんどの建物はトタン屋根の上に葺《ふ》いたビニールを石で留めており、それで雨の浸入を防いでいた。屋根から垂れ下がったビニールをめくり、李静に傘を渡し、低温は建物の中へ入った。明かりはなく、黴臭く、奥で人の気配がした。低温は挨拶するが、返事はなかった。雨が屋根を叩く音ばかりが室内に響き、次第にまた別の金属的な音も、低温の耳に入るようになってきた。

建物の一番奥に誰かが座り、ボウルと匙《さじ》を手に持ち、中のものを啜っていた。近付くと、老人がいた。低温のことを凝視し、ボウルの中のスープをゆっくりと口に運んでいたが、料理の匂いはしなかった。目が暗さに慣れてくると、枯れ枝のように痩せた老人の容姿と、室内でも被ったままの防寒帽が認識できるようになった。董焰炉に殺された老人の痩せた姿が、脳裏に蘇った。目前の老人が口を開いた。

また来たのか。息子のことを話せば、また金をくれるのか。

誰がそういった、と低温が訊くと、あんたじゃないか、違うのか、と老父はいった。あんたは、息子は幇の命令でしばらく遠くへいくといった、忘れたのか。

低温は誰が姜鷹の老父へそう説明したのかを考えながら、忘れていない、と返答した。川に消えた《義》の構成員が姜鷹の名を口にする前に、一瞬口籠もったのを思い出した。

外套から財布を取り出し、ありったけの札を抜き出して、老人の座る傾いたベッドの端に置き、姜鷹の取り分だ、と伝えて小屋を出た。李静の広げた傘を受け取りつつ、携帯電話を取り出して、張春へ通話を繋げた。《義》のコカイン売買を司る人間を拉致しろ、と命じると張春は驚いた声で、コカインを仕切っているのは幹部だ、それでは戦争になる、といった。低温は、俺が責任を持つ、いずれにせよ争いはこれで終わる、と答えた。

高所から流れて来る雨水とともに、低温は石段を降りた。

香主の店に着いたのは、《義》の幹部を山に埋めた翌日の昼食時だった。店の奥で自動二輪車のフロントフォークの錆を、李静が丁寧に紙鑢《かみやすり》で落としていた。その隣に頴がしゃがみ込んでいて、若者の作業を熱心に眺めていた。低温は二人に声をかけず、階段を登った。

香主は白紙扇と紅棍とともに、昼食の麵を食べていた。警察からの出頭命令は取り消され、幇には平穏が戻ったはずだったが、また別の緊張が円卓上を支配していた。

今回は《義》の長に龍頭の座を譲る他ないでしょう、と白紙扇が静かに香主を説得していた。あなたが警察に出頭していれば罪状を捏造され、逮捕されていた。出頭を取り消したのは《義》の人脈によるものです。あなたが《義》の長に龍頭の就任を譲れば、それだけで借りを返したことになり、さらに大きな見返りがあるでしょう。こちらの損はあり得ない。受けた恩を倍にして、相手に売る絶好の機会です。

香主は何も答えなかった。いつもと変わらない冷静な表情で麵を啜り、低温を一瞥して、用件を訊ねる風だった。姜鷹のことですが、と低温はいった。

その話はもう済んだ、と白紙扇が遮った。低温は外套からICレコーダーを取り出し、円卓の隅に置いた。レコーダーから、《義》の幹部の泣き声が流れ始めた。裏切り者の話をしていた。姜鷹と白紙扇の話だった。

白紙扇が立ち上がりざま、背広の上着から自動拳銃を抜いた。低温は素早く白紙扇の腕を払い、捻り上げて何本かの指の骨を折り、拳銃を床へ落とさせた。低温は白紙扇の体を突き飛ばし、椅子に座らせ、拳銃を拾い上げた。紅棍が、いつの間にたつかんでいた白紙扇の背広の上襟から手を離し、見事だ、と低温を褒めた。

香主は眠たげにも見える表情で、レコーダーの小さなスピーカーが発する《義》の幹部の独白に聞き入っていた。コカインの販売路と次期龍頭の座を白紙扇へ譲る取引の話が流れ、取引を表面化させないために、一人の男を幇会同士の間に挟み、その者に全責任を負わせようとする企ての詳細が流れた。責任者となる男は、すでに白紙扇が見付けている。幇の中で細かな不正行為ばかり働く男で、不正と老いた父を脅しの材料にすれば、何も断ることはできない。苦しまずに死なせてやる、とさえ約束しておけばいい。幇の内部でも鼻摘み者だから、その男の死を気にする人間は誰もいない。

低温は一秒間だけ瞼を閉じ、古い知り合いの魂のために黙禱した。

白紙扇は、与太話を信じてはいけない、と喚き出した。香主が嗄れた声で、黙れ、と命じた。低温へ、告白した《義》の幹部はどうしている、と訊いた。二度と姿は現さない、とだけ低温は答えた。香主は頷き、理解を示した。

告白の複製と、白紙扇の写真を《義》へ送る。龍頭の座はこちらに渡さざるを得ないだろう。渡さなければ、告白の複製を全ての幇会へ送る。香主がそう宣言し、低温へ片手を伸ばした。私が撃つ。この男にも私のために働いてくれた時期は、確かにあった。私が撃ち、片腕である白紙扇が死ぬ。これが互いの責任の表し方というものだ。

香主の手に自動拳銃を渡した。今日はもう休んでいい、と香主は低温へいった。御苦労だった。下にいる李静を呼んでくれ。新しい携帯電話を持っていたはずだ。それで、写真を撮らせる。

　低温は指示された通り、階段を降りた。一度だけ振り返り、席から立ち上がる香主と、床に跪《ひざまず》く白紙扇の姿を視界に捉えた。

　下の階に降りた途端、階上から銃声が聞こえた。自動二輪車を整備していた李静と穎が立ち上がり、振り返った。携帯電話で写真を撮れと香主がいっている、と伝えると李静は慌てて階段へ走り出した。低温が何かをいう前に、跡を追おうとする穎を李静が足を止めて諭《さと》した。低温と一緒に帰った方がいい、といい置き、一人で階上へ向かった。

　いくぞ、と声をかけた低温を穎が険しい瞳で見返し、頷いた。


　次の月、香主は龍頭となった。紅棍が新たな香主に任ぜられ、代わりに、低温が紅棍となることを命じられた。低温の所属する幇は少しずつ勢力を広げ、幾つかの他の幇会を吸収した。幇の利益は拡大し、最先端の産業——計算机《コンピュータ》や互聯網《ネット》——にまで絡むようになった。より繊細な商売の仕方が求められるようになったが、その一方で暴力は変わらず存在した。幇のための暴力こそ、低温の仕事だった。

　その日、穎は留学先から一時帰国していた。穎の二十歳の旧暦の誕生日を祝い、高層建築の最上階で二人きりの食事をするためだった。コース料理が中頃に入った時、低温の携帯端末《スマートフォン》が鳴った。香主からの連絡だった。

同胞が殺され、我々の社会が恥をかかされた、と香主はいった。社会の代表である幇会が恥辱を雪《そそ》がなければならず、幇会の紅棍として低温が海を越えて出向き、同胞の仇《あだ》を討たなければならない、と。

了解した、と答え、低温は乾鮑《ほしあわび》料理と紹興酒の食事に戻った。

潁は静かに料理を口に運び、香主からの連絡について、ひと言も訊ねなかった。

＋

低温は、波に揺られる船中の夢から目覚めた。子供の頃の夢だった。狭いソファーにもたれていた体を起こす。全身が疲労で痺れていた。

現実の景色も揺れていた。小型高速船の中にいる、ということを思い出した。混乱していた感覚が、瞬時に尖った。外に人の気配を感じたからだった。スモークフィルムが貼られた窓から、低温は外を窺った。黒い運河の水面、小さな起伏のラインが工場の強い明かりを反射し、不法係留船の輪郭が点々と見えていた。運転席の張春が身じろぎし、目を覚ましたようだった。動くな、と低温は張春へ命じた。

キャビン後部の扉が薄く開き、哥哥《ガーガ》、と呼びかける潁の声が聞こえた。低温は踵から引き出しかけたセラミック・ナイフを収め、

「外では、この土地の言葉で話せ」

　そう穎へ命じた。船内に入って来た穎は、一歩分ふらつき、低温の向かいのソファーの上にフルフェイス・ヘルメットを置いた。その隣に倒れるように座り、ひどく疲れた様子だった。

「你在干嘛《ニーザイガンマー》〈何をしていた〉？」

　張春の問いに、

〈隠れていた〉

　穎は両手のひらで顔を覆い、答えた。捜査機関の動きが激しく、何度も二輪車のライトを消して身を潜めていたから……

〈怪我は？〉

〈ない。でも〉

　手のひらを外し、小声で、

〈拳銃をどこかに落としてしまった〉

　張春が、こちらを見た。低温は軽く首を振り、

〈……構わない。銃身の曲がった銃だ。お前に前科はないから、身許まで捜査が届くこともない。このまま船で、国へ帰れ〉

　顔を上げた穎へ、

〈俺は残り、仕事を完成させる〉

〈駄目〉

動揺する穎を片手で制し、

〈俺は紅棍だ。が、お前は違う〉

口を開きかけた穎が、押し黙った。外へ鋭い視線を向けた。デッキに何かの重みが掛かっている。扉を開けて現れたのは、回仁だった。新しい自動二輪車を用意した、といった。付近で盗んで来たものらしき、円形に巻かれた金属製のワイヤを抱えていた。上機嫌に、操縦席の隙間にワイヤの束を押し込めようとする回仁へ、運転席から張春がいった。

〈穎を連れて、国へ戻れ〉

〈何をいっている?〉

〈俺は低温を手伝う〉

明かりを消した船内に、張春の深刻な声が小さく響いた。低温は、待て、と遮り、

〈もう街に戻ることはできないかもしれない。俺はすでに、覚悟をしている〉

〈一人では、無理だろう。が、二人でなら可能だ〉

〈香主はいったん戻れ、といっている〉

慎重な口振りでいう回仁へ、低温はかぶりを振り、

〈ここで帰っては、二度と機会はない。香主が俺を許しても、社会が許さないだろう〉

〈成功させる。わずかだが、そのための道具はある〉

張春が、運転席近くの床収納の扉を指差し、いった。

〈私も残る〉

穎が身を乗り出し、食い下がった。片手が、低温の手のひらに重ねられた。

〈兄さん、私たちはいつも一緒だった〉

薄暗がりの中で、穎の瞳の、それぞれの中心が見えた気がした。低温は、すぐには返答することができなかった。

k

対象について半日近く慎重に調べ上げた後、蜘蛛は捜査一課の女を殺すのにどんな薬物がいいか、熟考し始めた。

女の経歴は興味深いものだった。警視庁に在籍する、多額の債務を抱える内通者と連絡を取り、自動二輪車の全国競技大会の常連であったことを割り出し、ネット検索から女が過去に少しだけ記述していたSNSの残渣《ざんさ》を探し当て、出身の大学、高等学校、中学校、小学校を発見し、名簿屋に大金を払って、卒業アルバムと文集のPDFファイルを即座に送付させた。

入間祐希。腕利きの交通機動隊員であり、捜査一課員。自意識の強いその性質は、常に躁《そう》状態にあるようにも思える。考察を始めた当初、その攻撃性と突進力を評価の基準として、強い自己愛を人物像の中心に据えようとし、しかし蜘蛛は思いとどまった。俺にはこの女の魂が見える。

冷たい水の中に浸され続けた、イルマの魂が。

イルマの最期に相応しい薬物とは何か。自惚《うぬぼ》れと向き合うために、恐ろしい苦しみを味わわせるべきか？　躁の状態が虚勢の夢と教えてやるために、微睡みの中へ沈めてやるべきか？

照明を落としたビジネスホテルの一室で、奥行きの浅い机に置いたタブレットＰＣとキーボードを前に自分が興奮しているのを、蜘蛛は意識する。指の関節に、色が移っているのに気付いた。無意識に額を擦っていたらしい。汗をかき、顔の表面が浮かび始めている、ということだった。

あの女に必要なものは罰ではない、と蜘蛛は突然思い至った。覚せい剤を用いるべきだ。躁気分の女に興奮剤の投与、とは気の利かない冗談のようだったが、あの女の特徴的な攻撃性は、むしろ精神の逃げ場であり、内面を支える梁《はり》であり、夢想であり、だとすれば精神作用を高め、理想の状態に近付けてやることが、人生そのものと向かい合い、理解する最後の契機となるだろう。

熟慮の経過を数十万の文字として打ち込んだテキスト・ファイルを蜘蛛は保存せずに廃棄し、タブレットＰＣの電源を落とした。

足元の、アルミニウム製のアタッシェケースに収めたアンフェタミンを取り出し、イルマのための準備をしようと、蜘蛛は椅子から立ち上がった。

＋

蜘蛛は午前の面会時間の終了間際に、警察病院を訪れた。

高等学校時代の同級生という装いで、共通の警察官の友人から事故を聞いた、と伝えると受付の女性事務員は丁寧にイルマの現状を教えてくれた。交通事故による入院、症状は脳震盪《のうしんとう》、頸椎の捻挫、胸骨亀裂骨折。集中治療室にいったん運ばれたものの、呼吸器系、循環器系、中枢神経にも異常はないため手術は行われず、現在は東病棟、整形外科の個室で痛み止めを打ち、安静にしている……ただ警察官ということで、関係者以外面会謝絶という形になっているようです。

東病棟で改めて相談します、と蜘蛛は伝えた。手に持った果物の詰まった籠を少し持ち上げ、面会が無理なようでしたら、その時はこれだけをナースステーションに預かってもらい戻ります。そう説明すると事務員は、ほっとしたように微笑んだ。

エレベータを降り、病室へ向かった。廊下は静かだったが、面会時間の終了が近付き、無言の慌ただしさがフロア全体を満たしているようだった。

整形外科のナースステーションの前を過ぎ、蜘蛛は直接病室へと進む。大勢の人間と擦れ違ったが、不審そうな視線を送る者は誰もいなかった。蜘蛛は白衣の医師と擦れ違いつつ、残念なことだ、と考えていた。入間祐希という女を知ったばかりで、殺さなければならないとは。

イルマは冷たい魂を持っている。蜘蛛は自らの心の芯と、女の魂が共鳴しているように思えてならなかった。強い攻撃的指向性を持つ佐伯との間には、確かに共通項となる、拡大し続ける凶暴性を感じていたが、それはただ自己肥大に付随する腕力でしかなく、イルマの逆説的な攻撃性の方にこそ、今ではより本質的な近似を覚えるようになっていた。

だがその朧《おぼろ》げな関係も、今日で消滅する。彼女自身の不運のために。佐伯は間違いなく強運の持ち主であり、確かにそれも一つの力ではあった。時には他の全ての能力、技術を一掃するだけの力。

「入間」と書かれた紙の名札が、壁のプレートに差し込まれている。扉のノブには、面会謝絶、と印刷された札が掛かっている。扉を拳で軽く叩くと数秒置いて、どうぞ、と若い男の声が室内から聞こえた。一瞬、蜘蛛は迷うが、すぐにノブに触れ扉を開けた。

蜘蛛は動揺をうまく隠した。薄暗い室内には、介護ベッドで眠る人物以外にもう一人、丸椅子に座る何者かがいて、椅子から立ち上がり、会釈をした。背広姿の青年だった。蜘蛛はこの状況が当然であるように室内へ入り、静かに扉を閉めた。

「付添の方ですか」

と蜘蛛の方から声をかけた。はい、と相手は返答した。細面の若い男。身綺麗にはしていたが、どこか生気を失った様子だった。蜘蛛は続けて、

「麻布《あざぶ》署から来ました。交通課を代表して……うちの管轄内で事故が起こった、と聞いたものですから」

「ありがとうございます。私は警視庁捜査一課二係の……ウノと申します」

そう名乗った青年は背広の内から名刺入れを取り出し、中の一枚を差し出した。近寄り受け取った蜘蛛は紙面を確認しつつ、

「……申し訳ありません。私服に着替えたものですから、名刺入れを制服の中に忘れてしまいました。交通課のアキヤマです。後日、改めてご挨拶させていただきます」

全て偽の情報だったが、宇野は丁寧に頭を下げ、お気になさらずに、と応じた。

名刺を仕舞いながら、蜘蛛は病室を観察する。窓のカーテンは閉じられていて、天井の照明も消されていた。蜘蛛のすぐ傍に小振りな洗面台があり、その明かりだけが点灯して

いる。首を伸ばし、介護ベッドの様子を確かめる。仰向けで瞼を閉じる女がいた。イルマ。間違いない。点滴のスタンドがあり、チューブが夜具から出た片腕の、手の甲に接続されている。首には頸椎カラーが嵌められており、唇を薄く開き、寝息を立てている。鼻梁へ向かう眉の形は少し険しく、短い髪型と合わせ、睡眠時でさえ野性味を感じさせた。

全く残念だ、と蜘蛛は思う。お前は俺の内面どころか、姿も声も、名前すら知ることなく、死んでゆくのだから。それは互いにとって損失でしかないが、仕事は完遂させなければならず、避けることはできない。そして、完遂させるためには――

障害となるのは、目前の付添人だった。蜘蛛は外套の外ポケットに片手を差し入れ、小型のガス・ガンを握り締め、静かに撃鉄を起こした。小さな金属音に、ベッドの傍らに立つ付添人が反応したようにも見え、蜘蛛はより慎重にことを進めるべき、と自戒する。ガス・ガンの弾には一時的な記憶障害をもたらすアトロピン系アルカロイドを仕込んでいたが、酒宴の場でもない病室で用いては、不可思議な状況を作り出してしまうことになる。付添人の隙を見付け出すべきだった。蜘蛛は外套から片手を抜き出した。

イルマだけを。より自然な状況で。

「……容態はいかがですか」

そう蜘蛛は質問する。意識はあります、と宇野が答えた。

「ただ、体を強く打ちましたので……連日の捜査の疲れもあって、よく寝ていますね」

蜘蛛は目を細めて、スタンドから下がった点滴用のバッグとボトルを確かめた。生理食塩水。非ステロイド系抗炎症鎮痛剤……乳白色の液体、鎮痛の効果は軽、中程度。睡眠薬は配合されていない。宇野のいうように、イルマは医師や看護師と意思の疎通ができる状態にあり、多少の怪我はあっても重篤な状態には陥っていない、ということだ。静脈へ直接注射針を刺そうとした場合、イルマは途中で目覚めてしまうだろうか？　宇野へ、

「ずっと付き添っていらっしゃるのですか」

宇野はベッドから出たイルマの片腕をゆっくりと夜具の中に収め、溜め息をつき、椅子に座り直した。疲労の色が横顔に見えた。彼女は僕の上司ですから、といった。

「……失礼ですが」

滞在を引き延ばさなければならない。

「この方に、後遺症が残るようなことは……」

宇野はすぐには答えなかった。待つ間、蜘蛛は女の殺害方法を改めて思案する。イルマの片腕、肘の裏側に注射痕がないことは、すでに確認していた。そこに新たな痕を作るのは不自然だ。抗炎症鎮痛剤のボトルを見詰める。

生理食塩水に覚せい剤を混ぜるのは、希釈させるだけであり問題は生じない……だがそこに鎮痛剤が混合された場合、どんな反応が起こるだろう？　鎮痛効果と興奮効果の混交。予想外の反応が現れる可能性もあったが、恐らくその二つは同時に作用し得るだろう。

蜘蛛は片腕の中に抱えた籠の覆いに指を差し入れ、注射器を取り出した。ようやく宇野が口を開き、

「……その時は、その時です」

捜査一課の青年は振り返らず、

「一生面倒をみる覚悟は、あります」

致死量を超えるアンフェタミン水溶液の入った注射器を、蜘蛛は手のひらと手首の裏で隠した。焦るな、と自分にいい聞かせる。緊張で喉が渇き始める。もっとイルマへ近付く必要がある。

もう一度、蜘蛛は女の寝顔を見詰める。ゆっくりと薬物の成分が体にゆき渡る状態は快くもあり、微睡みの中、彼女は新たな薬物の混入をきっと拒否しないだろう。体には注射痕もなく、病院側も警察も、彼女の死を容態の急変、血圧の低下による循環不全と捉えるだろう。司法解剖に送られた時には原因を特定される恐れもあったが、いずれにせよ、それはずっと後の話だ。

外から扉を叩く音が聞こえ、蜘蛛の心臓が大きく鳴った。

宇野が立ち上がり、扉へと向かう。蜘蛛は位置を変えて道を空ける。思いがけない幸運の到来に興奮していた。静かにイルマへ近寄り、果物の詰まった籠を傍机に置いた。入り口では新たな見舞客が、何ごとか不満をいい立てている。荷物の受け渡しが行われたよう

だが、そちらへ意識を振り分ける余裕はなかった。点滴のスタンドに、軽くぶつかってしまう。背後は確かめず、素早くスタンドの前に立ち、入り口側から見えないよう、キャップを外した注射針を目の前に下がった抗炎症鎮痛剤のバッグのゴム栓に突き刺し、全ての水溶液を一気に流し込んだ。蜘蛛は止めていた息を吐き出した。

　人体への影響を観察できないことだけが残念だった。果物はここに置いておきます、と言い残して、そのまま室外へ向かおうとする。念のため外套の中で注射器を離し、代わりに小型銃《デリンジャー》を握り締める。宇野の脇を通り過ぎようとして、蜘蛛の足が止まった。

　正面から、宇野が蜘蛛を見据えていた。その手に握られた自動拳銃が蜘蛛の鳩尾《みぞおち》を狙い、低い位置で構えられている。


　どうなってんだ、と宇野の後ろで困惑する声が上がった。背広姿の、背の低い中年の男。もう一人、同世代の痩せた男の姿も見えた。宇野の足元の床には、小さな黒色の肩掛け鞄が口を開いたまま形を崩していた。

　室内の要素の、それぞれの繋がりと時系列を想像することで、蜘蛛はようやく事態を把握した。急速に興奮が冷めてゆく。

「……確かに、お前は、やけにゆっくりと喋っていた」

　蜘蛛は自らの声が、怒りで低くなるのを聞いた。

「銃が届くのを待っていたな。最初から、俺が何者か知っていたようだ」

　宇野は小さく頷いた。

「これは個人的な推測——というよりも、主任の考えに基づく方針なのですが——佐伯亭の動きには、極力注意を払っていました。麻布署に所属する同期の者に佐伯から目を離さないよう、依頼していましたから」

　蜘蛛は怒りを押し殺し、綻《ほころ》びの原因を探ろうとする。佐伯亭の不用意な言動から、来訪を予想されたのは間違いなかった。しかしそれも、佐伯に注目する、という捜査方針があっての話だ。主任とは、つまり入間祐希のことだ。イルマ。この女はすでに、佐伯の内面を見抜いていた、ということになる。宇野がさらに拳銃を突きつけ、

「外套から手を出しなさい。ゆっくりと」

　蜘蛛は考えるが、遊戯用小型銃でこの場を凌《しの》ぐことができるとは思えず、素直に従い、両手を軽く挙げてみせ、

「……拳銃まで持ち込んで警察官を護衛、とは大袈裟だ」

「上層部の人間も皆、そういっていましたよ。でも……説得してよかった」

　宇野の両目に力が入り、

「あなたは危険人物ですから……秦行信並びに、王来治《ワンライヂー》殺害の被疑者として、緊急逮捕します」

次の自らの行動を、蜘蛛は急ぎ選択しようとする。焦りの中でも、気持ちは冷えていた。背後の空間を意識する。アンフェタミンによって少しずつ死に向かう女がいる。ここで毒物を呷り、ともに何も存在しない世界へ消えてゆくのも悪い選択ではない、と思えた。心が、さらに冷たくなってゆく。

奇妙な感触があり、蜘蛛は足元へ視線を落とした。液体が革靴に沿って緩やかに流れ、水溜まりを作ろうとしている。蜘蛛は振り向いた。

「馬鹿みたいに突っ立ってないで、電気を点けて、カネモリ」

ベッド上で、イルマが上半身を起き上がらせていた。蜘蛛の内部で、再び怒りが膨れ上がる。女は手の甲に留置された器具から、点滴のチューブを抜き出してしまっている。床に先が落ち、生理食塩水と鎮痛剤とアンフェタミンの混ざり合った液体を少しずつ床へ流し続けていた。天井の照明が点き、微かに白く濁る液体が、より明らかになった。

蜘蛛は危うく、ベッドに座る女刑事へつかみかかるところだった。歯を食い縛り、辛うじて自制する。蜘蛛を名乗って以来、調合した薬物をこれほど粗末に扱われたことは一度もなかった。

患者衣姿のイルマが床と蜘蛛を片手で順に指差し、少し掠れた声でいった。

「こいつ、点滴に何か入れた」

i

手足の先まで疲労感が広がっており、背中から首にかけては打撲の痛みが鈍く籠もっている。それに、少しでも深く息を吸うと、胸の中に鋭い痛みが走った。けれど思考はそれなりに澄んでいたし、視力が霞《かす》んでいたりもしなかった。

「起きてたんですか」

宇野の質問に、

「これだけ皆で騒いでいれば、ね」

頸椎カラーで頭部を固定された状態は喋り難かったが、

「それに、点滴のチューブが急に揺れたしさ。咄嗟に捻って抜いたけど、たぶん正解でしょ。何か、小さな器具を仕舞うのも見えたたし。どう……」

男は何も答えなかった。軽く両手を挙げたまま、こちらを見詰めていた。感情の表れない両目に不穏なものを感じ、

「ウノ、油断しないでよ。カネモリ、応援を呼んで、すぐに。そこにいるのはフジイ? こいつに手錠を掛けて。念のために後ろ手にして」

階級の一つ下の、頬のこけた捜査一課員が慌てて動き出した。金森は何か小声で文句を

いった後、その場で携帯電話を取り出し、捜査一課へ連絡を入れた。鑑識も、と口を挟むとイルマへあからさまに舌打ちをしてみせたが、要請することは忘れなかった。イルマは男を睨み据えたまま点滴スタンドへ片手を伸ばし、チューブ同士を接続する器具の摘みを閉じ、床に液体が流出するのを止めた。証拠として、この点滴液は鑑識へ回す必要がある。

「ウノ、警棒は所持してる？　じゃあ銃を私に貸して。フジイ、所持品検査」

イルマの命令に、宇野と中年の捜査員はすぐに従った。藤井へは、何を持っているか分からないから慎重に、といい足した。藤井がこちらの指示にやたらと素直なのは、同年代の金森を殴り倒したところを目撃したせいらしく、それ以来、必要以上にイルマを恐れ、普段は目も合わせようとしない。

蜘蛛は天井のどこかへ生気のない視線を向けたまま、逆らう素振りはみせなかった。細身の注射器に続き、重たげな小型銃が現れた時には病室内に緊張が走ったが、すぐに遊戯用だと判明して、検査は続けられた。

財布とプラスチックケース、ハンカチ、ビニールに小分けにされたサージカル・マスクが二枚、文房具の折畳み式カッター――小さいために銃刀法には違反しない――が見付かった。携帯電話も携帯端末も、男は所有していなかった。確保後なんだから徹底的に、とイルマは注文をつけたが結局、それ以上の所持物が発見されることはなく、プラスチックのケースを開けると、中には幾つものカプセルが並んでいたものの、用途までは判断のしようがなかった。

検査の最中、イルマが気にしていたのは、男の所持品でも態度でもなかった。男の顔立ちを観察し続けていた。奇妙な印象だった。作り物のような顔。頸椎カラーを嵌め、患者衣の中に胸部コルセットを装着した自分の姿が迫力に欠けるのは分かっていたが、

「そこに座りなさい」

男の太股を銃の先で狙いつつ、イルマは命じた。声がまだ掠れている。

大人しく男は従い、イルマが指し示した丸椅子にゆっくりと座った。宇野が小さく溜め息をついて、肩の力を抜いたのが分かった。

何かおかしい、とイルマは再び思う。警戒を緩めるな、と自分にいい聞かせた。この男は何か、表面には現れない場所に、幾つもの危険な要素を秘めているように思える。

「名前は」

イルマが男へ訊ねると、

「……クモ」

「どんな字を書くのさ」

「節足動物だ」

「それって名字なの、それとも名前?」

「どちらでも」

「歳は」

「三十程度だろう。正確には覚えていない」

「……あのさぁ」

こいつって、単なる自尊心の塊？　それとも現実感が希薄なわけ？

「最近は、何でもかんでも黙秘、って奴がいるんだけどさ、結局証拠が揃えば、そんなの無意味なんだって。この期に及んで犯行の否定なんて、馬鹿馬鹿しいだけ」

「いつ俺が、自分の仕事を否定した？」

わずかに、《蜘蛛》を自称する男の語勢が強くなった。教え諭すように、

「俺の仕事は常に、繊細に支えられた天秤の端にある。天秤から落ちることもある。だが、そうなったから価値が消える、という単純な代物じゃない。今回、俺はお前を殺そうとして、しくじった。だから、何だというんだ……機会そのものが失せたわけじゃないし、俺の熱意が消失することもない。薬物に関する化学式も変わらずこの世に存在し、お前もまだそこにいる。変化したものは何もない。つまり状況は、これまでと変わらず変化を待ち続けている、ということだ。例えば……薬物による、劇的な変化を」

頭部を固定されていなければ、首を竦めてみせるところだった。まともに話のできる人間じゃなさそう。

「……私を殺そうとしたことは認めるわけね？」

「そう聞こえなかったか?」

「秦行信と、王来治に関しては?」

「否定も肯定もできないな。その二人の名前を、俺は覚えていない。俺は対象を普通、写真を基に記憶する。写真のない場合は、当然名前が必要だ。お前のように」

「これまでに何人、殺したの……」

「さあな。俺は記録を残さない。質問をされたら思い出すだろう。普段は考えることもない」

「それは……」

宇野が質問を挟み、

「自分自身を理解できていない、という意味ですか」

蜘蛛は宇野を見やり、

「理解できる、といったら嘘になる。が、あんたは同じ質問をされてどう答える?」

金森が話に割り込み、

「いつからてめえが異常者になったのかは、覚えているかい」

蜘蛛は金森を一瞥して、

「お前はどうだ? いつから無能になったのか、覚えているのか?」

いきり立つ金森を藤井が止めた。蜘蛛はせせら笑い、また天井を見上げ、

「質問は正確に行うべきだ。正しい質問でなければ答えようもない」

蜘蛛は言葉通り、訊かれたことには答えたものの、話の焦点は常にずれているようで、さらに時々、観念的な主張に脱線した。嫌気の差したイルマは聴取を宇野と、やたらと口を挟みたがる金森に任せ、再び蜘蛛の表情を観察することに集中し始める。イルマは、違和感の正体を見極めようとしていた。痩せた顔立ちには、時折細かな皺が生じる。何かが、常に不自然だった。

そうしているうちに、捜査一課の二係から二名の捜査員が応援として病室にやって来た。それだけの人間が個室に集うと空間も手狭に感じられたが、突発的事態への対応力が増したのも実感することができ、イルマは自動拳銃にセイフティを掛け、脇に置いた。もう充分だ、と金森がいい出した。目に見えて、苛立ちを募らせている。

「連行する。鑑識を待つ必要もないだろう」

といって蜘蛛の体に触れ、立たせようとする。安堵の気配が室内に流れ出し、一瞬、蜘蛛と目が合い、その時になって男の不自然さの正体に、イルマは気付いた。

男の額の辺りに何か模様のようなものが、薄らと見えている。なぜ、こんな単純な事実に今まで気付かなかったのだろう？　たぶんその色味を私は、単なる男の体質の顕《あらわ》れとして、ほとんど無意識のうちに思考から除外していたのだ。

「後は勝手にやりな」

と金森はこちらへいったらしく、

「イルマ、これは貸しだぜ」

「ウノ、TV台の私のホルスターバッグを……何？」

金森は鼻で笑い、

「貸しだっていってんのさ。俺の持って来た装備品で、お前は何とか体裁を保っていられるんだからな。銃がなけりゃあ、お前はただの怪我人だ」

「……手紙の内容と、手紙を配達する人間は関係ないでしょ」

「そういう考え方は、よくねえな。働く人間に敬意を示さねえと」

面倒臭い奴。腹立たしいことに、金森の話には少しだけ正当性を感じる。ほんのわずかだけど。

「ウノ、私のバッグを取ってったら……ちょっと、まだこいつを連行しないでよ。その中に小さなボトルがあるでしょ。それ、クレンジングオイルだから、それでこいつの顔の化粧を落として」

蜘蛛の眼球がイルマを見た。薄く笑ったようだった。化粧？　と宇野が訊き返す。

「こいつはまだ正体を現していないってこと。これ、所持品検査の続きだから。遠慮はなし」

宇野が塵紙《ちりがみ》にオイルを含ませ慎重に、丸椅子に座り直した蜘蛛のこめかみの辺りに当てた。軽く拭くと肌色が消え、生々しい赤が現れ、それが本物の筋肉のように見え、驚いた宇野が身を引き、思わずイルマは息を呑んだ。

蜘蛛の笑みが広がる。

ひと拭きするごとに、隠された蜘蛛の素顔が露になった。表皮が溶けてゆくのを観察するようだった。筋繊維に絡まれた頭蓋骨が出現した。宇野が何かに気がついた。やや長い頭髪の、額の生え際の部分をつかみ、頭皮を剝《は》ぐように後方へと捲《めく》った。金森と藤井、応援の捜査員たちの口から呻き声が漏れた。イルマの首筋の産毛が逆立った。

蜘蛛の頭部は、頭蓋骨の上端を切り取る形で、灰白色の脳が剝き出しになっていた。頭蓋骨と筋繊維。灰白色の大脳。笑み。

写実的な刺青が、頭部全体を覆っている。喉の辺りにも骨の模様が見え、刺青は首元まで繫がり、たぶん、さらに胸部や背部にまで広がっているのだろう。あるいは、全身の隅々にまで。肌色の化粧を落とした蜘蛛はまるで、生ける屍《しかばね》のようだった。

屍が、イルマへ微笑みかける。


病室内が、静まり返った。

——過大評価するな。

イルマは内心、そう自分を戒めた。蜘蛛の頭部を覆う筋繊維と頭蓋骨、頭頂部から覗く大脳の刺青は、男の病的な内面を最大限に誇示していた。けれど、それは目眩《めくらま》しに等しく、刺青が男の肉体を強くすることも、その精神をより凶暴化させることもあり得ない。

そう考えても……

蜘蛛の微笑み。イルマは、相手を冷静に観察することができない。その解剖図のような模様が、霊的な効果を持つヴェールに見える。男の精神の異常性を証明する、何かに。

「お前の考えていることが、分かる」

蜘蛛がイルマを見詰めたまま、口を開き、

「刺青など虚仮威《こけおど》しにすぎない、と己にいい聞かせている。人物判断の基準にするべきではない、と。だが、それはどうかな。自分が何者か決意しろ、とココ・シャネルもいっていただろう……この装飾は、俺が俺であることの決意表明なのさ。お前になら、分かるはずだ」

イルマは介護ベッドの上で、自分が身を引いていることに気付いた。脇に置いた自動拳銃の銃把を、再び握り締めていることにも。何か、嫌な予感がする。不安を打ち消すためにも、改めて聴取を始めようと、

「あなたは、佐伯亭と繫がっている」

平静を保とうと努めながら、

「これは、正確な情報でしょ……」

蜘蛛の唇の間から不自然なほど白い前歯が見えたのは、笑みを広げたせいらしく、

「その通り。俺は佐伯亭の兵隊だ」

簡単に口を割ったことに、イルマは驚いた。室内の捜査員全員が共通の感想を持ったようだった。応援員二人が、互いに顔を見合わせた。

「では、あなたから見ての、佐伯亨の人物像を教えてくれる……」

「尊大な男。肥大化し続ける人格。世界には、自分の他に重要な登場人物が一人も存在しない」

蜘蛛は滔々《とうとう》と語り、

「人の心情と同期することができない。異性に対しては、学生時代から変わらず、装飾品として以外の価値を認めていない。結婚経験はないが、認知した子供は一人、存在する。形式的な認知にすぎず、それもずっと以前の話で、金銭のやり取り以外の関係は、すでに切れているらしい。笑顔も丁寧な態度も繰り返すことで身につけた演技でしかなく、自己の肥大化を隠す手立てとしている。情報産業界の雄として振る舞っているが、企業経営も自己表現の手段でしかなく、本質は人目を引くことにあり、全ての活動は自己顕示欲から派生する、実際は自意識過剰な怪物的幼児でしかない。佐伯亨の人格形成には、父親が大きく関与している。家庭内暴力と過剰な平等思想の中で育ち、その反動が佐伯亨を作り上げた。周囲との差別化、優位に立つことのできるものであれば、スポーツであれ事業であれ、何事にも熱中する。経済的な差別化に集中し始めたのは、大学在学中のことだ。それ以来、佐伯亨の上昇志向は緩む気配もない……そして、佐伯亨は己の性質を自覚している。隠さなければいけない、という意識があり、隠す努力を自らに課している。世間的な評価に敏感でありつつ、無頓着でいる体裁を巧みに演じている……」

呑まれている、とイルマは感じる。室内の空気はすでに、蜘蛛を中心に動いている。金森でさえ、口を挟むことができずにいた。気味の悪い感覚。振り払おうと、

「佐伯亭にとって」

硬い口調を作り、

「他人の死は、何を意味するの？」

「何も」

蜘蛛はわずかに面《おもて》を上げ、

「ペンのインクが切れ、使い物にならなくなるのと、そう意味は変わらないだろうな。人の生死をコントロールすることに何の躊躇《ためら》いもなく、後悔もない」

「佐伯亭との、共謀関係を認めるのね」

「奴が対象を決定し、どう扱うかは俺が決める」

「排除の対象は、仕事上の競合相手？」

「基本的には、そうだ。佐伯は対象を商売の邪魔者として純粋に捉えているつもりだろうが、実際には必要以上に、奴は感情的だ。他人の死には無頓着だが、自らの精神活動に対しては敏感に反応し、好悪の情で人が死ぬこともあり得る。ひと言でいえば、憂さ晴らし

けど」
「まるで佐伯とは違いあなたには、人の死に対して躊躇いや後悔があるみたいに聞こえる
顎を引いて蜘蛛の瞳を覗き込み、
「さっきから聞いてると」
のようなものさ」

「後悔はない」

蜘蛛の方も、後ろ手に手錠を掛けられたまま身を乗り出し、

「ただし躊躇はある。どの薬物が相手の死に最も相応しいか決定するのは、難しい作業だ。この決定に、絶対解はあり得ないんだ。そうだろう？　わずかな情報で、判断しなくてはならないのだから。結果、最適解としての薬物を選ぶことになる。そこで俺が感じるのは、対象が死に至る際に見せる、瞬間的な生だ。他の薬物を使った時には、また違う反応が得られるだろう。だが、それは選択されなかった状態だ。選択外の反応を想像し、後悔するのは意味がない」

「……瞬間的な生、ね」

イルマは鼻で笑い、

「自分が、死人みたいな格好をしているから？　他人の生が羨ましいわけ？」

「お前なら知っているはずだ、イルマ」

蜘蛛の表情から笑みが完全に消え、

「生命こそが本物の毒物であり、呪いであることを。俺が薬物で自殺を図ったのは、遠い昔の話だ。知識もなく……ただ眠剤や煙草を、手当たり次第に呑み込んだ。その時の強烈な体験は、忘れることができない。救急車の中でも胃洗浄を受ける治療室でも、俺は苦しみにのたうち回り、急速に失われる体温を感じ、ひたすら自らの死を願った。引き止めていたのは俺自身の生命力だ。生命こそが、俺に最大限の苦しみを与え続けていたのさ。いいか、これこそが真理だ。薬物は死と伴走し最期の瞬間、生命と衝突して、その正体を明らかにする。俺の全身を覆う刺青は、死を表しているんじゃない。死の間際、最も生命が光り輝く瞬間を表している。よく見ろ、イルマ。俺を見ろ。俺とお前の違いがどこにあるのか。何もない。心を静めて、よく観察するがいい」

「変態の考えていることとなんて……」

「お前になら、分かるはずだ。公平にいこうじゃないか。お前は残酷にも俺の正体をこうして、露にした。では、お前の正体はどうだ？　それを明らかにする度胸はあるか？」

私の正体？

「……何がいいたいのか、分からないんだけどさ、それよりも忘れないでね、あなたは被疑者で、私たちが警察官だってことを。あなたは今、聴取を受けている最中で、お互いを知り合う素敵な機会が設けられた、って状況じゃないことを。いい？　私たちが知りたいのは、あなたと佐伯亭との……」

「快活で、運動神経のいい女生徒。同級生の、誰もが同じ人物評をしている」

蜘蛛はイルマの警告が聞こえないように、

「その印象は、小さな頃から学生時代を通じて、周囲の共通認識となっている。中学高校の間、何度か陸上の県大会にお前の名前が記録されている。お前自身の自己認識も、この辺りが基盤になっているのではないかな。優秀な女子生徒、といえるだろう。そして、平凡でもある。お前はたぶん、その日常を幸福と捉えていたことだろうな……が、高等学校で奇妙な変化が表れる。髪を突然、男子生徒のように短く切ったことだ」

蜘蛛が何をいい出そうとしているのか、イルマにも分かり始めた。警戒心が膨らみ、首筋が強張り、うまく話を遮る言葉が出てこない。

「参加していたSNSの更新も、この頃から完全に中断する。理由はどこにも明示されていない。だが、示されていないだけで、断片的な情報、特に、お前に同情的な同級生の作文、ネット上の記載を総合すると、お前の変化がはっきりと分かる」

こいつ。銃把を握る指が痛く、イルマは自分の手に力が入りすぎているのを知る。

「弟が、死んだな。小学生の弟が。お前はすぐ傍にいた。海水浴中の水難事故……新聞にも載っている。お前の生活様式、写真に残るお前の表情、陸上競技の記録、書かれた文章……全てが、この時点で変化した。表面上はもちろん、変化を隠している。実に健気な性格だ。だが、明らかにお前は変わった。より考えが刹那的になり、衝動的になり、悲観的になった」

蜘蛛は前屈みになり、その分だけ頭蓋骨の刺青で覆われた顔面をイルマへ近付け、

「俺には、お前の正体が分かる。お前は、常に弟とともに存在するつもりでいる。一体化しようとしているんだ。だから常に、髪を少年のように短くしている。あの時以来、女性らしい格好をすることはなくなった。柔らかい色の生地。風で裾の浮くような服装……長く着た覚えがないだろう？　恋愛に対しても淡泊に、いや、冷淡になったな。自覚しているか？　それとも、弟の死を心の底に封印しているのか？　そろそろ、理解した方がいい。お前の中に、弟が同居しているんじゃない。お前の魂はあの時以来、弟とともに冷たい水底《みなそこ》に沈んだままなのさ。お前の検挙成績は、捜査一課の中でも異常だよ。その動機を自分自身、理解しているか？　俺とお前は完全に同類なんだ。お前は常に、死に向かって走っている。死を恐れず、むしろ憧れ、常に最期の瞬間としての現在を生きている。分かっただろう？　お前の自己愛の強い人格は虚勢でしかなく、その自暴自棄の傾向は、むしろ自らを無価値なものとして消し去ろうとする無意識に由来しているんだ。そして、一番重要なのは――」

蜘蛛の、不自然なほど白い前歯。

「――この状態、つまり今が一番お前にとって幸せな時だってことさ。弟の死によって、

お前には最高の幸福がもたらされた。瞬間的な生を生き続けることができるようになり……」

何か、硬い金属の弾ける音を聞いたような気がした。イルマは、自分が夜具を蹴り除け、強引に起き上がり、蜘蛛へと飛びかかるのを頭の中を真っ白にするほどの怒りの中で、辛うじて認識していた。言葉にならない自らの咆哮《ほうこう》、怒声も微かに耳に入っていた。

蜘蛛を蹴り飛ばして床へ倒し、薄いズボン越しの膝を鋭角に曲げ、相手の首筋に乗せて体重をかけ、自動拳銃の銃口をこめかみに押し当てた。すぐに背後から拘束され、引き離され、それでもイルマは怒りに燃える息を吐き出し、

「ふざけやがってっ。この変態野郎」

少しでも蜘蛛へ近付こうと暴れ、

「てめえの口を、二度と開けないようにしてやるっ」

落ち着いてください、という背後の宇野の声が遠くに聞こえた。イルマは自分が泣き叫んでいることに気付いていたが、どうしようもなかった。叫ぶのをやめるとまた蜘蛛が、食材の魚でも割くように、自分の内面を鋭く暴き立てるように思えた。頭蓋骨と筋繊維を模した頭部が床の上で、満足げな笑みを浮かべていた。立て、いくぞ、と金森たちに促され、蜘蛛は支えられて立ち上がり、両目を見開いて、安心しろイルマ、といった。

「お前を救ってやる。この世界が表面的であることに、俺も我慢がならない。本質を探ろ

うじゃないか。この世界には、俺とお前がいればいい。それで、完璧になる。必要なのは、俺とお前の居場所だ。俺が世界を創ってやる……」

イルマは蜘蛛の言葉を遮って、怒鳴りつける。蜘蛛は腕を引かれるまま、こちらから視線を離さず、病室を出ていった。イルマは閉じた扉を見詰め、啜り泣き、ようやく緩められた宇野の腕を離れて、介護ベッドに腰掛けた。病院内の職員から事情聴取します、と気まずそうにいって、病室を出る応援員二人のもの音を、意識の隅で聞いた。イルマは俯き、両手で顔を覆った。

自分自身の醜態が、信じられなかった。悔しく、けれどそれ以上に、突きつけられた自らの内面に動揺していた。認めたくはなかったが、反論の言葉は何一つ、心に浮かばなかった。

――馨《カオル》。

たった一人の、歳の離れた弟。

思い出すのは、色白の、こちらを素直に見上げる顔。カオルはいつも、私のすることに不思議そうな表情をした。

取得したばかりの、五〇ccの運転免許を見せた時も。一度だけ、煙草を買って、自分の部屋でむせながら吸っているのを覗かれた時も。TVドラマを一緒に観ながら、警察官になろうかな、とつぶやいた時も。

どうして、とその度に訊ねられ、イルマは曖昧な、それらしい返事をし、カオルは頷いて、ただそれだけの場面だったが、その一連の光景を今でもはっきりと思い出すことができた。

閉じた瞼の裏に、色のない海の広がりが見えた。風景は眩しく、細部は曖昧で、砂浜に立つイルマは炭酸飲料のペットボトルを片手に持ち、友人の姿が海面の所々に見え、気がつくと、カオルの姿がどこにもなかった。

誰も、弟の傍を離れたイルマを責めたりはしなかった。岩場の陰に流れ着いたカオルを見付けた海難救助隊員も、警察官も。いつもはイルマの言動に口煩い父親も。ビニールシートに乗せられた、カオルの青白い体色。夢の中でイルマは、そっちでカオルをつかまえてね、と母親へ頼み、母親は抗癌剤《こうがん》の副作用でむくんだ顔に寂しそうな微笑みを浮かべ、頷いた。

別に封印していたわけじゃない、とイルマは考える。カオルを忘れたこともない。それでも。

カオルの死の影響がどれくらいのものなのかを、想像したことはなかった。

改めて考えるなら……警察官を目指したのはたぶん、カオルと交わした会話を約束と捉えて実現しようとしたから。交通機動隊員を志望したのも、初めて購入した五〇㏄をカオルが格好いいと褒めてくれたせいかもしれない。常に死を意識し、その場所へ近付くことに憧れのような気持ちを抱いているのも——否定しようがなかった。
イルマは引き寄せて抱きかかえた両膝に額を押しつける。胸の中に、鋭い痛みが走った。

——心が潰される。

思い浮かぶのは、不思議そうに見上げる少年の顔。

＋

鑑識員が到着した頃にはもう、涙も乾いていた。事情聴取から戻った応援員二人の問いかけにも、鑑識員たちからの質問にもイルマは淡々と返答した。全身がだるく、首と胸骨付近の痛みと交わって体の重みとなり、重力が増したようにイルマの姿勢を傾かせた。涙を流した分、体温も失ったように思えた。何も感じず、時間の経過も意識しなかったが、鑑識作業も室内での聴取も、そう時間はかからなかったらしい。宇野が横から丁寧に説明を補足してくれた、ということもあるのだろう。
鑑識員と捜査員が退出し、再び室内がしんとした。横になってください、照明を落とします、と宇野がいった。一五メートルがレッドラインなんだってさ、とイルマは返答した。

「木登りをする連中の間では、そういわれているんだって。地上一五メートルを超える高さから落ちると、即死する可能性が高くなるって。きっと少し足りなかったんだ……私は」

「レッドライン……」

「危険な状況でしたが、アルミ製の化粧屋根がうまく衝撃を吸収してくれました」

「……ムトウの奴は？　二輪で転倒して、あいつ、片腕が動かなかったみたいだけど」

「前腕に散弾の一発を受けたそうですが、縫合も無事に終わり、入院の必要はないと聞いています。すでに分駐所に戻り、抗生剤と鎮痛剤を飲んで腕を吊ったまま書類を書いている、とか……主任こそ、体の具合は？　吐き気や目眩《めまい》は」

「……別に。普通」

いつの間にか脇に置いた自動拳銃がなく、洗面台の傍に立つ宇野を確かめると、上着の内のホルスターに収められた様子が窺えた。

――俺とお前は完全に同類なんだ。

蜘蛛の言葉が、脳裏で再生される。宇野の指示に素直に従おうとしていた気分に、苛立ちが芽生えた。まだこの事案は解決していない、という事実に気がついた。

「……冗談じゃない」

小さくつぶやくと、宇野が、何ですか、と訊き返しながら寄って来た。イルマは部下の背広の襟をつかみ、

「佐伯亭襲撃の、主犯」

驚く宇野を目の前まで引き寄せ、

「確保は？　佐伯亭自身は、蜘蛛の供述調書から証拠を積み上げて、確実に起訴することができる。それで、もう一方はどうなったの？」

「依然、捜査中です。現在、予想逃走ルート上の監視カメラを、捜査員が総出で確認していますが……主犯は追跡捜査を想定して細かな道を選んだらしく、余り映像は残されていません。郊外まで脱出されてしまうと、今度は設置されたカメラ自体が少なくなりますし……」

「ハッチバックごと引っ繰り返った奴は？　怪我はどう？」

「全身に打撲はありますが、骨折も裂傷もありません。エアバッグに守られたようです。主任の方がずっと重傷ですよ。治療ののち、現在は所轄署内に勾留されています」

「聴取は進んでいる？　奴らの素性ははっきりした？」

「続報を確認しなければいけませんが……口は重いようです。リー、という名前だけは証言したそうですが、本名かどうかは」

「主犯が逃げたことを、知っているのね」

「そのようです。やはり主犯についての質問には、完全な黙秘で応じている、と。組織犯罪対策部《ソタイ》が黒社会との関連を洗っているところですが、今のところ、確実な話は何も明らかになっていないようです」

「要するに」

イルマは、苛立ちを緊張へ変換しようとする。

「そっち方面の捜査は全然進展していない、ってことだよね。私の出番はまだあるってこと……」

主犯を捕まえ、佐伯亭襲撃の理由を聴取して、佐伯を取り巻く反社会的勢力とそれに敵対する組織の全貌を暴き出す。それが、私の仕事。

これまでも。これからも。

イルマは背広の襟から手を離し、ベッドを降りて患者衣の上着を脱ぎ捨てた。胸部を固定する白いコルセットを見下ろし、その不格好な姿に舌打ちをして洗面台傍の小さなロッカーに歩き寄り、扉を開けると、内部ではライダース・ジャケットやインナーやデニムが丁寧に掛けられている。

「痛み止めの錠剤」

身動きし辛い上半身を無理やり動かして長袖のインナーを着込みつつ、

「それと、もっと小さな頸椎カラーも。これじゃあ二輪の運転どころか、警察車両《PC》に乗っても、後方確認すらできないし」

「……捜査に出るつもりですか」

いたイルマは、素直に従う部下の態度を意外に思う。一人きりになれたことにほっとしたが、すぐに周囲の壁がゆっくりと押し寄せるような孤独感を覚え、そう感じる自分が歯痒《はがゆ》く、腹立たしかった。

「ちょっと、着替えてるんだから、早くあっちいってよね……」

了解しました、と静かにいって宇野が病室を出ていった。強い反対があるものと思って

胸から首にかけての鈍痛に一瞬、顔をしかめ、

「当然でしょ」

衣類を抱えてベッドに運び、腰掛け、歯を食い縛ってデニムを穿《は》き、ブーツに足を差し入れる。前へ、と小声で唱えた。

立ち止まらず、前へ。止まってしまっては、私は背後からの重みに押し潰されてしまう。佐伯亭襲撃犯の確保。それ以外のことは考えるな。

すぐに不安が湧き起こった。本当に可能だろうか？　捜査一課は今、全力を挙げて主犯を捜索しているはずだ。散弾銃を発砲する危険人物。銃を全て押収したとしても、野放しのままでおくはずがない。その中で、今の私にできることが実際に存在するだろうか。

イルマはある人物を思い出す。あいつが、あの時いったのは……

ライダース・ジャケットに両腕を通し、立ち上がる。急な動きをすると、体の芯を歪めるような気味の悪い痛みが発生する。鎮痛剤の完全に切れた状態を想像しそうになり、イ

ルマは自分自身を鼻で笑った。体を労る理由などどこにもない、ということを。

私は、走り続けなければいけない。蜘蛛のいった通りに。

深く息を吸い、瞼を閉じる。

s

自室で目覚めた佐伯は呻き声を上げた。不快さが、胃の中でとぐろを巻いている。通常であればベッドを降りてすぐに、目線の高さで広がる空模様を直接確かめるところだったが、今日は念を入れて窓の傍には近寄らず、カーテンは引かずにおいた。

帰宅してから、二時間も経っていなかった。昨夜の事件とその後の聴取の疲れは消えていなかったが、シェヴロン・グループの総師として、休んでいる暇《いとま》はなかった。夜に開始される決算説明会へ向け、意識を切り替える必要がある。

佐伯は冷蔵庫からプロテイン飲料を取り出し、キッチン・カウンターに座って飲み干し、携帯端末で業務連絡を確認しながら、日常に同期しようとする。うまくいきかけた時、奇妙なテキストに気がついた。秘書の見島からの知らせ。

s連絡……kの拘束。仕事は未完成。約束は守った。

佐伯は低く唸った。ｓは密偵——この場合は、警視庁内部の——を表し、ｋは蜘蛛の隠語だった。見島からのメールは、蜘蛛が標的イルマを始末し損ねて警察に確保され、しかし毒物を呷って自決した、という内容を知らせていた。佐伯はすぐにメールを削除した。そして、考え込んだ。

蜘蛛が毒を呷ったのは俺との繋がりを隠すためだ。約束通りに。あの牝狐を仕留められなかったのが負の要素だとしても、この状況をシェヴロンにとっての、根本的な不都合の発火と考えるべきだろうか？

何も変わらない、と佐伯は思う。始末屋が一人死んだ、というだけのことだ。あの男には御しきれない薄気味の悪さがあり、ここで接続が切れたことは、むしろ幸運と考えるべきなのかもしれない。携帯端末をカウンターに置いた。

今、気にかけるべきは襲撃者の方だ。襲撃者の件が解決しない限り、日常の回復などあり得ない。心の底には今も——認めたくはなかったが——恐怖が確かに沈殿している。

護衛組織を至急設立するべきだろう、と思う。襲撃が立て続けに行われるとは考えにくいが、二度と起こらないと断定することもできなかった。公的機関の警護がどれほど当てになるかも分からない……いや、それよりも。

佐伯は考え方を変えようとする。黒社会を宥《なだ》めるべきかもしれない。

高価な貢ぎものが必要となるだろうが、捩れた現在の状況を素早く解きほぐすには、結局はそれが最も安上がりで最も安全な方策なのではないか。奇妙なのは襲撃の件に関して、この国の裏社会の人間たちの反応が鈍いことだ。勝手に自分の庭で暴れた異国の組織に対して、寛容すぎるように思える。

勝手、ではないとすれば。

そもそも黒社会が、王殺害を命じたのが俺だとなぜ知ったのか。幾ら黒社会といえども、異国の地で起こった事件をこれほどの短期間で独自に調査し、正確に把握するのは不可能なはずだ。つまり、黒社会へ情報を与えた人間がいる。あるいは組織が……ならば。

思考が高速で回転し始める。黒社会はこの国の組織よりも、遥かに利に聡《さと》い。組織を間に挟むのではなく、むしろ直接交渉する方が――

佐伯はカウンターを離れた。スウェット姿から、シャツとスラックスに着替えつつ、蜘蛛のことをふと思い起こした。始末屋としての卓越した腕前と、男の死を。そしてすぐに、今夜の決算説明会が佐伯の脳裏を占める。

今日の株式会社シェヴロンの第二四半期決算説明会は、ネット放送局を通じて動画中継することが決定している。営業利益、経常利益、純利益、連結業績の発表ののちには今後の主要事業、Ｗｉ－Ｆｉルーターを無料配布する独自ネットワークの構築について、その具体的内容を解説する予定であり、シェヴロン・グループにとって重要な説明会となるはずだった。

携帯端末で時刻を確かめた。同じ建物に住む見島は定刻通り、一階のロビーでこちらの出勤を待っていることだろう。見島が業務時間中、佐伯の傍を離れることはない。佐伯も、たとえ勤務外であっても秘書を極力手元に置くようにしていた。それは佐伯が、見島を自らの一部と捉えているからであり、秘書もその扱いに異を唱えたことはなかった。

部屋の外に出ると、扉の両側に待機していた二人の身辺警戒員が折畳み椅子から立ち上がった。予定通りに行動されますか、と訊ねられ、佐伯は無言で頷いた。不快な思いは、表情に出さないよう努めた。警備部警察官《SP》ではなく、ただの身辺警戒員が警護につく、という警視庁の措置が気に入らなかった。過去には経団連の会長がＳＰに護られた時期もあったというのに、自分には本来暴力団対策の一環でしかないはずの身辺警戒員が割り当てられた、という事実は佐伯にとって屈辱以外の何ものでもなかった。

エレベータに身辺警戒員とともに乗り込んだ佐伯が無言で唱えたのは、もっと上へ、という短い言葉だった。襲撃事件により俺は今、確実に世間からの注目を浴びている。シェヴロンにとって最高の宣伝となった、といえるだろう。

至上を目指すために、今夜の決算説明会は大きな足掛かりとなる。

聴衆の騒めきが、遠くから聞こえてくるような気がした。笑みを隠すために、俯いた。

k

蜘蛛はエレベータ内の壁面に額をつけ、自らが落とす影の中の、細かな擦り傷を見詰めていた。背後から腰縄を引かれ、壁を離れて捜査員たちとともに警視庁の二階へ足を踏み出した。

警視庁内部は蜘蛛が想像していたよりも静かで天井の照明も暗く、全てが灰色に見えた。複数の警察官に取り巻かれたまま、何の装飾もない部屋に案内され、そこで腰縄と手錠を外され、服を全て脱ぐよう命じられた。蜘蛛は逆らわなかった。外套や背広の上下やシャツを脱ぐと、隠されていた箇所の刺青が剝き出しになり、警察官たちが無言で驚くのを、感じることができた。下着まで脱ぐよう命じられ、性器に彫った筋繊維が晒された。首や手の甲、ファンデーションを塗った部分は、丁寧に化粧水で拭き取られた。

身体的特徴を書類に書き込もうとする若い制服警察官は、困惑した表情を何度も上司らしき初老の男へ向けた。結局は、全身の刺青のうち目立った模様を記録することにしたらしい。蜘蛛が欠伸を嚙み殺していると、真っ直ぐに立て、と年嵩《としかさ》の警察官から怒声が飛んだ。書類の筆記が完成するには時間がかかった。

蜘蛛に、今後のことを考える余裕が生まれた。同時に、憂鬱な気分が蘇った。

蜘蛛には果たさなければならない約束が二つ存在し、一つは未来に関する話で、心躍るものであり、もう一つは過去の契約にまつわる苦痛の行為だった。二つの約束は完全に連動し、一方だけを破棄するのは心理的にも身体的にも不可能だった。

体の苦痛などは、何の懸念にもならなかった。実験性の強い行為に躊躇を覚えることもない。蜘蛛が憂鬱に思うのは、ただ粗暴なだけの男――以前は共感を覚えていたとしても――のために、この命をあえて危険に晒さなければならないことだ。何の高揚も感じられなかった。

三度、人体に試した過去はあった。最初の一度は失敗し、二度目は成功し、三度目はまた失敗した。小動物でも実験し、徐々に半数致死量の特定に近付いている感触はあったが完全とはいえず、服用して必ず成功する保証はどこにもなかった。自分の体で試みた二度目の際には目的は達成できたものの、三ケ月もの間、朦朧としてすごす羽目に陥ったのだ。

初老の警察官から口の中を開くよう命じられ、蜘蛛はいわれた通りにする。蜘蛛の上顎には可撤《かてつ》性の架工義歯《ブリッジ》が組み込まれていたが、警察官の気を引くことはなかったらしい。

室内の低いベッドの上に服と所持品が広げられ、制服警察官が改めて検査する様子を、蜘蛛は見守った。警察官は外套の生地を隅々まで折ったり捻ったりして調べ、真剣な表情だった。蜘蛛は笑い出しそうになる。そんなところには何も仕込んでやしない、と教えてやりたくなった。年配の制服警察官が、真っ直ぐ立て、ともう一度大声を上げた。

下着とシャツと、ベルトを抜いたズボンを再び着用するよう、指示された。革靴は取り上げられ、代わりにビニール製のサンダルを履くよう命じられて隣室へ移動し、椅子に座らされ、正面と横顔の写真を撮影された。指紋の採取にも、蜘蛛は無言で従った。再度手錠と腰縄を掛けられて、部屋を出た。

留置室へ向かう途中、腰縄を持つ制服警察官が背後から留置場の設備を解説していたが、蜘蛛はほとんど聞いていなかった。警視庁本部庁舎の構造を想像するために、鉄格子に囲まれた空間を観察していた。それほどのスケールは感じなかったが、内部から逃走するのは、ひどく困難な行為だろうと思われた。運も必要となる、と考えると祈りたい気分にもなったが、蜘蛛には請い願う対象が存在しない。

個室の留置室は白い鉄格子の内側にあった。奥に窓のついた小部屋があり、たぶん中には便器が設えられているのだろう。橙色の絨毯が敷かれていて、やや狭い部屋の中には他に留置されている者は存在しなかった。特別な扱いを受けている、と思うと蜘蛛は誇らしい気持ちにもなった。手錠と腰縄を外され、サンダルを脱ぐよう指示されて室内に入ると、金属製の扉が音を立てて閉じた。施錠の甲高い響きがあり、睨むような一瞥を投げた後、制服警察官がその場を離れる。

時間を無駄にするわけにはいかなかった。警察は恐らく、佐伯亨の確保を急いでいる。俺は休む間もなく、取調室に移動させられるだろう。後は、十数時間に及ぶ聴取、と決まっている。

蜘蛛は通路へ背を向け、上顎の架工義歯を取り外した。内部に隠したカプセルを取り出して口に含み、義歯を戻して嚙み潰した。イルマ、と心の中で呼びかける。

――イルマ、これから本当の世界を創ろうじゃないか。

最初に左手の指先が、痺れ始めた。

四　狼のようなイルマ

i

軍艦の艦橋を模した高層建築は、内部も外壁と同じ灰色をしていた。リノリウムの黒い床を二本の太い白線が蛇行し、途中で二股に分かれ、通路の奥まで続いている。

エントランスで、イルマは岩居へ電話をかけた。岩居の自宅兼ショップの場所は、本人がネット上に、彫物師としての日々の業務とともに所在地を公開しているため、イルマはアクセス・ページに掲載された住所を目指すよう、運転席に座る宇野へ指示するだけでよかった。

岩居は、なかなか通話を繋げようとしなかった。イルマは苛立ち、エントランスの自動扉を蹴飛ばしてやりたくなる。いったん外へ出て、六階の窓に石でも投げつけてやろうか、と半ば本気で考えていると、携帯端末《スマートフォン》のスピーカーから流れ続けていた呼出音が途絶

えた。深い溜め息に続き、

『どうしたんですか、姐さん。昼日中《ひなか》に』

少し嗄《か》れた、いつもの声。警戒心が、ありありと表れている。

「私は夜行性じゃないって……ねえ、建物の入り口まで来ているんだけど」

イルマは、反論は許さない、という調子で、

「扉を開けてもらえる?」

すぐには、岩居は返答しなかった。たぶん、計算しているのだろう。断れるものかどうかを。あるいは、断るべきかどうかを。

計算は、すぐに済んだらしい。目の前の硝子扉が、小さな駆動音とともに開いた。


岩居の個人経営の店を訪れるのは初めてだ、ということを室内に入ったイルマは改めて思い出す。岩居と最初に会ったのは一年前、警視庁の取調室の中で、脱法ドラッグの売買に関わったとして繁華街のタトゥー・ショップが摘発の対象となり、その時聴取をした相手が、従業員の岩居武《タケシ》だった。岩居から採取した尿からは薬物反応は検出されず、頭部を全て剃り上げていて毛髪がないためにそれ以上の検査もできず、そして当人の言動に、多少の反抗的態度は窺えても薬物依存による特徴的な症状――神経過敏な様子も酩酊《めいてい》状態も――が見られなかったから、イルマは初日で彫物師を釈放することに決めたのだった。

岩居は釈放を告げるイルマをじっと見詰めた後、薬物売買の拠点となるようタトゥー・ショップに話を持ちかけてきた、同じ繁華街にある美容院と店員の名前を口にした。

たぶん、それは職場を滅茶苦茶にした美容師への復讐《ふくしゅう》でもあったのだろう。あるいは、警視庁捜査一課の警察官を後ろ盾に望んだのかもしれない。彫物師の思惑がどうであろうと、彼のひと言は捜査員たちが切望していた情報であり、実際に、脱法ドラッグの販売網を叩くための強力な武器となった。その後、繁華街のタトゥー・ショップは潰れ、岩居は個人経営の店を他の場所に開いたのだった。

岩居とのつき合いは、それ以来となる。けれど繋がりは通話上の密告だけで、こうして顔を合わせて喋るのは取調室での聴取以降、初めてのことだ。

扇状に、奇妙に歪んだ広い室内は、真っ黒な壁紙で覆われていた。壁のあちこちに様々な意匠——髑髏《どくろ》だったり薔薇だったり刀剣だったり神仏だったり、それらの組み合わせであったりした——が額の中に収められ、飾られている。奥は受付カウンターとカーテンで仕切られていて、ライナーマシンやシェイダーマシン、個性的な針《ニードル》や色素の数々を今は目にすることができない。岩居は玄関近くの来客用ソファーに黒いパーカーを着て大柄な体を丸め、前屈みに座っていた。ハンチング帽の下の目付きは不機嫌そうだったが、それ以上に、ピアスだらけの青白い顔には緊張がはっきりと出現している。玄関に立つイルマと宇野を店内へ招き入れることもなく、こちら側が口を開くのを、待っている風だった。

イルマは黒い壁にもたれた。真っ直ぐに立っていると、鎮痛剤で抑えている体内の痛みが戻ってくる気配を感じる。不安を押し殺して腕を組み、

「思い出した話があってさ」

マフラーを指先で引き上げて頸椎カラーを隠し、

「あなた、私に連絡を寄越したでしょ。《テイオン》って始末屋がどうの、って。私に情報を売ろうとした。それを改めて、買おうと思ってね……」

岩居は上目遣いに、

「……もう組織犯罪対策部《ソタイ》の二課へ売っちまいましたよ」

「モトイでしょ」

岩居が頷き、それならいい、とイルマは考える。基《モトイ》なら、知らない仲じゃない。

「……そう勧めたのは私だし。でも、たぶん伝えていない話もあるんじゃないかな、って」

「黒社会《ヘイシャーホイ》の始末屋。空港近くの殺人は、そいつが犯人らしいって、それだけの話ですが」

「テイオン、ってどういう意味の言葉？」

「低い温度、って意味ですよ。当然、本名ではないでしょう」

「ふうん。で、その低温《テイオン》って奴は誰を狙っているの？」

「さあ……」

「約束するよ。情報源は誰にも知らせない。上にも」

「そこまでは、把握していないんですよ。本当に……わざわざ御足労いただいて、申し訳ないですがね」

「身辺警戒員って知ってる？」

イルマは、すぐに張り詰めようとする自分の口元を意識して緩め、

「暴力団の恫喝、報復、襲撃から民間人を護るために組織された警察官のこと。もし何か危険の降りかかる恐れがあるなら、私はあなたが確実に保護対象に指定されるよう、取り計らうつもり。絶対に安全は保障する。これで、どう……」

岩居は黙り込み、イルマの目を見返し続けた。イルマもそれ以上、何もいわなかった。宇野が隣で身じろぎし、店内を見回して沈黙の時間に耐えている。岩居が口を開いた。

「……低温が狙っているのは、ＩＴ界の大物、という噂です」

暖房のない室内で、岩居のこめかみに汗の玉が光るのが、見えた。

「それ以上は、分かりません」

イルマは頷いた。これで推測は、裏付けを得たことになる。

佐伯亨は、黒社会からの刺客に狙われている、ということ。

ビジネス上で発生したもめごと、と解釈する以外なかった。岩居は、こちらに情報を提供したことでむしろ安堵し、緊張を緩めたようにも見える。イルマは再び口調を尖らせ、

「質問は、もう一つある」

岩居が強張った顔を上げた。

「《蜘蛛》っていう、もう一人の始末屋について」

「そんな人間は、聞いたことも……」

「知らない、とはいわせない」

イルマは両目を細め、

「毒殺専門の始末屋。そいつが、全身に刺青を彫っていてさ……噂にも聞いたことがない、なんて冗談よね？　あんな男、他に見たことも聞いたこともない。こいつに関しては、安心していい。もう確保してあるから。今は、警視庁本部の留置場の中」

「……実際に、見たんですか、そいつ」

「あのさぁ」

イルマは鈍痛を和らげるために、ゆっくりと首を回し、

「そんな悠長な話じゃないんだって。私は昨晩の間に、二度も殺されそうになったんだ。一人はその、低温って奴。もう一人が、蜘蛛。どっちもやばい連中だから、あなたの口が堅くなるのも分かるけどさ、こっちからすれば自分の命が懸かっているわけ。だから、何も訊かずに帰る、って選択肢はないんだよね……」

岩居は怪訝な顔つきで、

「その二人から狙われて、生きているんですか、姐さんは……」

「当然」

昏の片端で笑みを作って、

「と、いいたいところだけど本当は、運よく、って感じ。で、蜘蛛のことなんだけど」

岩居は、不可解な光景でも眺める目付きでしばらくイルマを見詰めた後、

「……凄腕だ、と聞いています」

「誰のために働いているか、知ってる？」

「自由契約者《フリーランス》、と聞いていますが」

「最近、蜘蛛について何か耳にした？」

迷いを表す時間が空いた後、

「……組織と何か問題を起こした、とか」

「奴の素性は？　どんな経歴の男なの？」

「元薬剤師という噂ですが……本当かどうかは。すみません、本当に……」

ハンチング帽を持ち上げ、岩居は額を拭い、

「これ以上は。お願いします」

目を伏せていった。イルマは、いつの間にか彫物師の厳《いか》つい顔が、冷や汗に覆われてい
るのを認めた。隣にいる宇野が指先で軽くイルマの腕を叩いた。それ以上追及しないよう
に、という合図だった。宇野は警察官として優しすぎる、とイルマは思うが反論はしなか

った。彫物師のお陰で、次に向かうべき場所がはっきりした、というのも確かだ。ありがとう役に立ったよ、と礼を告げてイルマが壁から肩を離すと、岩居は安堵と多少の敵意の含まれた視線をこちらへ向け、小さく会釈をした。扉を開けて通路に出ると、両側に扉の並ぶ光景がひどく歪《いびつ》に見え、イルマは一瞬、強く瞼を閉じた。

何か、自分が浮き足立っているように感じる。蜘蛛の放った言葉の数々が澱《おり》のように、今も胃の底に残っている。冷や汗を流しているのは岩居だけではない——

＋

警視庁の五階へ向かうエレベータの中でイルマは宇野へ、基に接近する際の注意点を説明した。基が嫌う人種、というのは決まっている。嫌うのは、心理的にも物理的にも、一線を踏み越えて図々しく近付こうとする人間だ。職務と関係のない、個人的な忠告を無遠慮に与えようとする者、理由もなく彼女の縄張り空間《パーソナルスペース》に侵入しようとする者はいずれも——イルマの想像では——基から「無礼者」の烙印《らくいん》を押されることになり、軽蔑の対象となってしまう。

宇野には多少、パーソナルスペースの概念について無頓着なところがあるように思え、そのために念を入れて、イルマは注意を促した。あなたは、私の後ろに立っていて。彼女とは、私だけが話すから。

組織犯罪対策第二課の室内には普段通り基圭子《ケイコ》の背中が見え、自分の机上、ノートPCの前に資料を並べ、片肘を突いて調べものをしている。

イルマたちが基の机に近寄っても、組対の女性警察官は顔を上げなかった。たぶん、気付いてすらいないのだろう。来訪する、とは伝えたのだけど。

イルマは、基の横顔を覗き込んでみた。恐ろしく気難しい、というのが捜査一課員たちの、基圭子への共通の認識だった。組対の中でも同じ評価を受けているのか、イルマは基の周りに人のいる状況をほとんどみたことがない。けれど彼女に対してはまた別の評価があり、それが悪評を打ち消し、むしろそのために周囲から浮いた存在となっているようにも思える。

基圭子は、捜査員として恐ろしく優秀、という評価。

ようやく基が、一瞬だけ鋭い目付きでイルマを見やり、再び資料へ視線を戻す。久し振り、とイルマは口にするが、返事は返ってこなかった。イルマは、基の態度に慣れている。思い出すのは、同じ警部補試験合格者として関東管区警察学校で三ヶ月間研修を受け、寝食をともにした時間だった。基は研修期間中、誰とも打ち解けることがなかった。会話らしい会話をしていたのは、たぶん私だけだろう、とイルマはそう思い返す。それも、単に私が生来のお喋りで、同室の基へ一方的に話しかけ続けていた、というだけにすぎなかったのだけど。

　肩までの黒髪と、男性警察官のような細身のスーツ姿。イルマは、整った細い鼻梁を眺める。多くの人間は、たぶん基のことを知らない、と思う。彼女が返事をしないのは単に目の前の仕事に夢中になっているだけで、無視をしたつもりはない、ということを。と同時に好悪の感情も激しく、いったん気に入らないとなったら、同僚でも上司でも極力避けて行動するようになる、という反抗的姿勢を。その二つが複雑に入り混じるために、多くの警察官は彼女のことが理解できずにいるのだ。イルマは、

「低温、って黒社会の男の話なんだけど。情報は入っているよね……」

　近付きすぎないよう気をつけつつ隣に立ち、

「組対二課は、奴のことをどう捉えているの？」

　余計な前置きを加えないこと。基がようやく口を開く。

「……空港近くの山道で二人の暴力団員を殺した、らしい。浅草の地下街に繋がる百貨店の中でもたぶん、もう二人殺害している」

　イルマは驚き、

「百貨店のトイレでの話でしょ……あれって、暴力団員同士の争い、じゃなかったの」

「当初はそう見立てて発表したけど、刃物らしき凶器の傷口が山道の件と一致したの。で、被害者の腹部に刃物の一部が残されていた。セラミック製で、金属探知機には引っ掛

からない。同一人物だとしたら専門家ね、殺人の。でも、実像は全然明確になっていない。まるで、都市伝説みたい」

イルマは唸り、

「その他には……」

「調査中」

書類から目を離さず、基がいう。イルマは基の見詰めているものが、国際線旅客機の搭乗者名簿だということに気付いた。

「分かっている部分だけでいいから、教えて」

イルマが静かに訊ねると、

「……入国は恐らく航空機。でも、出国の気配はない」

「まだこの街にいるってこと……」

「都市近郊に潜伏していると見て、一課も組対も動いているけれど」

基は考えながら、

「不審船の目撃についての、海上保安庁への通報もあって」

「船を使って逃げた？」

「それも可能性。街なかに潜伏している状況だって考えられる。背後には恐らく、大きな黒社会組織が存在するはずだから、彼らの動きの可能性は幾つもあって、今の段階で捜査方針を絞るのは危険かもしれない」

「ちょっと待って」

もう一つの可能性に、イルマは気がついた。

「低温たちが、再び佐伯亭の襲撃を企てることもあり得る？」

「組対では、結論を出していない。今のところ彼らにその余力はない、と考えているけど、長期的には予想できない、ともみている。黒社会のやり方は強烈だから。今は警備部の方から人員を手配して警戒中だけど、解除された時にはどうかな……」

珍しく曖昧ないい方。

「で、あなたはどう見ているわけ」

「……気になる要素がある。それが、今調べていること」

基は、眺めていた搭乗者名簿を差し出した。受け取ったイルマは、細かい文字に目を凝らす。基が書類の裏から指で示し、

「劉《リウ》春《チュン》光《グアン》の名前が見えるでしょ。これは予約の名簿で、まだ出国していないのだけど」

「誰なの」

「スピード・テクノス社の会長。五十代の男性」

「知らない」

「でしょうね。でも、知っておいた方がいい」

基は書類を取り上げて机に戻し、

「元人民解放軍情報工学院の副院長。黒社会との繋がりが、取り沙汰されている。二課が以前から目をつけている大物。スピード・テクノスは、株式会社として株を公開しているけどごく一部だけで、実際は大半を国家が所有している。事業内容は通信機器の開発、販売。世界中に売っている」

「来日の理由は……」

「招いた団体があるの。予約の手配をしたのは、シェヴロン」

イルマは息を吞む。少しずつ、分かり始めた気がする。黒社会の大物。この時機の来訪。

「テクノス社とシェヴロンは、元々関係があったわけ？」

イルマの質問に、

「直接の接触は見当たらない。ただ、テクノス社が業務提携するIT企業とシェヴロンとの間には取引があり、そしてすぐに解消している。モジュールの相性の問題があった、として」

「……銀座で、毒殺の事案があった」

イルマは思い起こし、

「被害者は王来治《ワンライヂー》、っていうIT企業の経営者」

「そう。その会社が、シェヴロンと一瞬だけ取引のあったところ」

「王を殺したのは、蜘蛛、と呼ばれる始末屋」

今度は基がこちらを見上げ、

「蜘蛛。初耳ね」

「佐伯亭の兵隊。今は、ここの留置場にいる」

「殺害させたのが佐伯だとすれば……黒社会が報復に動いたのも理解できる。今日の夜には、株式会社シェヴロンは決算説明会を行うでしょ。劉はそこに招かれている」

「つまりそこで、何らかの手打ちが行われる……」

イルマの言葉に基が頷き、

「そうみるべき、と私も思う」

「としたら、佐伯亭襲撃に関しては手打ちを機に、このまま収束することになるわけだ」

イルマは顔をしかめ、

「劉春光は、黒社会の大物なんでしょ。例えば公安か組対が、劉へ事情聴取を要請することは可能なの？」

基は無表情に小さく首を振り、

「無理。相手は経済界の有名人で、中国共産党幹部でもある。根回しもなく警察側から仕掛けるのは、不可能だと思った方がいい」

「じゃあ」

イルマは、怒りで鳩尾《みぞおち》の辺りが熱くなるのを感じる。

「佐伯亨を殺人の共謀罪で確保できても、背景を暴くのは無理ってこと……」

「立証はできないでしょうね」

視野がわずかに陰った気がした。不定形の何かが漆黒の影の中に溶けてゆく光景が、脳裏に浮かんだ。暴き立てるべき、闇。背後で呼出音が鳴り、今まで無言で立っていた宇野が携帯端末を取り出し、受け答えする小声が聞こえる。それだけの動きにも苛立ち、振り返ろうとして、イルマは一瞬だけこちらに向けられた、基の視線に気付いた。

奇妙な動き。瞬間的な、基らしからぬ振る舞い。

「……何か他に、いいたいことがありそうだね」

イルマはあえて少しだけ近付き、基の机に片手を掛けた。基はすぐには返事をしなかった。指先が何度も書類を叩き、いい出すのを迷っているようにも見える。

「不明確でも、情報は欲しい」

いい足すと、

「……ちょっと気になる通報があって」

基はまた別の書類を取り出して、

「通信指令本部から組対に回されて来た。発音に、外国人らしき訛《なま》りがある、って」

Ａ４用紙を受け取り、イルマは内容を確かめる。入電情報を書き起こした書類だった。

日付。時刻。受理担当官氏名。通報者は若い女性（発音に、外国人らしき訛り）。そして、入電内容。

サエキはまた襲われます。警戒は忘れない方がいいです。ディーエン（不明瞭）は凶暴です。

「ディーエン？」

イルマが訊ねると、

「《低温》《テイオン》を、北京語《ペキン》で読んだようにも聞こえる」

イルマは急に緊張を覚え、入電記録の時刻を確かめる。佐伯亭襲撃の事案が発生してから、約三時間後。私が警察病院のベッドで、夢も見ずに昏睡していた頃の時間帯。

「通報者は何者なの……女性の正体は？」

まるで、襲撃した人間の中に、密告者が現れたように思える。佐伯の車の後ろについた大型二輪の女性運転手は？　基はイルマの考えを見透かしたように、

「佐伯亭襲撃犯の仲間に女性がいる、という目撃情報は存在しない。でも、あり得ない、と決まったわけでもない。通報は、郊外の公衆電話からなんだけど、周囲に防犯カメラはなくて、女性の姿を記録することはできなかった。でもそれだけじゃなくて、公衆電話の

下に自動拳銃が置かれていたの。中国製の、凄く古臭い拳銃が」

「拳銃が……通報者の所持品？　逃走中に遺失した、と？」

「あるいは通報に信憑性を加えるため、故意に手放したのかもしれない」

「組対はどうみてるわけ……」

「女性が襲撃犯の一員だったとしても、少しでも逃亡を有利にするための意図的な誤情報、としか考えられないと。そう捉えるのが自然だと、私も思う」

「なら、何が引っ掛かるわけ」

組織犯罪対策部員の、整った横顔を見詰める。基は、机上に戻した書類を真剣な表情で眺め、

「……ディーエンは凶暴です」

書面を一度だけ指先で叩き、

「もし低温を指していったのだとしたら、警察に情報を与えすぎることになる。わざわざ通り名を知らせるなんて。骨董品の拳銃よりも、こちらの方が余程重要。ディーエン、という言葉が逃亡に必要な情報漏洩だとは、どうしても思えない」

イルマは机から離した手を腰に当て、考え込む。係官の聞き違え、ではないとしたら。襲撃者たちが内部に不満分子を抱えている、という可能性。

「イルマ」

基の方が先に口を開いた。

「あなた今、佐伯亭に張付くことはできる？　警視庁は現在、低温たちが逃亡、潜伏しているとみて、警察官を広域に散開させすぎているかもしれない。このままだと、もし本当に佐伯がもう一度火器によって襲撃された場合、護りきれない可能性がある」

「了解。私が動く」

イルマは体内の内燃機関《エンジン》に、燃料が送られたのを感じる。

「今私は、自由に捜査していいことになっているから。名誉の負傷が上に認められて」

基が不審そうな目付きをする。冗談が通じていない、ということは分かった。頸椎カラーのせいで動きの悪い頭を傾け、軽くお辞儀をすると、

「こちらこそ」

素っ気ない返事ののち、基は書類を前にした思索へと戻ってしまった。雑談を交わす、などという発想は存在しないのだろう。イルマは踵を返し、その時になって宇野が傍にいない、ということに気がついた。

いつ消えた？　携帯端末の着信音の鳴った場面を、イルマは思い返す。通路に出ると、扉の傍で宇野が今も端末を耳に当て、深刻な表情でいた。目が合うと、

「主任」

声を落としていった。

「蜘蛛が毒物を服用し、自殺したとのことです」

＋

捜査一課の大部屋の奥には数人の捜査員に混じり、金森と藤井がいた。

イルマは入り口で大声を出し、

「人が確保した被疑者を自殺させやがって」

二人を交互に指差しながら、部屋に並んだ机を避けつつ近付こうとするが、上腕を背後から宇野につかまれてそれ以上進めず、

「所持品検査を徹底しろ、っていっただろうが」

驚く捜査員の中で、金森が憤りに曇った顔を向け、

「知るかよ……」
三、四メートルの距離を置いたまま、
「見落としたのは、留置管理課の連中だぜ。連行もしなかったくせに、上からものをいってんじゃねえよ」

「よく考えていえ、この馬鹿」

イルマは声が嗄れるのも構わず、

「お前らが蜘蛛の供述調書を作成し損ねたせいで、佐伯亭と殺人を結びつける根拠も消えたんだ。それを、お前らの責任じゃない、だと？　警察車両《PC》の中でも、検査は続けられたじゃないか。留置管理課へ、刑務所並みの検査をしろって指示したのか？　相手は、薬物専門の始末屋だぞ。警戒を怠る阿呆がどこにいるんだ」

「結果だけでいうな。偉そうに」

　金森もイルマを指差し、

「てめえは確保の時、介護ベッドの上で泣いていただけだろうが」

　反射的に飛びかかろうとするが、宇野は腕を放さなかった。イルマは部下の顔を睨み、

「放せって、ウノ。だからあんたは、パーソナルスペースに踏み込みすぎるんだって……」

「それ見ろ」

　金森のせせら笑いが聞こえ、

「ウノ、お前がしっかり支えとけよ。威勢はいいが、ご主人様は大分弱っていらっしゃるみたいだからな。食事からトイレまで、しっかり面倒を見てやりな」

　歯軋りで、奥歯が鳴った。全身にうまく力が入らないのは、本当の話だった。宇野の腕を振り払うことができない。それでも金森へ、

「片手で充分だ」

　突き出した拳を強く握り締め、

「てめえの睾丸《こうがん》を握り潰すくらい、簡単だよ。片手で充分だ。いつでもやってやる」

「優しく接してりゃあ、図に乗りやがって」

中年の捜査員は顔を真っ赤にして、怒りを露にし、

「身内を亡くした怪我人だと思って遠慮してりゃあ、調子に乗りやがって」

「てめえが遠慮？」

宇野に後方へ引っ張られながら、

「お前の小さな脳味噌のどこに、そんな上等な機能が詰まってんだ？　いってみろ」

「……今日のところは、見逃しておいてやる」

金森は、上気し強張った笑みを向け、

「その様《ザマ》じゃあ、な。いや、もうそろそろ転属願を提出したらどうだ？　一課の激務は、あんたには最初から無理だったんだよ、お嬢さん」

いい返す前に通路まで後退させられ、引き摺られるように歩かされ、そのままエレベータに乗り込んで扉が閉まるまで、宇野はイルマの腕を放そうとしなかった。

興奮に肩を震わせていると、宇野は静かに、今から佐伯亭に張付きましょう、といった。

こいつ、分かったような口を利きやがって。基との会話の途中で、いなくなったくせに。イルマは部下を睨みつけ、

「ちょっと――」

宇野が何か機嫌のよさそうな口元をしているのに、気がついた。イルマは眉をひそめる。相変わらず空気を気にしない、気ままな性格よね……

「――何、嬉しそうな顔してるのさ」

悪態の続きを部下へ向けることに決め、

「この状況で、どうしてそんな気の抜けた表情ができるわけ？」

「……蜘蛛の件は、残念でしたが」

宇野は背広から取り出した黒縁の眼鏡を顔に掛け、

「佐伯亭の警護、という当面の目的は変わらないわけですから」

「私たちの獲物は本来、佐伯亭だったんだよ……確保が遠のいて、それでへらへらしていられるなんて、神経を疑うわ」

「低温の確保が、佐伯確保の足掛かりになるかもしれません」

そうか、とイルマは心の中でいう。低温を確保できさえすれば、佐伯の裏社会との繋がりを暴くことも可能だろう。殺人にまで、結びつけられるかもしれない。そこまでいけば佐伯の周辺人物、例えば小川正から、さらに証言を引き出すことも――

「気を引き締めるべきでしょう」

宇野の声に、我に返る。

「低温は、相当な手練《てだれ》ですよ」

「……相手にとって、不足はないね」

イルマは首の調子を軽く回して確かめ、でも変よね、とも考える。

「ウノ、あんたさ、いつもは口煩いくせに、私が今回捜査に出るのは反対しないのね……」

「病室で落ち込んでいる姿よりは、捜査をしながら怒っている主任を見ている方が、まだましですから」

イルマは背中をエレベータの壁につけ、宇野の顔を見詰める。病室のベッドでの、昏睡から徐々に現実に引き戻された時の感覚を思い出す。一応、いっておくべきだろうと考え直し、

「……看護してくれて、ありがと」

「どういたしまして」

「あのさ」

他にも、思い出したことがある。

「あの時、一生面倒をみる覚悟はある、って何かそんなこといってなかった？」

「聞き違いです」

素早く、宇野が返答する。その反応の速さに、イルマは目を丸くする。宇野の表情には何の変化もなく、それでいて、こちらと目を合わせようとはしなかった。

眼鏡の似合う顔立ちよね、とイルマはそんなことを思う。少しずつ、気分がほぐれてきた。

地下駐車場へと繋がる扉が、開いた。

d

回仁《ホイレン》の用意した二台の七五〇ccネイキッド・スタイルのチェーンへ潤滑剤を噴きかけ、リアホイール下のジャッキを畳み、低温《ディウェン》は自動二輪車の整備を終了した。

古着で両手を拭きながら小型高速船の扉を開けた低温は、キャビン内部のソファーに座る穎《イン》が、小さなテーブルの上に携帯端末を戻す姿を見た。低温の端末だった。

「是从《シーツォン》香主《シャンチュ》来的《ライダ》电话《ディエンホア》〈香主《シャンチュ》からの電話だった〉」

穎はそういい、

〈仕事に期待している、といっていた〉

低温は頷いた。ジャケットを着込み、端末を取り上げて着信を確認し、テーブルに戻す。床に転がされたフルフェイス・ヘルメットの一つを、穎へ渡した。穎の瞼と長い睫毛《まつげ》が、緊張で何度も瞬《まばた》いた。

〈国へ帰るか?〉

低温が訊ねると、穎は慌てたように首を横に振り、

〈帰らない〉

と答え、ヘルメットを抱き締めた。

〈安心しろ〉

低温が妹から目を逸らしていう。

〈全ての罪は俺が被る。問題が発生した時には、家族を盾に脅されていた、といえ〉

穎が顔を上げ、こちらを見詰めているのが分かった。穎は否定も肯定もしなかった。

低温も口を噤む。無事では済まないだろう、と考えていた。火力では劣りながらも高度に連携して対象を追い詰める、この国の捜査機関の実力を侮るべきではない。覚悟はすでに固まっている。少なくとも俺の身は幇会《バンホイ》のために捧げなくてはならないだろう。

低温は穎へ背を向けて短い梯子を登り、扉を開けた。

i

宇野の運転する覆面警察車両の助手席に乗り、イルマは預けていたバイクを受け取りに、国道の岐路に店を構える修理屋へ向かった。大排気量クーペで乗りつける物々しい登場に、三十年同じ場所で自動二輪車の修理と整備を続けてきたという店主も驚いたらしく、いつもならイルマの荒い運転に小言をいうばかりでなかなか進まない書類の作成もすぐに済み、引き渡しは簡単に終わった。

修理を終えた一〇〇〇cc、デュアルパーパス・スタイルの愛車に跨がってエンジンを駆動させると、振動と同時に安堵感らしきものが全身に広がった。警察車両の助手席に座った際はシートの緩い屈曲が胸の奥の痛みを引き出すように感じ、二輪車の運転姿勢が怪我にどんな影響を与えるものか不安を覚えていたが、自由に上半身を動かせるだけ、どうやら大分ましのようだった。

修理屋を出て初めのうちこそ、宇野とはヘルメット内のヘッドセットで連絡を取り合い、株式会社シェヴロンとグループ企業の多くを収めるタワービルへ向かっていたが、次第に間怠《まだる》く感じ始めたイルマは、部下を置いて先行することに決め、細かく車線を変更して一般車両を次々と追い越し、徐々に速度を上げていった。

交差点の手前で停車し、青信号に変わるのを待つ。車両と通行人が交わる道路の流れを漠然と眺め、低温はもう一度襲撃を決行するだろうか、とイルマは思考を巡らせた。

通常の思考回路を持つ人物であれば行うはずがない、と心の中で断言する。すでに佐伯と警視庁を警戒させている以上、この段階の襲撃は自滅的な暴挙でしかない。けれど。

——けれど、もしも自らの身の安全を顧みないのであれば。

私が奴らだったら、とイルマは想像しようとする。自らの身柄と対象の命を引き換えにする気であれば。佐伯は現在シェヴロン社内で通常業務を続けているはずだが、決算説明会の時刻も迫っており、襲撃者が逃走を計画に含めないとしたら、例えば移動のために建物を出た対象へ一気に詰め寄り、凶器を用いて瞬間的に殺害を成功させるのは、不可能ではないはずだ。いや、本当にそうだろうか？

イルマが何度も組織犯罪対策部へ問い合わせて分かったのは、警視庁も再度の襲撃を案じ、少しずつ警備を強化している、という事実だった。たぶん、基圭子の警告が、徐々に上層部を動かしていったのだろう。時間とともに警護力が拡散しつつある、という状況を組対も刑事部も自覚し、タワービル周辺の警備を増強し始めたのだ。現在の状態であれば、慌てて首を突っ込みにゆく必要もないのかもしれない。

今度は別の不安が、イルマの体内に滲み出る。うまく言葉にできない、不定形の不安だった。何かを忘れているような気がする。もっと考慮するべき、何かが存在するように――

後方からのクラクションが思索を遮り、イルマは交差点の信号が変わっていることに気付く。空に薄くかかった灰色が黒みを増し、夜の訪れを知らせていることにも。

タワービルの先端が視界に入り、風景の一部として存在感を示すようになった時、通話を求める呼出音が鳴った。イルマはヘルメットの側面につけたコントローラを操作して、通話を接続する。内部のスピーカーから、

『主任』

早口の宇野の声が流れ、

『低温が出現したようです。タワービル周辺』

来た、とイルマは思う。緊張が体を貫き、胸の奥で痛みが走った。警視庁はこの機会を逃さず、絶対に決着をつけなくてはならない。宇野へ、

「正確な場所は、判明してる?」

『いえ……相当、混乱しています。細部までは……』

宇野の声に被さるように、警察無線が次々と報告を上げるのが聞こえてくる。いったん、バイクを道路脇に停めようかとも思ったが、

「まず、シェヴロンへ向かう。もう近い」

太股で燃料タンクを挟んで運転姿勢《ライディングフォーム》を作り直し、スロットルは緩めなかった。ヘッドセットのスピーカーから、了解、という硬い声が無線の雑音とともに流れた。


タワービルを含む複合施設に近付くほど、路上の騒がしさが増してゆく。

あちこちに非常線が張られ、通り抜けるために、イルマは何度も警察手帳を取り出し、身分を表す証票を提示しなければならなかった。警察官に誘導されて非常線の外へ出ようとする一般車両も多く存在し、原因の不確かさが市民の不安を煽《あお》るらしく、タワービルの姿が視界の中で大きくなるにつれ道路は混雑してゆき、バイクの速度を上げることができなくなった。

時折停車して制服警察官を捕まえ、事態の正確な把握と低温の位置について知ろうとするが、警察側にもはっきりと理解している者はおらず、どう事案が推移したのか、イルマはほとんど確かめることができなかった。分かったのは、小さな事案ではない、ということだけだった。

本当にこれは、相当混乱している。イルマは複合施設を巡る坂道を何度も周回し、事案の進行を実際に確かめようとする。あちこちに警察車両と白バイが停まり、赤色警光灯を回転させている。落葉した並木が頭上を覆う曲がりくねった道を登っていると、二台連って慎重に走行する警察車両と擦れ違い、先頭の後部座席には佐伯の女性秘書が、二台目の後方には佐伯亭自身が座っているのを、イルマは見た。

制服警察官に囲まれて座る佐伯は座席に背を落ち着け、わずかに顎を上げる姿勢で携帯端末を耳に押し当て喋り続けており、平静な様子だった。シェヴロン・グループ側に被害は発生しなかった、とみていいのだろうか。ならば、事案も終結した、ということに……イルマはバイクを停め、周囲を見渡した。

――見えた。

灰茶色のタイルを敷き詰めた円形の広場があり、その脇からタワービルへと緩やかに伸びる幅の広い階段が街灯の光を受けていた。一群の男たち、制服警察官と私服の捜査員が入り混じり、幾人かは無線や携帯電話でどこかと連絡を取りつつ、暗色の塊となって階段を早足で降りて来る。イルマはその中心に存在する背の高い人物へ注目する。

——低温。あれが。

イルマは自動二輪車から降り、ヘルメットを脱ぎ取って顎紐をステアリングに掛け、道路を横断し、一群へ近付こうとする。少し距離があり、そのために全体がよく見え、集団を追いかける制服警察官が皺だらけのビニール袋——それも、何重にも重ねられた——を抱きかかえるようにして階段を下っている姿に目を留める。内容物の薄く細長い形状と、柄らしき部分が窺え、大型の刃物ではないか、と思われた。つまり、あの男は佐伯がタワービルの内部、あるいは建物の外へ出た辺りで武器を手に襲いかかり、身辺警戒員らに確保された、ということになる。

イルマは細い街路樹の傍で、足を止めた。本当に確保されたのが低温であるのか、見極めようとする。

大柄な男。警察官に取り巻かれたまま確かな足取りで階段を下るその姿勢は、強い意志と人並み外れた筋力を内包しているように見え、イルマは、捕虜となった軍人の拘引を遠目から眺めている気分になる。男もこちらを見詰めていることに気付いた。何かを確認し、納得したように視線を逸らした。歓迎しない旧知の人間と出会ったような態度だった。

イルマの観察眼は、この男が低温だと知らせていた。殺人機械と呼ぶに相応しい魂と体を持つ男。高速道路で追走した際、目にしたのはヘルメットを装着し、自動二輪車を乱暴に操る人物だったが、服装も含め、その印象は連行される男と重なり、矛盾する箇所は見当たらない。それでも、同一人物だと断言することはできなかった。すぐ近くの中年の制服警察官が所轄系無線へ向かって放つ大声が、耳に入る。

……確保しました。建物を出た佐伯亨氏に近付こうとしたところを……そうです、自動車警邏隊《ジラタイ》と所轄の地域課が。単独の犯行のようです。いえ、被害はありません。佐伯氏からは一〇メートル以上離れた場所で、確保されました。共犯の姿は見当たりません。凶器は大型のナイフ……逃れようと、かなり暴れていましたが……はい、現在は大人しく連行されております。今、本部の警察車両《PC》に乗り込むところです……

イルマは警察車両へと駆け出した。

何かがずれているように思え、その原因を確かめたかった。警察手帳を手にして高く掲げるが、車両に接近する前に、白バイから降りた二人の交通機動隊員に行く手を阻まれ、手帳を取り上げられた。警告の言葉が二人の口から発せられたようだったが、イルマの意識には届いていなかった。交機隊員二人の隙間から、車両の後部座席に座る男の横顔を覗き込んだ。頬にさえ、贅肉《ぜいにく》がついていない。警察車両が動き出し、男は視線を返さなかった。窓硝子が街灯を反射し、すぐに表情は窺えなくなった。

失礼しました、と隊員の一人がいって、手帳を差し出した。イルマにはほとんど無意識に受け取り、文句をいう余裕もなかった。少なくとも、と考えていた。

少なくとも、あれは低温に近い存在だ。限りなく近い存在。黒社会と全く関連のない人物だとは、思えない。それなら、この奇妙な感覚は？

イルマは片手で、自分の短い頭髪を鷲摑みにする。その格好のまま、考え込んだ。

違和感の原因は分かっている。低温が確保された、という事態そのものに物足りなさを感じているのだ。馬鹿げている、とイルマはそう思う。私はたぶん、低温を買い被りすぎていたのだろう。それに、このタイミングでの襲撃は、私自身が予想したことでもある。きっと私は、事案がこれで終結した、という事実を認めたくないのだろう。突き進むための理由が消えることを恐れ、ありもしない不安要素を想像の中に、作り出そうとしているのだろう。

イルマは思い出す。高架道路上、追跡劇のさなか、車線が分かれ並走するこちらに、道路を逆走することによって追いつき、さらに抜き去る際にはブレーキ・レバーを躊躇なく握り締め、過ぎていった被疑者を。そして高架から無様に転落させられた、あの瞬間を。絶望と、もしかすると一種の解放感。男は機械のように素早い判断力と人を殺めるための手段と、実行に必要な冷酷な意思を備えていた。

本当に、事案はこれで終わったと考えていいのだろうか？　では、通信指令本部に届いたという女性からの通報は……

路上に駐車された警察車両と白バイが一斉に、サイレンを鳴らした。被疑者が連行されたことで複合施設に戻りかけていた平穏が吹き飛ばされ、一気に騒然とした空気が辺り一帯に蘇った。制服警察官が走り出し、緊急配備、と怒鳴る声が聞こえ、二人の交機隊員がサイドスタンドを蹴って戻し、大型バイクを発進させる。

受令機のイヤホンで基幹系無線に聞き入る制服警察官へ事情を訊ねようとイルマが動き出した時、携帯端末の振動をライダース・ジャケットの中に感じた。取り出すと液晶画面の中央に、「宇野弘巳《ウノヒロミ》」の文字。

『主任』

接続した途端、

『共犯者らしき自動二輪車が逃走中、とのことです。佐伯亨を乗せたPCに近付く不審車両があり、他のPCが職質のために停車を指示したところ、速度を上げ、逃げ去った、と』

イルマは走り出す。体が自然に動いていた。

『都道四一五を品川方面へ逃走中。危険走行を続けている模様』

「了解」

デュアルパーパス・バイクに駆け寄り、座席に跨がってヘルメットを被る。顎紐を固定してエンジンの回転数を上げ、イルマは周囲を走行する警察車両が大音量で放つサイレンの、一筋の流れの中に紛れ込んだ。

被疑者の乗る自動二輪車は黒のネイキッド、と宇野からの連絡があり、同時に最新の現在位置情報を受け取り、幹線道路から離れた方が早い、と判断したイルマは道を逸れた。警察車両数台がサイレンを鳴らして直進し、背後を横切ってゆく。

前回の追跡との違いを、イルマは実感していた。確信を感じている。確実に追い詰めている、という感触。たぶんこの気分は私だけでなく、統一された闘志として、追跡を続ける警察官全員が共有している。確保は時間の問題でしかない。

警察車両のサイレンよりもさらに高く鋭い音が、聴覚に入ってきた。交機の二輪車が発する警報音だった。イルマは音を頼りに、高層建築物に挟まれた狭い道を幾度か曲がり、再び大通りへと進入し、そこで交機隊員の後方につくことができた。交機隊員の操る白バイに張付くように走り、赤信号を直進する。交機隊員がイルマに気付いたらしく、走行しながら直接振り返ると、ヘルメットの鍔の下の顔は先程警察手帳を提示した相手で、隊員もこちらを認識したらしく、歓迎の態度は見えないにしろ、咎《とが》める様子も窺えなかった。

方角の確認や速度の調整は前を走る交機隊員に任せて無心に跡を追い、そうしながら、被疑者を追い詰める高揚感が次第に不安へと変質しつつあることに、イルマは気がついた。やはり何かを忘れているように思える。もっと想像しろ、とつぶやいてみる。

イルマはヘルメットの中で、自分の息遣いを聞く。私は今、誰を追っている？

逃走を続ける被疑者が、本物の首謀者である可能性。先に確保された男が、警護力を分散させるための囮《おとり》である、という話。もしそうなら、無謀な襲撃も警察官を誘導するための見せかけの行為、ということになる。

けれど、とイルマは思う。

それにしては、新たに仕掛けられた本式であるはずの攻撃が、貧弱に感じられる。警察車両に乗る標的に近付いたということは、そこに佐伯亭が乗っている事実を予め把握していたはずで、それだけの情報収集能力がありながら、実際の襲撃は一瞬の接触として無意味に終わる、というのは不合理に思えた。彼らの中に想定外の問題が起こったのだとしても、イルマ自身が前回の苛烈な奇襲の現場にいただけに、奇妙に思えて仕方なかった。迷いなく殺人を実行する凶暴な意思。動物的、と思えるほどの素早い撤退。

私は今、誰を追っている？

確かめようとしているのだ、と自覚する。低温と呼ばれる首謀者を。この目で。

交機隊員の乗る大型バイクが発し続ける鋭い警報音は、物理的な力のように一般車両の動きを止め、行く手の空間を空けさせる。交機隊員が、わずかに速度を緩めた。慎重な操縦が窺え、イルマは被疑者の現在地がごく近いことを察した。

湧き上がる緊張の中、それでも違和感は消えずに残っている。

私が低温なら、と想像する。自らの命を全く顧みず、確実に佐伯亭の命を奪おうと行動するなら。問題となるのは、警察側の護衛以外にない。

警護力をできるだけ佐伯から引き離し、密度を低めること。低温側も同じ論理に従って、襲撃を計画したはず。それなのになぜ、こうも実行が粗雑なのか。

前方に不穏な空気を感じた。警察車両のサイレンが聞こえ、徐々に大きくなってゆく。それらに先行する、エンジンの回転数を最大まで上げた、自動二輪車の排気音。

交機隊員の後ろについたまま丁字路に達しようとした時、排気音とともに黒い影が夜気を裂き、高速でイルマの視界をよぎった。交機隊員が岐路を曲がり、一息に速度を上げる。数台の警察車両と白バイが跡を追う。

イルマはバイクを停め、歩道に寄せた。数秒間も呆然としていたことに気付き、我に返った。

――あれは、低温じゃない。

視界を過ぎた黒いジャケット姿の男。中肉中背。ニーグリップの雑なライディングフォーム。ということは、やはり。

――低温の目的。警護の分散。

イルマの思考に何かが突き立った。私は基圭子に、何といわれていた?

――佐伯亭に張付くことはできる?

今私は黒社会の一人を追いかけ、基の指示を無視する形となっている。冷や汗が、コルセットを装着する背中に滲んだ。まさか、と思わず声に出した。

イルマは一気にステアリングを切り、後輪を滑らせて方向転換し、横断歩道の白線に沿って強引に車線変更し反対方向へと車体を向ける。宇野へ連絡をしようとして手に取った携帯端末が振動し、イルマを驚かせた。渕からの連絡。なぜ今、鑑識員から通知があるのか。新たな不安が、イルマを混乱させる。

『イルマ、大学医学部の法医学者から通報があった。あの男、蜘蛛の話だ』

「蜘蛛？　解剖の結果が出た、って話よね。ごめん、今私は……」

『聞け』

渕の語調は、イルマが口を挟むことを許さず、

『蜘蛛の遺体は、司法解剖のために法医学教室に搬送された。が、蜘蛛の経歴が全くの不明で、本人の素性も遺族の有無も分からないんだ。司法解剖は法律上、遺族の許可は必要ないんだが……通常は了承を得ることにしている。そのせいで、ここで手続きが止まって、解剖が進められずに、遺体は法医解剖室から解剖実習室へ移されていたらしいんだが……いや、問題はそんなことじゃないんだ』

知らせるのを迷うように、渕がいい淀《よど》んだ。熟練の鑑識員の、珍しい態度。イルマが先を促そうとした時、渕は再び口を開いた。

『……蜘蛛の遺体が、大学の解剖実習室から消えた』

d

あの女警察官が生きている、という事実に低温は驚いていた。マフラーの下に、頸椎カラーがわずかに見えていた。女は確かに高架道路から転落したが、何かが緩衝材となってあの程度の怪我で済んだ、ということなのだろう。柔軟な獣のような女。そしてその独自の嗅覚は、今も俺を捉えているように見える。

だが、どれだけ感覚が鋭敏だったとしても、全てを予測することはできない。

低温は警察車両の後部座席中央に座ったまま、手錠の掛けられた両手を膝の間に垂らし、前屈みになった。ダッシュボードでは、付近の情報を絶え間なく知らせる無線機や携帯情報端末《PDA》やカーナビゲーションの液晶が、暗闇の中で光っていた。運転席を覗き込むと、動くな、と鋭い声が左右の制服警察官から飛び、肩口をつかまれ引き戻された。言葉の通じない振りをしてもう一度同じ動作をする。すぐにまた、乱暴に姿勢を戻された。後部座席の施錠の仕組みに関しては一般車両とそう変わりない、と低温は結論を出した。

フロントグラスを通して前方の夜景を確かめ、ルームミラーで後方を観察する。先導する警察の車両も、後続する車も存在しなかった。警察車両の多くは張春《チャンチユン》を追い、あるいはありもしない別動隊の襲撃のために備えているのだろう。

低温は、自分が疲れを感じていることに気付く。瞼を閉じ、このまま座席に体重を預け眠りにつきたい、という欲求を感じる。

無線機のスピーカーが、張春らしき人物の確保を伝える。静かだった車内が一瞬ざわめき、助手席に座る中年の私服警察官が、一度だけ好奇心に満ちた目付きで、こちらを振り返った。

殺人と殺人未遂の容疑者として起訴された場合どんな行く末が待っているのか、と低温は想像する。幇会は、きっと俺を救わないだろう。母国とこの国の間に犯罪人引渡条約は締結されていなかったが、黒社会の政治力を最大限に行使すれば、例えば第三国を経由するなどして、俺を送還させることも不可能ではない。後は、利益の問題だった。

俺を救うことで幇会が表立った場合の不利益は多く、救わずにいた際の損害は零に近い。俺の代わりは幇会の中に幾らでも存在し、紅棍《ホングアン》の座を狙う若者は噂だけでも十人はいる。ではこのまま起訴された場合、どれほどの罪科を下されることになるのか。この国の者四人を殺し、一人を殺し損ねた、俺の罪とは。証拠が不十分だと主張することはできるだろうか。死体となった者が、この国の黒社会に属する者たちであることが、裁判で有利に働くだろうか。

最も単純な方法、法廷で全ての犯行を認め、処刑台に立つまでの時間を拘置施設で安らかにすごす、という行く末さえなぜか、ひどく魅力的な未来のように感じられる。低温は息を静かに長く、吐き出した。

ジャケットの厚い襟の中に隠した携帯電話が、一度だけ振動する。低温以外、車内の誰もその動きに気付かなかった。

俺と穎の生命は幇会に与えられ、幇会とともに走り、一人の命は幇会のために消える。論理は整っており、どんな反論も許さない完全なもの、と思えた。

振動は、穎からの合図だった。追いついた、という知らせ。この国の警察は、囮の携帯端末だけを没収し、こちらの位置を発信し続ける通信機器の存在に気がつくこともなく、腰縄も結ばず、アルミニウム製の貧弱な手錠一つで、俺を拘束したつもりになっている。

赤信号で速度を緩める前方の一般車両に合わせ、警察車両も出力を落とし、停止した。低温は再度、前方へ身を屈める。座れ、と怒鳴られ、両肩を左右からつかまれる。強引に姿勢を戻された時にはすでに、ブーツから刃物を仕込んだ踵部分を引き抜いていた。

逆手に持った一本のセラミック製の刃物を、左右に座る警察官二人の鳩尾へ、立て続けに叩き込んだ。腹腔奥の神経叢《そう》に刃先が届き、横隔膜を麻痺させ、呼吸が止まり、警察官たちは声を出すこともできず、ほとんど瞬時に絶命した。低温は刃物を一人の体に残し、その制服から回転式拳銃を奪い、異変に気付きその場で振り返った助手席の私服警察官と、運転席の制服警察官を座席ごと撃ち抜いた。フロントグラスにわずかな血液が散り、火薬の匂いが車内に漂うが、それだけだった。

低温が隣の制服警察官の腹部に刺さった刃物を引き抜くと、セラミックが街灯を反射して血液と混ざり、生々しく赤色に光った。警察官の腰と拳銃とを繋ぐ吊紐《ランヤード》を刃物で切断しようとするが、金属が内蔵されているらしく、表層以外切り裂くことはできなかった。刃物をブーツに戻しシートベルトを外して、低温は前方の席へ身を乗り出し、サイドブレーキを引いて車体を安定させる。ステアリングにもたれ掛かる運転手の背中を押しやって手を伸ばし、扉に設置されたスイッチで後部扉を解錠した。

扉を開けて三車線道路の中央の路上に出ると、夜の空気が汗ばんだ低温の首筋を冷やした。信号が青色に変わり、前で停まっていた車両がゆっくりと動き出し、去っていった。後方に車両は存在せず、歩道側を見やると、低い鉄柵に沿って駐輪された数台の自転車と赤いポストがあり、その奥では硝子張りのショールームが高級外国車を内部に並べ、蛍光灯の光で眩しいほど輝いていた。エントランスの短い階段には、携帯端末へ話しかける二十代の男。

穎が低温のすぐ傍で、自動二輪車を停めた。座席に乗ったまま、背負っていたリュックサックを下ろし、中からワイヤーカッターを取り出すと、低温の両手首を固定する手錠の鎖を、力を込めて切断した。

低温は警察車両の後部座席に上半身を差し入れ、カッターでランヤードを切って警察官二人の遺体から五連装小型回転式拳銃二丁を奪い、ジャケットに仕舞った。姿勢を戻して重いナイロン製のリュックサックを後部座席へ放り入れ、扉を閉める。フルフェイス・ヘルメットを受け取って装着し、穎が放したステアリングを握り座席に跨った。通行人からの視線を低温は感じるが、気に留めはしなかった。穎が後部座席に乗る感触があり、低温は二輪車を発進させた。

数十メートル走ったところで歩道の植え込みに寄せ、低温は自動二輪車を停めた。後方の警察車両は夜の空気の中に溶け、ほとんど視認することはできなかった。わずかに確認できたのは、ショールームの前に佇む、携帯端末を持った若者。ジャケットの襟を破いて携帯電話を抜き出し、記憶する番号を打ち込む。迷う必要はなかった。低温は一呼吸置いた後、通話ボタンを押した。

リュックサック内の携帯電話が起動して電気雷管へ通電する。人民解放軍からの横流し品である四〇㎜対戦車ロケット弾が即座に起爆し、轟音を立て、一瞬の閃光《せんこう》とともに警察車両を四散させた。ショールームの硝子が衝撃と破片を受け、水が弾けるように砕け散る様子は、離れていても捉えることができた。すぐ傍にまで、警察車両のフロントグラスの、丸みを帯びた欠片が降って来た。ショールームのエントランスにいたはずの青年は、どこかに消え失せていた。

魂だけでなく本当に若者の形姿《なりかたち》も、この世から消滅したのかもしれない。

クラクションの耳障りな音が幾つも重なり、辺りに響いている。若い女の悲鳴が、そこに混ざった。発生した混乱状態は、これからしばらく続くだろう。低温は携帯電話を折って割り、歩道の植え込みへ投げ捨てた。

グリップを回してエンジンの回転数を上げ、自動二輪車を前進させる。穎の両腕が息苦しくなるほど、低温の腰に強く巻きついている。

k

蜘蛛はゆっくりと目を覚ました。

意識は、識閾《しきいき》の境界付近でほんのわずかに働き続けていたようにも感じられたが、思い出せるものは何もなかった。白く霞む視界に気付き、身動きすると顔から白色が外れ、全身を覆うビニールシートであることが分かり、それは体からどこかへ滑り落ちていった。

蜘蛛は天井を見上げていた。縦横に灰色の配管が走り、手前には直管形蛍光灯が並び、その光をひどく眩しく感じる。

上半身を起こすと、自分がステンレス製のベッドに寝ていることを発見し、それで、今どこにいるのか見当をつけることができた。蜘蛛は自らの、刺青に包まれた胴体を見下ろす。完全な裸体でいることを、朦朧とする頭で認識した。小さく音が鳴り続けていて、その振動が背中を這い上がってくる。空調の響きだった。

口内が苦く、ひどく渇いていて、舌の動きが鋭い痛みを引き起こした。蜘蛛はベッドの端に座り、身を震わせる。この瞬間だけは、恐怖を感じずにはいられなかった。五官から一斉に情報が押し寄せ、そして恐ろしいほどの寒さにも襲われていた。左右の肩を、両手で強くつかんだ。

蜘蛛は浅い呼吸を繰り返し、硬直した首筋を軋ませ、周囲へ視線を巡らせる。同じ型のベッドが、広い室内に数十台も設置されていた。幾つかのベッドの上では、ビニールシートが仰向けになった人の形で盛り上がっている。つまりここは。

蜘蛛の思考が、徐々に働き始める。ここは、どこかの解剖実習室なのだろう。

突然吐き気が込み上げ、蜘蛛はタイルの敷き詰められた床へ、ほとんど胃液だけの内容物を嘔吐《おうと》した。三度吐くと何とか落ち着き、蜘蛛は吐瀉《としゃ》物を避けて床に降り、顔を拭くものを探すが見当たらず、ベッドから落ちたビニールシートを使って口を拭った。柱の傍にキャスター付きの小さな作業台があり、そこに下着から上着まで蜘蛛の衣服が丁寧に畳まれているのを見付ける。

蜘蛛はよろめきつつ作業台に近付き、ゆっくりと服を着込み始める。なかなか指先に力が入らなかった。ようやく背広まで身に着けても、背中の震えを抑えることができない。鬘《かつら》や革靴も作業台に載せられていたが、ピルケースだけは外套の中にも見当たらなかった。財布の中からは、カード類が全て消えていた。全部他人名義のカードだったから、惜しいという気も起きなかった。

前回と、ほとんど変わらない。咳き込みつつ蜘蛛はそう思う。世界を全て体内で再構築するような、この不快な感覚。前回テトロドトキシンを服用した際も、全く同じ状況に陥ったのだ。結局、と蜘蛛は考える。今回も成功した、ということなのだろう。死体と同じ空間に立つこの無機質な風景が黄泉《よみ》の世界そのものではない、といいきることはできなかったが、少なくともこれまでのところ、あの世であると告げに来る者はいない。そして何より……

咳がひどくなり、蜘蛛は喉の痛みに体を折り曲げ、顔をしかめる。全身の感覚器官が、一つの生命であることを悲鳴を上げるように訴え続けている。咳が収まると、蜘蛛は両手で頭を抱えた。膨張したこめかみの血管が、元に戻るのを待った。すぐに寒気が蘇った。外套を着て肩を擦り、体を少しでも温めようとする。喉の痛みも、鳩尾に吐き気も残っていたが、次第に興奮を感じるようになってきた。ここは都内の大学校舎の地下だろう、と見当をつける。恐らくは存在しない遺族を探すための間、放置されたのだろう。

ここで目覚めたのは幸運だった、と思う。警視庁本部庁舎とは段違いに低い警備態勢。建物から出ることは容易く、すでに蜘蛛は身体と精神の自由を感じていた。

蜘蛛はビニールシートを拾い上げて死体の乗せられたベッドに近付き、トレイ上の解剖器具——ピンセットや刃物や小さな鋸《のこ》や槌《つち》——の中から銀色の鋏《はさみ》を取り出し、シートのきれいな箇所を選んで、切り裂いた。分離したシートを顔に巻き、鼻から口元をそれで隠す。わずかに、ホルムアルデヒドらしき臭いがする。偽物の頭髪を被った。

意識が少しずつ澄んでゆく。前回の試みよりも適正な投与量だった、という証しだ。口中に唾を溜め、床へ吐くと、それだけで興奮が高まり、笑みが吐息となって唇から漏れてしまう。これで、俺は佐伯亨との約束を果たしたことになる。自由契約の立場へと戻り、人間関係の煩わしい繋がりは消え去り、より純粋な状態に返ったことになる。

新たに、繋がりを作り直すべきだった。

イルマとの繋がりを。そのためには、世界を作り直さなければならない。俺とイルマを完全に解放し、俺たちの安全を保障し、この先数十年も続く、研ぎ澄まされた究極の状況を。

解剖実習室の床タイルを踏み、扉へと向かう。足音が天井の配管の間で複雑に反響し、その微妙な空間の振動を何か愉快に感じ、蜘蛛は笑みを抑えることができなかった。

i

「消えた、ってどういう意味？」

イルマはクラッチ・レバーを緩め、デュアルパーパスを少しだけ歩道へ近付け、

「仲間がいて、蜘蛛の遺体を医学部から持ち出した、っていうわけ？」

『その可能性もあるが……』

いい淀む渕へ、

「《蜘蛛》って、そもそも何者なの？」

『遺留品は盗品ばかりで、なかなか素性を割り出せずにいる、という話だ』

「指紋からの前科の検索は？」

『……蜘蛛の指先は、どれも凹凸《おうとつ》が消されている。薬品で溶かされていたらしい。科捜研へ口腔内の細胞からＤＮＡ鑑定を依頼し、前科者との照会も行っているが、今のところ結果は出ていない』

イルマは眉をひそめ、

「奴の経歴は結局、全くの不詳、って話なわけ……」

『そういうことになるな』

「それなら、解剖実習室を徹底的に調べて、遺体を持ち出した人間を追跡するしかないでしょ？」

『その通りだが……不審な点がある』

渕は一体どうしたのだろう、とイルマは苛立ちの中、疑問に思う。渕はずっと、奥歯にものが挟まったような喋り方をしている。つい口調が強くなり、

「何が不審なのさ」

『……現場の床に、吐瀉物が残されていた』

「仲間が遺体を見て、戻したんでしょ」

『最初は俺たちも、そう考えたんだが……大至急科捜研で内容物を調べてもらった結果、判明した事実があってな……テトロドトキシンらしき物質が、検出された』

「テトロ……何？」

『テトロドトキシン。一般的には、河豚《ふぐ》毒として知られている。経口での致死量はシアン化カリウムの、約八五〇倍』

イルマは、鑑識員のいいたいことが少しもつかめずにいる。渕は何の話をしている？

「だから何だっていうの？　蜘蛛はその毒を飲み込んで、警視庁本部の留置場で死んだ、ってそれだけの話でしょ。多少、遺体から流れ出したって……」

『これはあくまで仮説だ、イルマ。医学的には証明されていない』

渕は聞き取りにくいほど声を落として、

『蜘蛛の死は搬送先の、大学病院の医師が確認している。瞳孔が拡大し対光反射はなく、心肺機能も停止していた。だが……テトロドトキシンが仮死状態を引き起こす事例は、世界中で報告されている。ハイチではこの毒を、呪術師が《生ける屍》を作り上げるために用いる、ともいう。あるいは蜘蛛が自らの死を装うためにあえてテトロドトキシンを選び服用した、とすれば……』

絶句するイルマへ、

『あくまで仮説だ』

渕がいい、

『だが、遺体を運び出した跡が解剖実習室にないのも事実だ。現場の状況は、蜘蛛が自分で起き上がり、服を着て出ていった、という様態を示している』

「冗談でいってるんだよね……」

現実の出来事とは、とても思えなかった。でも、もしもそれが本当に、蜘蛛の選択した手段だとしたら。イルマの背筋を、寒気が駆け上がった。もし本当なら、蜘蛛の判断は人間としての思考を超えている。自らを死体へと変移させ、死からの復活を目論み逃れようとするなど、現世《うつしよ》の住人の選ぶ方法ではない――

『イルマ』

渕の声で我に返る。

『俺がこの話をしたのは、もし蜘蛛が生きている場合、今もお前を狙う可能性があるからだ。こっちは一課の十係が捜索を開始しているが……可能性にすぎないとしても、念のためだ、常に注意だけはしておけよ』

「……分かった」

通話を機械的に切断し、イルマは礼を伝えるのも忘れていた。そのまま呆然としそうに

なる自分を駆り立て、宇野へと接続して蜘蛛の遺体が消えたことを伝え、

「詳しい話は渕から聞いて。事案はすでに、第十係が扱っている。で、あなたは本部へ戻って。そこで、蜘蛛についての情報を掻き集めて。側面から、十係を支援できるかもしれない」

『主任は』

「私はもう一度、佐伯に張付く。嫌な予感がする」

『鑑識と一課が動き出しているなら……』

「眠剤や煙草を手当たり次第呑み込み、救急車で搬送され、胃洗浄を受けた」

病室での、蜘蛛の証言。イルマにとっては屈辱的な場面でもあった蜘蛛の自供を、苦々しく思い浮かべながら、

「……奴自身がそういっていた。覚えてる？　あの場にはカネモリたちもいたけれど、阿呆面のあいつらの記憶力は当てにならないしね。それと、イワイの証言。元薬剤師、っていう噂。それだけ情報があれば、奴の素性を探るのに、あちこち記録を漁れるでしょ。ウノ」

改めて部下へ呼びかけ、

「いったん捕らえた被疑者について何一つ分からない、っていうのは異常だよ。でも、経歴が消えてなくなるわけじゃない。どこかに記録があるはず。それを探って。蜘蛛の正体を」

もしかすると、とイルマは考える。

もしかすると私は怯《おび》えているのかもしれない。得体の知れない被疑者が、生きてこの街を歩いている、という可能性を聞かされて。怯えを打ち消すために、少しでも奴の内面を暴こうと、人間らしい部分を見極めようと、躍起になっているのかもしれない。

宇野はひと言も反論しなかった。了解しました、と静かに答え、通話を切断した。

蜘蛛についての思索に陥りそうになっている自分に気付き、イルマはスロットル・グリップを握る手に力を込める。

S

二人の身辺警戒員に挟まれた状態で、佐伯亭はホテルのエントランスに足を踏み入れた。厚い絨毯に革靴が沈み、その感触が佐伯へ日常のライフスタイルを一瞬、思い起こさせる。すぐに、完全には回帰していない現実が戻ってくる。一人の身辺警戒員とともに入り口で待っていた見島が一団を先導し、エレベータ・ホールへと早足で歩き出した。

数多く並ぶエレベータの一つに警察官とともに乗り込み、上昇が始まった時、見島と目が合った。互いに小さく頷き、それぞれの心境を確認した。再び全てが滑らかに流れ始めている、という感触。滞りが全部消えるのも間近だろう、と思えた。

上層階で降りると、受付の机から決算説明会の会場へ大勢の記者の移動する様子があった。控室へ向かう途中、開け放たれた入り口から会場を覗き込み、整然と並べられた机と椅子を確かめる。数人の社員から、無事を喜ぶやや過剰な歓迎を受けたが、佐伯は片手を挙げて通り過ぎ、控室の扉の前に立った。身辺警戒員へ振り返り、

「これまでの警護、ありがとうございます。ここからは……細かな商談もありますので」

身辺警戒員たちは顔を見合わせ、肩幅の広い年嵩の男が頷き、佐伯へ、念のため窓には近付かないでください、と忠告した。

佐伯は返事をしなかった。礼をいうべき、ということは分かっていたが、苛立ちがすでに限界に達していた。発表会の開始までもう時間がなく、その短い間で、シェヴロンと自分の今後にとって決定的となる契約を結ばなければならないのだ。

見島が控室の扉を開けた。佐伯が入室すると見島も続き、すぐさま扉を閉めた。

室内には総務部の部下二人が立っていた。強張った面持ちで、こちらを振り返った。室内に満ちる冷たい緊張感に気付く。誰がこの空間の中心人物であるのか、すぐに察することができた。

壁際の低い肘掛け椅子に、三人の男が並んで座っている。中央の椅子の背に深くもたれて腰掛ける男が、空間の主役だった。紺色の背広を着た、よく肥えた中年の男で、やけに量感のある髪が黒々と光っている。佐伯も実際に会うのは初めてだった。

劉春光。スピード・テクノス社会長。黒社会との繋がりを、以前から噂される男。

劉春光はゆっくりと起立し、両隣の若い側近が素早くその動きに従った。薄い笑みを浮かべ、一重瞼の下の小さな瞳が静かに佐伯を捉えていた。椅子の傍から動く気配はなく、佐伯の方から歩み寄り、握手を求めた。劉春光が差し出された手を緩く握り返し、肘掛椅子に座り直す。小さな硝子テーブルを挟み、佐伯もその向かいに腰を下ろした。劉春光の側近も席につき、全員が微笑んでいたが、緊張の密度は少しも変化しなかった。

佐伯は総務部の社員へ目配せして通訳を命じ、

「争いを全て、終わりにしたい」

と劉春光へ伝えさせた。客人の口元が、引き攣ったようにも見えた。

「今日あなたをここにお招きしたのは当然、和解のためです。それも、公式に行う」

社員が訳し終わるのを忍耐強く待ち、

「ご存じの通り、これから我が社の決算説明会を行います。その後、事業計画を発表することになっている。そこで、あなたも舞台に上がってもらいたい。スピード・テクノス社との業務提携を発表します。つまり、無料配布予定のルーター全てに、御社の通信技術を組み込む、という契約を公にします。王来治が生産していた製品を組み込むのです」

視線をこちらから逸らさず、劉春光は佐伯の部下へ北京語で話しかける。顔を上気させ、額を汗で湿らせる社員が咳払いの後、佐伯へその内容を伝えた。

「それは、事業計画を初期のものに戻す、という意味ですか」

「その通りです」

佐伯はすかさず、

「こう考えていただいて、間違いありません。我が社の得る顧客の通信情報《データ》は今後全て、あなた方も共有することになる。ここが、争いの原点です。問題の原点を消し去る、ということで、どうでしょう……」

数秒の時間が空いた。やがて劉春光が口を開き、

「争いの原点は、その位置ではありません。源は、王来治が殺された時点です」

シェヴロン社員の通訳を通じていい、

「この点の被害を解消せずに、あなたは問題を解決したい、という」

「私もすでに、何度も命を狙われています。助かったのは幸運によるもの、というだけにすぎません。解釈を変えてみましょう」

佐伯は身を乗り出す。駆け引きが仕掛けられていることを、意識する。

「私は運よく生き延び、その分だけ、より多くの恐怖を味わった、ということにもなります。あなた方が満足するだけの恐怖を、すでに味わったのです。その上で、あなた方は正式な契約によって、非常に多くの有益な情報を手に入れることができるようになった。この状況を、まさか不公平だと考える者はいないでしょう」

「……それほど、恐ろしかったですか」

「ええ。先程も、生きた心地がしませんでしたね」

「……シェヴロン社独自のネットワークは、これからも拡大する予定ですか」

「もちろん。世界中に拡張するつもりです。その全てに、あなた方も接続できることになります」

劉春光の顔に、初めて本物の笑みが浮かんだ。

「いいでしょう」

総務部社員が慎重に、スピード・テクノス社会長の言葉を伝える。

「この提携には、問題を完全に終わらせる価値がある、と認めましょう」

劉春光が携帯端末を取り出し、誰かを呼び出して、母国語で上機嫌に話を始めた。

佐伯は椅子の背に姿勢を戻した。内心では、勝利の感触に浸っていた。俺も、シェヴロンも生き延びる。黒社会を後ろ盾に得て、より強大に膨れ上がるだろう。

劉春光は通話を切り、指先でシェヴロン社員へ通訳を指示し、

「私が招かれて以来、休戦状態として一時停止していた我々の構えを、完全に解除しました。これからは我々は友となり、味方となり、あなたの武器にもなり得るでしょう」

立ち上がり、今度は劉春光の方から分厚い片手が差し出され、佐伯は握手に応じた。折角生まれた友好的な空気を打ち消さないよう、佐伯は笑みを絶やさなかったが、相手の言

動を全て真に受けるべきではない、ということも分かっていた。この男はまるで、二度目以降の黒社会の襲撃がなかったかのように振る舞っている。どれも、劉春光が来客として訪れることを承諾したのちの暴挙だというのに。

駆け引きは永遠に続く。そして、その不安さえも今は心地よく感じられる。

社員二人へ、決算説明の終わるタイミングで劉氏を舞台袖へ案内するように、と指示を出した。待機の間は、劉春光と側近二人の全ての要望に応えるよう、命じた。

見島とともに控室を出た。すぐに、説明会が始まる。気分が高揚し続けている。

+

場内の照明が幾らか落とされた。薄暗さの中でも説明会の壇上に上がると、場内の隅々まで見渡すことができた。それぞれのノートPCを長机の上で開き、小さな録音機器をこちらへ向ける大勢の記者たち。犇めくほどの人数が集まっていた。襲撃事件の影響がここにも現れている、と佐伯は確信した。会場の後方には、ネット中継のために用意された三台の高精細ビデオカメラがあり、背後を見やると、高い位置に並べられた二つの一〇〇インチ・スクリーンがプロジェクタの光を受け、第二四半期決算説明会、の文字を分割し、表示している。

佐伯は、舞台の端で映像を操作する社員へ頷き、無言で指示を出す。壇上のスピーカーから電子楽器の重低音が鳴り出し、上昇気流、の躍るロゴタイプがスクリーンに出現する。手に持ったマイクの電源を入れた。

「お集まりいただき、ありがとうございます。只今から、株式会社シェヴロンの第二四半期決算説明会を始めたいと思います。その前に、皆様にご心配をおかけしましたことを、お詫びいたします。私個人もシェヴロン・グループ全体におきましても、物理的金銭的な被害は何一つ発生しておりません。質問には、のちほど答えさせていただきます。では、今期の成績を……」

佐伯は、四期連続の売上高の上昇を説明した。営業利益、経常利益、当期純利益を伝え、連結決算状況を解説した。買収した企業の株価の上昇を知らせ、シェヴロン・グループ全体の株価の推移に言及した。質疑応答では、記者たちは最初こそ投資先の業績や、成績不振な子会社への質問を連ねていたが、徐々に襲撃についての話題へと方向転換していった。佐伯は背筋を伸ばし、厳しい表情を作って、それらの問いに答えた。決算説明を切り上げず、早く今後の事業計画発表へと移りたかったが、世間の注目が集まっている状況を意識し、それも悪い気分ではなかった。

……襲撃者は反社会勢力と思われます。原因についての心当たりはありませんが、恐らく私たちのいずれかの製品、サービス、あるいはこの後、事業計画発表で細部を説明する予定の、無料無線通信網の登場により何らかの損害を受ける個人、団体の恨みを買った、とも考えられます。いえ、先程も説明しました通り一切、グループも私も被害を受けてはおりません。警備員や、身辺警戒員をはじめとする警察官の働きによって犯人は全員、すでに逮捕されています。ご心配をおかけしましたが、今後はシェヴロン・グループとその周りに平穏が戻るもの、と考えております。記者の皆さんにお願いいたします。襲撃の内容、原因について、これから様々な憶測が乱れ飛ぶものと思いますが是非、正確な報道を継続していただきたいと……

幾つかの追加の質問に答える間、懸命に焦れる気分を隠した。質問がようやく途絶え、決算説明会の閉会と事業計画発表会へ移ることを、佐伯は宣言する。

ひと際大きく、スピーカーが電子音楽を発する。二つのスクリーンに跨がり、「全ての人々に翼を」の文字が輝いた。

d

低温は自動二輪車を停め、穎とともに歩道に降り立ち、反対車線側に聳える高層ホテルへと視線を送った。片側二車線の道路の一つは連なって停車するタクシーと、その列に混じる数台の警察車両により埋められていた。

フルフェイス・ヘルメットを脱ぎ取り、頴から渡されたサージカル・マスクを口元に装着した。同じようにする頴の格好を見やり、腕時計で時刻を確認した。

ホテル入り口の回転扉の傍に、二人の制服警察官が立っていた。揃って、片耳に差し込まれた無線のイヤホンを人差指で押さえ、聞き入っている。低温はジャケットのポケットに両手を差し入れ、それぞれに隠した回転式拳銃の銃把を握り締めた。頴が二輪車のトップケースから、大型の厚い封筒――内容は白紙の束にすぎない――を二封、持ち出した。

躊躇せず、低温はホテルへ向かう。横断歩道を渡り、回転扉へと近付こうとした時、警察官二人がイヤホンから指を離し、慌てた様子で駐車中の警察車両に乗り込んだ。近付く低温と頴には、少しも注意を払わなかった。

低温は、拳銃から離した手で頴の持つ荷物の一つを受け取り、脇に抱える。

回転扉を抜けホテル内部に入ると、二階部分までを吹き抜けにした眩しい空間が出迎えた。奥へと歩を進め、赤いネクタイを締めたコンシェルジュの会釈を受け流し、低温は頴とともにエレベータの一つに乗り込んだ。

「改めまして、本日はお集まりいただき、ありがとうございます」

世界中の投資家の視線を集めている、と自覚すると興奮で顔が紅潮し、首筋まで熱くなるのを感じた。

S

「本日、我が社独自の無料無線通信網計画、『ビット・タービン・プロジェクト』、その詳細を発表いたします。ではまず……想像していただきたいと思います」

佐伯は会場を見渡し、

「我々に今、何が足りないのかを。物質的、精神的な欠如を。足りないのは科学の進捗かもしれませんし、人との繋がりかもしれません。直接的に、金銭や食料かもしれませんし、教育や学習の機会かもしれません。そこでもう一つ、想像していただきたい。この国の、さらには世界の隅々まで無線通信網が行き渡った、その光景を。完成された時、何が起こるのかを」

カメラ・レンズの位置を探し、

「無線通信網はいうまでもなく、重要なインフラであり、本来、一企業の行う規模を超えた事業であります。ですが行政の動きが鈍ければ、誰かが動かざるを得ません。想像してください。プロバイダやアクセス・ポイントを意識することなく、全ての人にネットが開放された世界を。ここから、何が始まるのか。新規事業。研究協力。寄付金の募集。新たな繋がり。今後起こりうる全ての電子的な行いが、誰かに強制されることなく、自然発生し続けるでしょう。全てが始まる、といっても過言ではありません。ビット・タービン・プロジェクトは産業革命にも比肩する巨大な変化であり、新たな枠組みを世界へもたらす情報の回転翼となるはずです」

記者たちの響かせるノートPCの打鍵音が、強い雨音のように届いてくる。

「懸念を表明する人々もいます。我々の提供するルーターを使用した場合、シェヴロン社に個人情報を利用される、という事態について。ここでもう一度はっきりと、誤解を解消しておきたいと思います。我々が利用するのは、あくまで情報の集合体です。情報を集め総合し、統計的手法によりネットワーク上の動向を知り、ネット検索その他のサービスの精度向上に反映させるためであり、個人の記録を覗き見するものでは、決してありません」

佐伯は舞台袖の暗がりへ目をやり、劉春光が控えていることを確認する。あるいは黒社会は個人、組織の記録に興味があるかもしれない、とそんなことを思う。

「どうしても懸念を拭い去れないのであれば、対処は簡単です。ビット・タービン・プロジェクトへの参加を拒否すればいい。それだけです。シェヴロン社の収益源である広告の表示も、煩わしく思う人はいるでしょう。我々は単なる民間企業にすぎません。プロジェクトへの参加を強制する意図も、その権限も持ってはいません」

振り向いて、頭上の映像を指差した。東京都の地図が大きく映し出された。

「最初の無線エリアは、都内の一部となります。スクリーンで示された地域です。そしてもちろん、エリアの拡大は順次行う予定ですが、エリア外であっても、他社サービスと比べて安価にＷｉ－Ｆｉを利用できるよう、準備しております」

地図の中、青い光線の網《ネット》で表現された無線エリアが、次第に大きく広がってゆく。

「都内が、全国が完全にこの電子網で覆われた時、何が起こるのでしょう。もう一つの電子的地図が現実を包み、仮想的に構築される世界。文化が一段階進化する、その転換点を私たちは目撃することになるでしょう。参加は、自由意思によるものです。参加を決意された人々には、シェヴロン・グループ製のルーターが無料で貸与されることになります」

映像が、小さな白い機器へと切り替わる。

「ルーターは、複数ストリームによる最速の無線情報《データ》転送能力を実現しています。これを可能としたのは、スピード・テクノス社の技術による高性能アンテナ・モジュールです。シェヴロン社は無線技術領域における業務提携契約を、スピード・テクノス社と結ぶことになりました。提携コンセプトの詳細は後日発表する予定ですが……本日は、スピード・テクノス社の会長をお招きしております。ご紹介しましょう」

劉春光は持っていたグラスを側近に渡し、紅潮した顔で壇上へ登って来た。佐伯の差し出した片手を満面の笑みを湛え、力強く握り返す。佐伯は小さく会場の奥を指差し、ビデオカメラの位置を知らせた。

カメラのレンズへと、佐伯は笑みを向ける。この国は確実に俺のものとなる、と確信しながら。

いずれは世界をも、と誓いながら。

i

赤信号に従い停車する一般車両の間を擦り抜け、イルマは横断歩道の白線ぎりぎりまで前輪を寄せた。呼出音が、ヘルメット内のスピーカーから流れる。イルマは手探りでコントローラを操作し、接続した。主任、と呼ぶ宇野の声。蜘蛛に関して、何か判明したのだろうか。

幾ら何でも早すぎる。イルマは小さく首を振った。焦りばかりが募ってゆく。宇野はせいぜい、警視庁本部に到着した、というところだろう。

『低温を護送していたＰＣが、破壊されたそうです』

「破壊？　意味が……」

混乱するイルマへ、宇野は冷静な口調で、

『爆発物が仕掛けられたらしく、大破した模様です。襲撃者があったのか、あるいは被疑者が所持し、自決を図ったのか……現在捜査中とのことです」

イルマは奥歯を噛み締めた。低温という男の非情さに慄然《りつぜん》とし、向かう先を思い起こして、佐伯から離れてしまった自分の失策を痛感した。

「被害は？　低温の身柄は……」

『全くの不明、との話です。周囲の建物にも被害が発生するほどの爆発だったらしく、PC自体がほとんど原形を留めず、乗車していた人物の区別もつかない、と……念のため、被疑者逃走の可能性を考慮し、緊急配備を敷いている、ということですが……』

「何寝ぼけてんだよっ」

宇野へ怒鳴っても仕方のないことは分かっていたが、

「奴の狙いが何かを思い出しなって。佐伯亭の警護をもっと増強させるよう、警備課へ警告して。自決？　わざわざ連行中に道路上で爆死する必要がどこにあるの？　逃走？　尻尾を巻いて逃げ出すくらいなら、最初から、貧弱な武器で佐伯に近付いたりはしない。奴の狙いは最初から最後まで、佐伯亭だ。いったん捕まったのも、もう一人が逃げ回っていたのも、PCを爆破してみせたのも、全部警察の警備を分散させるための陽動に決まってるじゃん。佐伯ももう発表会を終えて、関係者とパーティを始める頃合いだよ。大役を終えて、油断しきっている。後手に回った緊急配備なんて、低温の思う壺《つぼ》だって」

落ち着け、とイルマは自分にいい聞かせ、

「……蜘蛛の件、急いで。低温だけでなく、あの変態も今、自由に街を動き回っているはずだから。私は低温、あなたは蜘蛛。今はこのやり方しかない。でしょ？」

宇野は数秒黙り込んだ後、

『……了解しました』

切断しようとすると、主任、ともう一度呼びかけられ、

『警備課へ応援を要請します。低温に対する単独行動は危険です。絶対に控えてください』

控えろ、という上司から何度も聞かされた煩わしい言葉を聞き流そうとして、イルマはふと考える。これって愛の告白？　違うか。

「たぶんね」

そう答えて通話を切断し、赤信号の下で光る右折の表示を無視して、イルマはデュアルパーパスを直進させる。

d

エレベータから降りた瞬間に、視線を感じた。エレベータ・ホールに隣接するエスカレータの乗降口に、黒い背広姿の大柄な男が二人、立っている。無線のイヤホンを装着する

姿は明らかに警察官と見え、二人は目が合った途端、こちらへと動き出した。

低温も警察官たちへ歩み寄り、抱えていた荷物を大股で近付く二人の前へ投げ捨てる。両手でジャケットから二丁の回転式拳銃を引き出し、同時に発砲した。二人は下腹部を押さえ、柔らかな絨毯が敷かれた通路に、前のめりにくずおれた。

発砲音に気付いたらしい青い制帽を被った警備員が柱の陰から現れ、困惑顔で近寄って来る。床に倒れた警察官に気付き、その場で立ち竦んだ。左手に持った拳銃で肩を撃ち抜き、通路中央でうずくまった警備員を靴裏で蹴って床に転がし、低温は大会場へと急いだ。クロークルームの窓口に立つ若い女が、引き攣るような悲鳴を上げて硬直し、通り過ぎる低温たちを見送った。

なぜ胸を狙わなかったのか、と低温は自問する。警察官と警備員への自らの照準の甘さに、驚いていた。奴らの死を、銃弾そのものではなくその後の運命に任せようとしている。誰かへ手心を加えることで、今更罪が軽くなるとでも？　ショールームの前で消えた、穎と同年代の青年の姿が一瞬、はっきりと脳裏に浮かんだ。

歩きつつ背後の穎へ振り返り、拳銃の一丁を手渡した。残りの弾丸は二発だったが、脅しに使うには充分だ。不要向人《ブーヤオシアンレン》〈人には向けるな〉、といい添えた。

どんなやり方であろうと、と低温は決意を込め心の中でいう。

すぐに、全てに決着がつく。与えられた使命も。俺自身の未来も。

穎が低温を追い越し、会場の受付に駆け寄り、銃で脅してスタッフを下がらせ、木製の椅子を指差し取り出させた。素早く椅子を運んで太い柱に寄せ、座面に登り、上方に設置された火災感知器へと体を伸ばし、上着から出したオイルライターの炎を翳《かざ》すのを、低温は横目で確認し先へ進む。

会場の、広い入り口の傍に立つ一人の制服警察官が、穎の行動に気付いた。駆け寄ろうとする中年の警察官の腹部を低温は脇から撃ち、警察官は声も上げず、絨毯に滑り込むように、勢いよく椅子の脚元へ倒れた。

未だに、何が起こったのか把握しきれていない大勢の従業員たちが、招待客用の飲み物を手に持ったまま、会場に踏み込んだ低温を漠然と見詰めていた。

「外へ出ろ」

マスクを外し、低温は怒鳴り声を上げる。入り口付近の従業員と招待客だけが、振り返った。佐伯亨の姿を確認するために、会場の中心へ足を踏み入れようとする。様々な年齢、色々な服装の男女で広い空間が一杯になっていた。立食形式の宴の中、会場前方に用意された円卓の近くに細身のスーツを着た佐伯が立ち、ドレス姿の若い女の言葉に微笑みを浮かべ、頷いている。

会場に警報が鋭く響き、火災感知器が作動しました、落ち着いて避難してください、という機械的な女性のアナウンスが大音量で流れ、そして天井のスプリンクラー設備から、霧のように細かな水が噴き出した。

放水を浴びて騒然としながらも、招待客たちは周りを確かめ、繰り返されるアナウンスに従い、愚鈍な家畜のように重い動きで会場の外へと移動を始める。その様子に目を配りつつ、低温は佐伯の位置を確認し続けた。会場内に、潁が飛び込んで来た。

潁は低温の傍で両足を開いて立ち、天井中央のシャンデリアを吊るす鉄鎖へ、拳銃を構え発砲した。火花とともに鎖が切断され、巨大な照明器具が落下し、電源ケーブルによって空中で動きを止められ、破砕音とともに硝子の破片を辺りへ撒き散らした。潁の射撃を機に、外へ出ろ、ともう一度低温は周囲へ怒鳴った。

場内に本物の動揺が発生した。悲鳴が方々から聞こえ、移動の速度が目に見えて上がり、人の流れが低温たちの前で二つに分かれ、混乱しつつも出口へ向かってゆく。低温は潁の射撃を初めて目の当たりにし、その技術に驚いていた。しかし口には出さず、

〈ここはもういい〉

会場奥に位置する佐伯亭から意識を逸らさないよう努め、

〈エレベータとエスカレータを警戒しろ〉

潁が険しい目付きで頷き、出口へ殺到する人の流れと混ざり、一瞬の悲鳴を巻き起こし、そしてすぐに見えなくなった。

i

イルマはデュアルパーパス・バイクに乗ったまま、横断歩道に沿って反対車線へと進入し、歩道にまで乗り上げ停車した。ホテルのエントランスからは絶え間なく宿泊客らしき人々が退出し続けていて、混乱が一帯に広がりつつあるように見えた。

聞いたことのない音色の警報が鳴り響いており、合間に差し込まれる合成音声的なアナウンスは上階での火災の発生を知らせていた。全ての階の非常階段の扉を解錠しました、ホテル従業員の指示に従い落ち着いて避難してください、という新しい指示がつけ加えられた。

警察官の姿がほとんど見当たらない。警視庁内部の状況が少しも把握できなかった。せめて受令機だけでも持ってくればよかった、と後悔も覚えるが、目前の事態が装備の有無など問題にならないほど切迫したものであることも、分かっていた。

低温の仕掛けとしか、考えられない。

近くを通りかかった地域課の若い女性警察官を捉まえ、ヘルメットを脱いで警察手帳を示し、ホテル上階の様子を訊ねるが、私は交通整理を、という頼りない答えの他は、応援は要請しています、という通り一遍な説明しか返ってこなかった。イルマは焦り、周囲を見渡す。

建物内の奥にエレベータ・ホールが窺え、その扉の一つが開き、溢れるように大勢の人の降りる様子があった。

低温の襲撃が始まっている。今にも、佐伯亨は殺害されるだろう。それとも、もう……

イルマは歯嚙みをし、そして決意した。ヘルメットを植え込みへと放り、開いた警察手帳を口に咥えてスロットル・グリップとクラッチ・レバーを握り締めた。

ホーンを響かせながら強引に、ホテルのエントランスへバイクを乗り込ませる。

S

突然、警報とともに天井から細かな水が噴出し、会場が白く煙った。佐伯亨は数秒の間、呆然とあちこちのテーブルに並べられた鮮やかな料理——パテや高級チーズを載せたカナッペ、料理人の切り分ける子牛のロースト、真鯛のマリネ、蒸留酒で煮込まれた豚肩、ポタージュスープ、果物——が大量の滴を受け、一気に色褪《いろあ》せてゆく様を眺めていた。

突然の不穏な事態の発生に、佐伯はテーブル席に座る劉春光の顔を確かめた。一方的に和平の約束を反故《ほご》にするもの、と思えたが、一重瞼の細い両目は、不測の事態への驚きを表していて、劉春光は佐伯を見返し、不安げな表情でゆっくりと首を横に振ってみせた。

単なる不運な偶然か、と考えると怒りが沸き上がった。動揺を表情に出さないようにして場内の案内役に近付き、マイクロフォンを取り上げ、招待客へ避難を促すことでこの場の主導権を握ろうと電源を入れた途端、水の染み込んだ銀色の機器は火花を散らして目の前で壊れ、佐伯の手を離れ床に転がった。

自らの内部で拡散する不安を、佐伯は意識する。見島の姿を探すが、秘書は下の階で決算説明会の後始末中のために不在であるのを、思い出した。

佐伯の周りを囲み、宴の光景まで記事にしようとカメラを構えていた記者たちが、それぞれの録音機械や撮影機材を背広で守りつつ避難を始めた。劉春光が側近たちに促され、立ち上がった。

記者や招待客を掻き分けてその場から逃げ出したい、という衝動を抑え立ち竦む佐伯には、会場中に並べられた料理がスプリンクラーの放つ無数の水滴に叩かれ、無残に崩れてゆく様子を見渡す他、できることはなかった。

早く移動を、と声をかけてきたのは、ずっと佐伯の傍に張付いていた年嵩《としかさ》の身辺警戒員だった。頷こうとした時、破裂音らしきものが警報に混じって聞こえ、豪華なシャンデリアが突然落下し、電源ケーブルに引き止められ、空中で音を立てて大きく揺れた。招待客とともに、佐伯も思わず首を竦める。

その時になって、ひと際速くなった人の流れに逆らい、こちらへと移動するカーキ色のミリタリー・ジャケットを着た背の高い男に佐伯は気付いた。その片手に何が握られているのかも。身辺警戒員が身を低め、大男へと接近し始めたのが分かった。背広の内から、自動拳銃を取り出した。

放水と警報の鳴り響く中、身辺警戒員が男へと近付き、腕を伸ばし引き金を絞った。同時に、その動きを察知した大男も発砲する。身辺警戒員は糸の切れた操り人形のように力なく床へ突っ伏し、背の高い男は真っ直ぐに立ったまま、何の感情も顔に浮かべず、絨毯の上で俯せになった相手を見下ろしていた。

大男の視線が、佐伯を貫いた。

会場から記者と招待客と従業員が消えると、床の中央で横たわる身辺警戒員だけが視界に残った。動かなくなったその体が、状況を正確に伝えていた。

怒りはすでに消え失せている。純粋な恐怖が、悪寒となって背筋を駆け上がった。静かに、確実に大男が近付いて来る。佐伯はその場に座り込んだ。銃口の暗い穴が見えていた。

d

室外へ逃れようとする者たちは皆、低温から距離を置いて避け、入り口へと流れてゆく。その動きを遮る必要はなかった。階下へ雪崩《なだ》れ落ちるように避難する人間たちは、警察の到着を遅らせる要因となるだろう。照明器具を破壊することで加速された避難の流れの中に、低温は見覚えのある顔を発見する。目が合った一瞬、男は他の人間とは違い、睨むような視線をこちらへ送った。

劉春光。放水を受け髪型はひどく崩れていたが、肥満した顔の中の、細く鋭い両目を見間違えようはなかった。男の両腕を抱えるように並んで歩く二人の青年も、黒社会らしき暗い雰囲気をまとっている。

——なぜ、あの男がここにいる？

棘のように尖った不穏な気配を、低温は感じる。幇会は俺に、何か知らせていないことがあるのか？　幇との繋がりを証明する通信機器はすでに全員が運河へ捨て、廃棄している。その後、黒社会の方針が変更された、という可能性は……

低温は、姿勢を低くして報道記者たちに隠れ移動する一人の中年の男に気付いた。暗色の背広に見覚えがある。あれは私服の警察官、身辺警戒員だ。

そう思い至った瞬間、男は背広から素早く拳銃を抜き出し、避難の列から逸れた。一瞬の躊躇が動作の中に見え、低温の射撃の方が早かった。身辺警戒員の銃口からも閃光が放たれたが銃弾は逸れ、低温の体には当たらなかった。身辺警戒員が前のめりに倒れ、絨毯と接してわずかな水飛沫を立て、動かなくなった。

深く息を吸って吐き、自分に怪我のないことを確認して、低温は会場奥で立ち尽くす佐伯亭への歩みを再開させる。雨のように注ぐ放水の先で、見る間に佐伯の顔に怯えが広がり、後ろへ転がるように円卓の合間へ倒れ込んだ。逃げ場はなく、後は確実に射殺可能な位置まで、距離を詰めるだけでよかった。

発生した突然の痛みに、低温は姿勢を崩し、片膝を絨毯に沈ませた。

火箸を押しつけられたようだった。片脚の付け根、外側の辺りに激しい痛みと熱を感じた。低温は唸り声を上げ、片膝を突いたまま背後へ回転式拳銃の銃口を差し向けた。床の上に横転する姿勢で、身辺警戒員が自動拳銃を構えていた。銃の先がひどく揺れていた。怒号とともに、身辺警戒員は拳銃の引き金を絞り続け、その全ての銃弾が、低温の体を大きく逸れた。低温は片脚を庇《かば》いつつ、立ち上がった。

怪我の様子を指先で探ると、血液が流れる感触はあったが、表面的な傷であることも分かった。低温は片脚を引き摺って身辺警戒員へ歩み寄り、両目を閉じて口を引き結ぶ中年の男の、胸部の中心を轟音とともに撃ち抜いた。銃弾を受けた身辺警戒員は全身を大きく震わせ、次には完全に弛緩させた。

自らの甘さを、低温は痛感する。残弾のなくなった拳銃を死体の傍に捨て、もう一度片膝を突いて踵からセラミック製の刃を引き抜き、そして立ち上がった。

会場奥に座り込む、佐伯亭を見やった。

低温は着実に足を送り、距離を縮める。すぐに全ては終わる、と頭の中で繰り返し唱えていた。額を流れる水滴が目の中に入り、視界がぼやけ、一瞬現実を見失ったように感じる。全てとは何だ、と自問した。お前が終わらせようとしているものは——

けたたましい警報が続いている。放水を浴び続け、低温の体は芯から冷えつつある。

地獄だ、と低温は答えた。

エンジンの駆動音が警報を切り裂き、低温の聴覚に届いた。室内ではあり得ないはずの音に驚き、振り返ると自動二輪車の黒い前輪が目前に迫り、身を捻って衝突寸前でかわすが、思わず顔の前に翳したセラミックの刃が弾かれ、低温の手を離れた。

i

ホテルの最奥に位置する非常階段の扉を、ベルボーイが怯えた顔で開いた。警察手帳を咥え直し、イルマは若い従業員に頷き、非常階段へ一〇〇〇ccのデュアルパーパスごと突入する。

厚い絨毯からリノリウムの床に変わり、摩擦力の低下を意識しながら、イルマは二輪車の勢いを殺さないよう、一気に踊り場まで走り上がった。階段に宿泊客の姿は見当たらなかった。空間は狭かったが、未舗装の斜面を走るトライアル走行訓練で培った技術は、今も体に染みついている。イルマは踊り場でステアリングをフルロックさせて小旋回し、エンジンの回転数を落とさず、次々と階を駆け登った。非常階段の空間の中で、警報と冷静な避難を勧めるアナウンスが轟いている。自動二輪車の排気音が、それらを掻き消した。階段の硬い振動が、胸の奥に痛みとなって響き始めた。

目的の階でいったんギアをニュートラルに戻して片手を思いきり伸ばし、金属製の非常扉のノブをつかんで引き、隙間に前輪を捩じ込むように差し入れ、バイクを通路へと進入させる。

フロアでは、霧のような雨が降っていた。事態を見極めるために、イルマは二輪車の速度を緩めた。降り続く細かな水滴はスプリンクラーによるもの、とすぐに分かったが、実際に出火があったのかどうかは、判断できなかった。スーツ姿の男性、ドレスを着た女性、背広の内に機材らしきものを抱えた男たちが、通路を走って横切る様子が視界の先にあり、ほとんどの者が、エスカレータへと殺到しているようだった。

バイクの速度を上げ、角を曲がろうとした時、制服警察官を背後から抱えて通路を引き摺る警備員とぶつかりそうになり、イルマは急制動をかけた。怯えきった二十代の警備員と目が合い、抱えられた中年の制服警察官も苦しげに顔を上げ、イルマが口から下げた警察手帳の記章に気付いたらしく、顔をしかめたまま、顎先で奥の空間を指し示した。

そこに低温がいるのを察し、イルマの心臓が大きく鳴る。

制服警察官は制帽が脱げ、放水に濡れた顔色は蒼白で、気力だけで意識を保っているように見えた。警察官へ走り寄る男たちがいて、警備員を手伝い、弱々しい掛け声とともに抱え上げ、どこかへ運ぼうとする。見ると、エレベータの扉の一つが開かれたままになっており、中には不安そうに怪我人が運び込まれるのを待つ、若い女性たちがいた。

イルマの覚悟が、即座に固まる。

警察手帳をジャケットに仕舞う手間ももどかしく、床へ吐き出し、動きを制限する頸椎カラーを千切るように捨てた。カラーにコードが絡まり、ヘッドセットも顔から離れる。

スロットル・グリップを捻ると、水分を含んだ絨毯の上で後輪が滑った。左右へ振れようとする車体を押さえつけ、デュアルパーパス・バイクを発進させる。

飛沫を捲《ま》き上げて通路を走り、文字を放水で滲ませた案内看板を見付け、イルマは会場へ二輪車を突入させた。食事の用意された場内の前方に、ミリタリー・ジャケットを着た背の高い男の後ろ姿を認めた。

速度をさらに上げ、総重量二〇〇キログラムを超える車体を、イルマは低温の背中を目掛け突進させようとする。スロットルを開けたバイクは前輪を持ち上げ、その途端、首に強い痛みが走った。

二輪車から振り落とされ、イルマは湿った絨毯と衝突し、転がった。激痛に片手で襟足を押さえ、それでも床に伏せつつ素早く前方を確かめる。直進する大型バイクが、素早く身をかわした低温の片手を弾き、丸テーブルの群れに割り込んで派手に横転する。

低温の手から離れた刃物がテーブルの端に当たり、砕けた。

ずぶ濡れの格好で頭を抱え、身を縮める佐伯亨が、慣性で後輪の回転し続ける二輪車の傍に尻餅をついていた。イルマは歯を食い縛り、立ち上がる。今では痛みは、はっきりと首と胸に蘇っている。見渡すと、放水のせいで周囲の料理は台なしになっており、添えられたフォークとスプーンが水滴に叩かれ、銀色に光っている。拳銃を宇野へ返してしまったのが、今になって悔やまれた。警棒さえ携えていない。

低温の強い視線を感じる。イルマは肩の動きを制限するプロテクタ入りのライダース・ジャケットを手早く脱ぐが、すぐにそのことも後悔した。防寒インナーの起伏が、胸部にコルセットを装着した怪我人であるのを声高に知らせているようなものだった。

視界の先に立つ低温は、すでに落ち着きを取り戻している。入り口へ向かって指差し、異国の言葉で大声を発した。一瞬だけ振り返って背後を確認すると、若い女性が回転式拳銃を両手で掲げ立っていた。イルマはぞっとするが、もう一度確かめた時には、女性は頷き会場の外へ戻っていった。たぶん、見張っていろ、とでも命じられたのだろう。

若い女性。イルマは思い出す。

最初の襲撃後、警察へ通報を寄越したのは、あの娘《こ》ではないのか。眉のラインと尖った目付きが、低温によく似ていた。やはりあの一報は、仕掛けられた陽動の一部だった、ということだろう。そして――

イルマは改めて、低温の長身と肩幅の広さを意識する。両手には何も携えず、一〇メートル程の距離をゆっくりと、歩み寄って来る。

――そして低温は、武器など何一つ必要とせず私を殺す自信がある、ということ。

「お前には二度、阻まれた。鼻の利く狼のような女」

低温が流暢な言葉遣いでいう。イルマは術科訓練で繰り返した逮捕術を、思い出そうとしていた。

「俺の社会は、お前を許さない」

低温が片脚を庇って歩いていることに、イルマはようやく気付いた。緊張のせいで、冷静に対象を観察することができていない。それに、相手の弱みを見付けたからといって、大きな利点になるとも思えなかった。相手は腹の出た中年などではなく、全身から死の予兆を放つ、研ぎ澄ました凶器のような男なのだ。両手首には鎖を切断された手錠が今も掛けられているが、男の動きを制限するものには見えず、むしろ拳の重みを増すように……

「理があれば勝ち、理がなければ負ける」

低い声が次第に近付く。

「お前に俺を倒すことはできない」

数歩分まで距離が縮まった、と認めた瞬間、低温が一気に踏み込んで来た。イルマは片手で握り締めていた硬いライダース・ジャケットを、相手の頭部へ叩きつける。意表をついたつもりだったが何の効果もなく、低温の動きは止まらなかった。

低温の腕が伸びてくる気配があり、イルマは頭部を防ぐ。防御の隙間から、インナーの首元をつかまれた。逃れようとするが物凄い力で振り回され、片方の手首も取られ、気付けば全身が大きく宙を舞っていた。

テーブルの上に、投げつけられたのが分かった。食器の砕ける感触が、コルセットの内部にも伝わり、衝撃でイルマの呼吸が詰まった。痛みに耐え、イルマはテーブルの反対側へ転がり落ちた。追撃の拳が天板を叩き、水飛沫と食器の破片を撥ね上げる。強引に立ち上がると激痛が起こり、胸の辺りを押さえずにいられなかった。

「動きは速い。お前は確かに、訓練を積んでいる」

低温がテーブルを蹴り飛ばし、イルマへと迫る道を簡単に作り、

「だがお前は女だ。その細腕では男の腕力に敵わない」

再び低温が距離を詰め、思わず顔を防ごうとするイルマの胸元を、貫くような衝撃が襲った。殴られたのだ、と知るが脚に力は入らず、後ずさりながら倒れ掛かり、背後のテーブルと激しくぶつかって、イルマは何とか踏み止まる。

呼吸をしろ、と自分に命じる。肺が機能を停止したように、空気が体内に入ってこなかった。

「お前も分かってるはずだ」

　ゆっくりと近付く低温の体格が、とてつもなく大きく感じられる。

「男と女の優劣は物理法則のようなものだ、と」

　罠に落ちるな、と心中でつぶやいた。低温は言葉を使い、私の闘志を吹き消そうとしている。すでにぎりぎりしか残されていない、闘志を。

　わずかに呼吸が戻った。イルマは後ろ手にテーブルの上を探り、武器に代わる食器を見付けようとするが、重すぎる皿の縁が触れるだけで、手に取れるものはなかった。

　低温が間合いを詰める。イルマもテーブルを離れ、逆に一歩前に出ると、低温の片腕を潜って足裏で傷を負った太股を蹴り飛ばした。体勢が崩れたのが分かり、横に避《さ》けつつ右の拳で顎を打ち抜き、すぐに飛び離れる。

　何の効果もない、という事実を知り、イルマは愕然とする。低温は引いていた顎先を少し上げ、両目を細めただけだった。

　拳に感じた痛みが、手首の芯にまで響いている。降りかかる水滴がインナーとデニムに染み込み、体重が倍になったように体が重かった。

　予備動作もなく、低温が前進する。そう認めた次の瞬間には、イルマは床に伏せていた。絨毯に顔の片側が沈み込んでいて冷たく、反対側のこめかみから流れ出した温かい血液が片目に入り込み、視界の半分を赤色に変えた。殴り倒された、ということは理解できたが、その瞬間はうまく思い出せず、全身の自由が利かなかった。絨毯の表面をつかもうと必死に両手を動かしていると、硬い何かが指先に当たった。

突然、上半身が浮き上がった。腰も膝も、爪先さえも床から離れた。自分の体が空中に差し上げられたのを、イルマは全身の苦痛の中で知った。

低温の両手が頸部を締め上げていた。左右の頸動脈を押し潰す、長い指。イルマは身を捻って逃れようとするが、力の入らない体には、さらに痺れが生じ始めていた。

「動けば、苦しむことになる」

低温の冷たい両目が遥か下方にあり、

「的確に首が絞まれば、五秒で失神する。その後で、頸椎を折ってやる。動けば動くだけ、お前の死は苦痛を伴うだろう」

視野の端に、床に倒れて動かない身辺警戒員の体があった。闘志の最後の一滴が、零れ落ちようとしていた。右手の中には今も硬い感触があり、それが絨毯から拾い上げたものであるのを思い起こし、イルマは消え去ろうとしている腕の力を振り絞り、金属製の食器を低温の前腕に突き立てた。

低温の視線が一瞬だけ動いたのが分かったが、それ以上、状況は何も変化しなかった。

イルマは自分が大事に握り締めていたものが、小さな匙であるのを見た。認めた途端、体から全ての力が消失し、目の前に現れた闇が、意識を素早く覆い隠そうとする。

これでもう、とイルマは漠然と考える。これでもう、私は走り続けなくていい、ということなのだろう――

不思議そうに見上げる、カオルの小さな顔。

d

何かが片膝の中で弾け、低温は声にならない悲鳴を上げた。女性警察官を放り出すが、それだけでは姿勢を保つことができず、床に両手を突き倒れ込んだ。激しい痛みに歯嚙みし、確認すると厚手のカーゴパンツの片膝部分が裂け、その奥に内側から破裂したような傷口が見えていた。背後からの銃弾で撃ち抜かれた、ということはすぐに分かった。

机を倒して障壁とすると決め、倒れたまま絨毯に嚙みつくように移動を始めた。

穎、と叫んで会場の入り口へ警告を送り、そこに一人立つ、拳銃を構えた妹の姿を見付け、低温はその場から少しも動けなくなった。

穎は回転式拳銃を床へ落とした。肩を震わせ、哥哥《ガーガ》〈兄さん〉、といった。

「我不已经进黑道《ウォブーイージンジンヘイダオ》〈私はもう、黒い道は進まない〉」

降り注ぐ滴の中でも、涙を流していることは分かり、

〈ここで捕まって。私と一緒に〉

はずだ〉
〈お前が俺を恨んでいても、不思議はない。だが殺す機会は、これまでに幾らでもあった
低温はそう訊ねた。痛みが手脚だけでなく、舌までも縺《もつ》れさせる。
〈なぜ、今なのだ。穎、なぜだ〉
〈確実に現行犯で逮捕されなくてはいけないから。今が最後の機会だから〉
穎は幼い子供のようにしゃくり上げ、
〈これで私は、兄さんから離れることができる〉
〈俺を置いて、お前だけが国に帰ることもできた〉
〈李静《リージン》が捕まっている〉
息切れを感じる。四肢も頭も、体の全てが重かった。スプリンクラーからの放水がやみ、警報も止まったことに低温は気付いた。前髪から水滴を落とす穎が、絨毯へ両膝を突き、
〈私一人が、帰ることはできない〉
自分にいい聞かせるように、
〈私と李静はこの国で刑期を終え、そしてあの街には帰らない。どこか他の国で、二人で新たな人生を始めるから〉
〈……なぜ、話してくれなかった〉
〈私を黒い道に引き摺り込んだ人間に、何を相談するの？〉

衣服を濡らし、背中を丸めて座る穎の姿は、とても小さく見えた。

〈黒社会のために生き続ける、兄さんに？　平弦《ピンシュエン》を思い出して。平弦が裏切ったのは、私欲のためじゃない。私と李静のために、兄さんをこの国の組織に売ろうとしたんだ〉

——俺はお前のために、この身を黒色に染めたのだ。

その言葉を、低温は呑み込んだ。痛みと穎との会話が体内で鳴り響いていた。低温は、弾丸に砕かれた膝関節《しっかんせつ》を確かめようとする。新たな痛みが走り、それでもわずかには曲げることができたようだった。

標的を、佐伯亨を見やった。佐伯は円卓の合間で、居場所を変えることもなく座り込んでいた。視線が交わると、大きく身を震わせた。

今更になって、低温は劉春光が宴の会場にいた意味を理解する。つまり黒社会は、佐伯亨に対する方針を転換したのだ。和解交渉のために劉春光は急遽《きゅうきょ》、この会場を訪れた。そして、交渉を潰そうとしたのが穎だ。小型高速船のキャビン内で、穎は俺の携帯端末で香主からの指示を受けながら、それを知らせようとしなかった……

低温は小さな机を支えにして立ち上がった。体重を掛けると机は傾き、クロスとともに載せたグラスが全て床へ落ちた。全ては推測にすぎない、と考えていた。実際に受けた指示は、黒社会の報復、佐伯亨を殺害すること。他に今、果たすべき使命は存在しない。

歩き出すと、引き摺った爪先が時折絨毯に引っ掛かり、それだけで痛みは何倍にも増した。重荷でしかない片脚を引っ張って佐伯へと歩を進める途中、テーブルの上に散乱した料理と食器の中に、肉を切り分けるための二股フォークが紛れているのが目に留まった。幇会のために生きる、というそれだけの意味の他何も持たない一人の人間を、低温は意識する。

フォークを手に取ろうとした時、低温の背後に敏捷《びんしょう》な何かの飛び掛かる感触があった。

i

「『理由のないものは負ける』だっけ?」

背中に飛びつくと、低温の体勢が大きく崩れた。太い首に片腕を絡め、それをもう一方の腕で錠を下ろすように、固定する。

「同感だね。あんたは私に勝てない。それに」

振りほどこうとする素振りはあっても、先程までの力強さは伝わってこなかった。

「女の細腕は、うまく隙間に入り込む。きれいに決まれば——」

イルマは自分の胸骨を潰すつもりで反り返り、痛みをこらえ締め上げた。噛み合わさった奥歯が、頭の中で鳴る。

低温が、両手を床に突いた。

「――どんな大男だって、五秒で失神する」

突然、巨体から緊張が消え、前のめりに傾き、湿った音を立てて絨毯に突っ伏した。

S

放水が止まったことに、佐伯はようやく気がついた。拳銃を構えた大男が視界に入ってからの記憶は断片的で、沢山の部分が欠けていた。

いつの間にか、会場内には再び多くの人間が現れていた。制服警察官や防火衣を着た消防士、救急隊員の姿まであった。怪我は、と救急隊員に訊ねられた佐伯は首を振り、肘を支えられ立ち上がった。床から離れた瞬間、思考が切り替わる。自尊心が、状況の把握に必要な冷静さを蘇らせる。

後ろ手に手錠を掛けられ、大勢の警察官に囲まれたまま、テーブルの脚にもたれる格好で瞼を閉じ、救急救命士から応急処置を受ける黒社会からの刺客。現在でも、あの男が自らとシェヴロン・グループにとって一番の脅威であるのを、佐伯は改めて認識する。男は恐らく、劉春光とは別の系統の黒社会に属している。その証言は何に関する話であっても、シェヴロンの損害と結びついてしまうだろう。証言内容を予想し、力強い反論を用意する必要があった。劉春光との再交渉も含め、早急に対応を考慮しなければならない。

重みを増したスーツと、肌に張付くシャツが不快だった。もう一つの、厄介な存在が目についた。イルマが、会場の中央に立っている。

捜査一課の女刑事は頭部から血を流し、長袖のスポーツ・インナーの襟は千切れて緩み、白いコルセットを覗かせ、肩で息をする無残な姿だったが、近寄る救急隊員へ片手を振って追い払い、携帯端末を耳に押し当て、通話相手と熱心に話し込む様子だった。

あの牝狐に命を助けられた、という事実を認める気にはなれなかった。たかが一介の公務員にすぎない。いずれコネクションを用いて、刑事部から弾き出してやる、と佐伯は決意する。場内は警備員や、電気配線か水道の配管を検査するらしき作業服を着た人間まで歩き回り、大勢の人間が動いていた。見島が制服警察官に伴われ会場に入って来るのを見付けると、さらなる落ち着きが佐伯に戻ってきた。

——最も単純で、確実な反論の方法。

責任を負わせる者を作り上げればいい、と気付いた。代表取締役には何も知らせず、関係者の一人がシェヴロン・グループと敵対するとみた者たちを無慈悲に排除していった、という筋書き。安易な形であっても、部下の不正、という構図はこれまでも常に世間からの批判を封じ、繰り返しその強度を証明してきた方法だ。さらに強度を高めるやり方もある。佐伯は静かに息を吐き出す。遺書を残した上での、首謀者の自殺。適任なのは——

イルマがこちらを指差している。

心中を見透かされたように感じ、佐伯は後退《あとずさ》りそうになり、馬鹿げていると思い直し姿勢を正した。見島がこちらを認め、早足で歩き寄って来る。

「誰か、そいつを捕まえろ」

イルマが叫んでいる。佐伯は、その指先を見た。焦りの中、こちらを指していないことに気付く。

「作業服の奴。早くっ」

すぐ傍に、銃口が存在した。

銃を向けているのは灰色の作業服を着た男で、その作りもののような顔色には、なぜか見覚えがあった。

制帽の下の微笑み。そこにいるはずのない男の、笑みだった。

引き金が握り締められる。

i

会場に応援の警察官が入って来るのを見て、イルマはようやく低温の背中から離れた。頸部を絞め続けるわけにはいかず、それでも失神から回復した時には、すぐさまその動きを止める必要があり、イルマは低温の背に軽く体重を乗せたまま、応援が到着するのを待っていた。三十分もなかったはずだが体は冷えきり、ただ待っている間が数時間にも感じられた。時折、低温を撃った若い女性を見やった。娘は膝を抱えて座ったまま啜り泣き、その場を動こうとしなかった。裏切り。家族。後悔。覚悟。そんな言葉が、イルマの脳裏に浮かんだ。

現れた応援へ、低温と女性の身柄の拘束を指示して立ち上がると、やっとイルマは安堵の息を吐き出すことができた。

疲労と痛みのために、立っているのがやっと、という有り様だった。ふらつきつつ会場の端に寄り、柱を支えにして休んでいると警備課や地域課、機動捜査隊や捜査一課の一団が順に現れ、イルマはその度に、首謀者と仲間の女性と、その分裂を一から説明しなくてはならず、直属の上司である東係長が聴取を求め近付いて来た時にはうんざりし、露骨に顔をしかめてしまう。少し離れた場所には金森がいて、眉間に皺を寄せて何かいいたそうな顔でこちらを見ていたから、イルマは片手を持ち上げて握り締め、口の端で笑ってみせる。金森は、呆れた、という表情で軽く首を振り、どこかへ去っていった。

イルマは自分のライダース・ジャケットが丸テーブルの上に置かれているのを見付ける。似たような質問を繰り返す係長を押し退け、近付いて手に取ってみると革製のジャケットは誰かに踏まれた跡があり、内側を確かめると大きな水染みができていて、イルマは心底がっかりする。ポケットを探り取り出した携帯端末の液晶にも、大きなひびが入っていた。保護フィルムが硝子の飛散を辛うじて抑えている、という格好で、イルマはまるで自分自身を見ているような気分にもなるが、取りあえずは機能しているらしく、触れると着信履歴がひびの奥で光り、宇野の氏名が表示された。イルマは宇野へ発信する。すぐに接続した部下へ、

「こっちは片付いた。確保したよ」

と伝えた。低温を撃った女性が捜査員たちに連れ出される姿があり、弱々しい足取りで、一度も振り返ることなく会場を後にする。低温はテーブルの脚に寄り掛かり、その光景を無言で見詰めていた。救急隊員二人が担送車《ストレッチャー》を場内に運び込み、低温の許へ向かう。男の顔色は青白く疲労した様子だったが、イルマは周囲の警察官へ、油断するな、と注意を促した。

お疲れ様です、という宇野の落ち着いた声を聞き、思わず苦笑する。

『こちらはまだ途中ですが、判明した事実もあります』

キーボードを叩く音が聞こえ、

『医療記録の確認を、あちこちの救急指定病院に求めていたところ、一人それらしき人物を発見しました。付近の地域課に依頼して、病院の電子記録を確かめてもらいました。自殺未遂で救急搬送されたのは、十年前。氏名はクマガイタツキ。三十二歳。住所も勤め先も、都内』

蜘蛛という不可解な人物が急に現実味を帯び、目前で実体化するようだった。

『勤め先は保険薬局で、薬剤師として調剤を行っていた、ということです。問い合わせたところ、ずっと以前に辞めた、という話ですが、クマガイを覚えている同僚が今も薬局に勤めています。クマガイの働いていた期間はたった二ヶ月だった、とか。これからそこへ向かい、細部を聴取しようと思っていますが……』

救急隊員から、大丈夫ですか、と話しかけられたイルマは、平気、と嘘をついて追い払った。宇野の言葉に耳を澄ます。

『以前、薬局では薬剤の紛失があり、それがクマガイの退職直前の話だった、と。警察へ届け出る、という方針が決まった途端、薬剤の容器が局内で見付かったそうです。内容物の減少もなく、結局うやむやになった、とか。まだ状況証拠も少ないため、クマガイが蜘蛛と断言することはできませんが、可能性はあるのでは、と』

灰色の遺体袋に身辺警戒員が収められる様子を、イルマは視界に収めないようにして、

「解剖実習室の十條の方は、何て……」

『有益な情報は、何も。ただ……やはり現場の状況は、蜘蛛の蘇生を示しているようです』

「……了解。引き続き、お願い」

切断音。鮮明になるかと思われた蜘蛛の実像が、再び焦点を失ったように感じられる。ジャケットを身に着けながら、考え続けた。今もお前を狙う可能性がある……渕の声が、

頭の中で再生される。本当だろうか、とイルマは訝《いぶか》しむ。本当に蜘蛛は今も、私を狙っているのだろうか？

――この世界には、俺とお前がいればいい。それで、完璧になる。

――必要なのは、俺とお前の居場所だ。

――俺が世界を創ってやる……

屈辱的な状況での、一方的な宣言。不快感が込み上げる。そして、疑問も浮上した。蜘蛛は何のつもりで、それらの言葉を吐いたのか。警戒心も蘇り、イルマは辺りを見回した。

世界を創る。私はあの時、蜘蛛の台詞を不気味な一種の求愛と捉え、同意のない心中のようなものを想像した。けれど。

――俺の全身を覆う刺青は、死を表しているんじゃない。

――死の間際、最も生命が光り輝く瞬間を表している。よく見ろ、イルマ。

――心を静めて、よく観察するがいい。

蜘蛛が理想とする居場所は、死の淵ぎりぎりの境界線上だったはず。あの男の、自らの肉体さえも薬物投与の対象とする独自の思考様式は、化け物じみた現実主義の上にこそ成り立っているように思える。

蜘蛛はどんな世界を創るつもりなのか。それが私と蜘蛛の死を意味しない、というのであれば。

会場の入り口にシェヴロン社の女性秘書を見付け、その進行方向に佐伯亭が立っているのを、改めてイルマは発見する。佐伯はすでに体裁を繕い終え、普段の自信を取り戻したように見える。女性秘書が小走りで近付く佐伯の周囲には、警察官たちと、灰色の制服を着た作業員が存在する。制帽を被るその横顔には、なぜか見覚えがあり――

現実的なやり方。現実的な脅威。私と蜘蛛にとっての共通の敵。

放っておけば必ず災いとなる、強大な存在。

「誰か」

イルマは佐伯の周辺へ向かい、大声を張り上げた。

「そいつを捕まえろ。作業服の奴。早くっ」

絨毯を蹴り、イルマも駆け出した。胸部から首へと繋がる痛みが電流のように突き抜け、脚がもつれた。作業服姿の男が、四連装式の小型銃《デリンジャー》を構える。反応の鈍い捜査一課員たちを突き飛ばして走り、イルマは蜘蛛を止めようとする。

間に合わないことを、イルマは悟った。佐伯と蜘蛛の立つ場所は遠く、幾ら駆けても距離は縮まらなかった。

立て続けに二発撃った蜘蛛が、傍にいた制服警察官に側面から組み伏せられ、床へ押し倒された。佐伯亭が立ち竦んでいた。テーブルにぶつかり、絨毯へ崩れるように膝を折って座り込んだのは、女性秘書だった。鎖骨の辺りに何かが突き刺さっている。イルマは走り寄り、突き立っているものを引き抜いた。針のついた小さな筒。注射器を改造したもの、と気付いた。

女性秘書がイルマのジャケットに縋《すが》りつく。真剣な目付きで、

「シェヴロンに問題が見付かったとしたら」

肌理《きめ》の細かな白い眉間に、苦痛の皺が刻まれ、

「全て私の一存で行った結果です。佐伯は何も知りません」

女性秘書の体が重みを増した。イルマは秘書の身を床に横たえつつ、治療を、と背後へ叫んだ。秘書の顔に汗の玉が大量に現れて流れ出し、見開かれた両目の瞳孔が収縮する。

佐伯を庇《かば》い、まるで与えられた役割を、全うするように。

イルマの怒りが燃え上がり、薬物弾をテーブルへ放り、立ち上がってシェヴロン・グループの総帥につかみ掛かろうとする。けれど、先に声を放ったのは佐伯の方だった。

「ユリを助けてくれ」

しゃがみ込んで女性秘書の頰に両手を当てた。イルマを見上げ、

「何でもする。ユリを殺さないでくれ。頼む。俺の、たった一人の娘だ。ユリは何も悪くない。全部、俺が指示したことだ。何もかも全てを証言する。だからお願いだ、助けてくれ」

イルマは我に返った。絨毯に俯せに倒された蜘蛛へ滑り込むように近付き、顔を寄せ、

「蜘蛛。いえ、クマガイ。何の毒を使った。教えて、早く」

警察官二人に押さえられたまま、蜘蛛は笑みを見せ、

「クマガイ？　何の話だ。残念だが不正解だ」

「そんなこと、どうでもいい。お前はしくじったんだ。あの娘《こ》は関係ない。早く、毒物の名前を」

「馬鹿をいうな、イルマ……俺がここにいる、ということの意味を考えろ」

光のない二つの黒目が、イルマをまともに捉え、

「取調室で証言するだけでは、何も得られないからだ。実際に観察する必要があるのさ。俺がしくじった？　娘が死に、佐伯の気力が消えるのが興味深い作用じゃないとでも？　もちろん、これは偶然の産物だ。だからといって、何の問題がある？」

「無関係の人間が死のうとしている。助けないと……」

蜘蛛は声もなく笑った。イルマはぞっとし、蜘蛛へ情に訴える行為が無意味であるのを思い知る。振り返ると、制服警察官が白手袋で小型銃を拾い上げ、係長へ手渡しているのが見えた。

係長は薄手のゴム手袋で黒い拳銃を受け取り、銃身《バレル》を開いて中身を確かめ、ガス・ガンだ、とつぶやいた。

イルマは絨毯から跳ね上がって走ると、係長から小型銃を奪い取り、近くのテーブルの上へ薬室《チャンバー》から残弾二発を落とし、

「下がって」

と周囲へ大声で伝え、針のついた薬物弾の一つを銃把で砕いた。

鼻を突く異臭。イルマは顔を背ける。低温を取り囲む捜査員たちが数歩、退いた。危険なやり方だったが、他に方法はなかった。

有機溶剤の一種？　少し違う。想像しろ、とイルマは自分に命じる。蜘蛛が、佐伯に相応しい毒物として用意したのは――

捜査員に混じっていた救急救命士がテーブルに寄り、マスクを外して顔を近付けた。石油か、といったが確信はないらしく、腕を組んで動かなくなった。担送車に女性秘書が乗せられ、掛け声とともに折畳まれていたフレームを起立させる様子が、視野の隅に映った。秘書の体は痙攣が始まっていた。

――駄目だ。

イルマは愕然とする。毒物を特定できるだけの知識が、自分にないことに。

選択肢が多すぎ、想像力だけでは見極められないことに。

有機リン剤だ、という低い声が下方から聞こえた。

「農薬に使う――」

そういったのは低温だった。そうか、と救急救命士がつぶやき、会場の外へ搬出されようとしていた担送車へ、酸素吸入とアトロピンの用意、と指示を出しつつ走り寄った。おぼつかない足取りで佐伯が担送車に付き従い、係長の指示を受け、捜査一課員数名がその跡を慌ただしく追った。

すでに臭いは拡散していたが、イルマは念のために水に濡れた紙ナプキンの束を、有機リン剤の染み込んだクロスの上に置いた。現場に立っている理由もなくなり、会場の外へ歩き出そうとする。通路のどこかに、警察手帳を捨てたような気がする。

「……インを頼む」

低い声が、そう話しかけてきた。警察官を幾人も殺した、黒社会の男。無視をしようかとも思ったが、インが人の名前であるのに気付き、

「あの娘《こ》のことね……」

振り返って感情の窺えない顔を見詰め、

「もう大人でしょ……自分の運命は、きっと自分で決める」

何かを嚙み締めるような表情が、低温に生まれた。俯いたが、床よりもずっと遠い場所を眺めるようだった。会場の奥に騒めきがあり、見ると警察官に取り巻かれて立ち上がった蜘蛛の顔は湿った絨毯で擦れ、異様な刺青の一部が露になっていた。

「ぎりぎりだったな」

イルマへ大声を張り上げ、

「だがどちらにしても、このまま佐伯は潰れるだろう。周りを見ろ、イルマ。これで世界は大きく、俺とお前が理想とする純粋な状態へ近付いたことになる」

イルマは鼻で笑い、何ごとかを喋り続ける蜘蛛へはもう視線を送らず、軋みの音が聞こえそうな脚を動かし、ブーツの沈む床を一歩ずつ踏み締め、宴の会場を後にした。

＋

回転扉を抜け歩道に足を踏み出した時、イルマはホテルの階上に愛車を置き去りにしたことを思い出した。落胆するが、引き返す気力はもう体内に残されていなかった。歩道の茂みの中に自前のヘルメットを発見し、取り上げた。

タクシーも見当たらず、警察車両の警光灯の赤い光ばかりが、イルマの視覚を刺激する。すぐ傍に、捜査一課員に囲まれる佐伯がいることに気付いた。視線は道路上の遠くへ向けられていて、救急車の警報が微かに聞こえてくる。通りかかる時に、

「全部証言する、って話。忘れないでね。殺人教唆についても」

そういって過ぎようとするが、

「……お前は、何のためにそんな有り様になっている？　ぼろぼろになって。血まで流して」

佐伯の言葉に呼び止められた。

「守るものがあるからか？　それとも守るものがないから、そんな風にいられるのか？」

揶揄《やゆ》する調子は窺えなかった。別人のように、疲れ果てた姿。

「……守るものなんて、もうないよ」

溜め息をつき、イルマは考え直してみる。

「違う。全部守りたいんだ。手が届く範囲にあるものは、ね。私、正義の味方だから」

佐伯が口を閉ざした。何かを言葉にしようとする様子だったが、返事は一向になく、イルマは歩みを再開させ、その場を離れた。


横断歩道を渡り終え、振り返ると、警光灯に取り巻かれる建物の光景が他人事のように思えてくる。

イルマは鉄柵に腰を下ろし、ヘルメットを両腕で抱えた。夜気が、濡れた体をさらに痛めつけようとする。警察車両の後部座席に押し込まれる佐伯が、遠くに見えた。

寒さに身震いして、ライダース・ジャケットに両手を突っ込んだ。中を探るが、痛み止めの錠剤が見付からない。病院の柔らかい介護ベッドが、懐かしく感じられる。

錠剤の代わりに携帯端末を取り出した。タクシーを呼ぶためだったが、もっと他にいい方法があるような気がした。

宇野が外に出ているはず、と思いつく。

液晶が割れているせいで操作は一苦労だったが、電話番号を表示させることはできた。イルマの吐いた息が白い水蒸気となり、警光灯の照らす光景を滲ませた。

あいつなら、たぶん迎えに来てくれるだろう、と考える。

液晶に視線を落としたまま、しばらく迷い、画面のひびに半ば隠れた通話アイコンに触れようとした時、速度を落として近付いて来る白色のタクシーが、イルマの視界に入った。

痛みに顔をしかめつつ手を挙げて、タクシーを停める。

自分が、小さく苦笑いしているのに気付く。

携帯端末を仕舞った。

（この作品は平成二十七年五月、小社より『狼のようなイルマ』と題し四六判で刊行されたものを改題し、文庫化に際し、著者が加筆・修正を加えたものです）

一〇〇字書評

切り取り線

購買動機（新聞、雑誌名を記入するか、あるいは○をつけてください）

□（　　　　　　　　　　　　）の広告を見て	
□（　　　　　　　　　　　　）の書評を見て	
□ 知人のすすめで	□ タイトルに惹かれて
□ カバーが良かったから	□ 内容が面白そうだから
□ 好きな作家だから	□ 好きな分野の本だから

・最近、最も感銘を受けた作品名をお書き下さい

・あなたのお好きな作家名をお書き下さい

・その他、ご要望がありましたらお書き下さい

住所	〒				
氏名		職業		年齢	
Eメール	※携帯には配信できません	新刊情報等のメール配信を 希望する・しない			

この本の感想を、編集部までお寄せいただけたらありがたく存じます。今後の企画の参考にさせていただきます。Eメールでも結構です。

いただいた「一〇〇字書評」は、新聞・雑誌等に紹介させていただくことがあります。その場合はお礼として特製図書カードを差し上げます。

前ページの原稿用紙に書評をお書きの上、切り取り、左記までお送り下さい。宛先の住所は不要です。

なお、ご記入いただいたお名前、ご住所等は、書評紹介の事前了解、謝礼のお届けのためだけに利用し、そのほかの目的のために利用することはありません。

〒一〇一－八七〇一
祥伝社文庫編集長　坂口芳和
電話　〇三（三二六五）二〇八〇

祥伝社ホームページの「ブックレビュー」からも、書き込めます。
http://www.shodensha.co.jp/bookreview/

祥伝社文庫

捜査一課殺人班《そうさいっかさつじんはん》　狼《おおかみ》のようなイルマ

平成31年3月20日　初版第1刷発行

著　者　結城充考《ゆうきみつたか》

発行者　辻　浩明

発行所　祥伝社《しょうでんしゃ》
東京都千代田区神田神保町3-3
〒101-8701
電話　03（3265）2081（販売部）
電話　03（3265）2080（編集部）
電話　03（3265）3622（業務部）
http://www.shodensha.co.jp/

印刷所　萩原印刷
製本所　ナショナル製本
カバーフォーマットデザイン　芥　陽子

Printed in Japan ©2019, Mitsutaka Yuki　ISBN978-4-396-34480-1 C0193

祥伝社文庫の好評既刊

宇佐美まこと
愚者《ぐしゃ》の毒

緑深い武蔵野、灰色の廃坑集落で仕組まれた陰惨な殺し……。ラスト1行まで震えが止まらない、衝撃のミステリ。

河合莞爾
デビル・イン・ヘブン

カジノを管轄下に置く聖洲《きよす》署に異動になった刑事・諏訪《すわ》。カジノの闇に踏み込んだ時、巨大な敵が牙を剝く！

佐藤青南
ジャッジメント

容疑者はかつて共に甲子園を目指した球友だった。新人弁護士・中垣《なかがき》は、彼の無罪を勝ち取れるのか？

沢村　鐵
ゲームマスター
国立署刑事課 晴山旭《はるやまあきら》・悪夢の夏

ゲームマスターという異能者が潜んでいるとされる高校の校舎から突然、銃声が！　晴山を凄惨な光景が襲い……。

富樫倫太郎
ファイヤーボール
生活安全課0係《ゼロ》

杉並中央署生活安全課「何でも相談室」通称0係。異動してきたキャリア刑事は変人だが人の心を読む天才だった。

富樫倫太郎
スローダンサー
生活安全課0係

「彼女の心は男性だったんです」――性同一性障害の女性が自殺した。冬彦は彼女の人間関係を洗い直すが……。

祥伝社文庫の好評既刊

中山七里　ヒポクラテスの誓い

法医学教室に足を踏み入れた研修医の真琴《まこと》。偏屈者の法医学の権威、光崎《みつざき》とともに、死者の声なき声を聞く。

日野　草　死者ノ棘《とげ》

人の死期が視《み》えると言う謎の男・玉緒《たまお》。他人の肉体を奪い生き延びる術《すべ》があると持ちかけ……戦慄のダーク・ミステリー。

深町秋生　PO《プロテクションオフィサー》　警視庁組対《そたい》三課・片桐《かたぎり》美波《みなみ》

連続強盗殺傷事件発生、暴力団関係者が死亡した。POの美波は一命を取りとめた布施《ふせ》の警護にあたるが……。

福田和代　サイバー・コマンドー

ネットワークを介したあらゆるテロに対処するため設置された〈サイバー防衛隊〉。プロをも唸らせた本物の迫力！

矢月秀作　D1　警視庁暗殺部

法で裁けぬ悪人抹殺を目的に、警視庁が極秘に設立した〈暗殺部〉。精鋭を擁する闇の処刑部隊、始動!!

矢月秀作　警視庁暗殺部　D1　海上掃討《そうとう》作戦

遠州灘沖に漂う男を、D1メンバーが救助。海の利権を巡る激しい攻防が発覚した時、更なる惨事が！